Während einer Klassenfahrt an die polnische Ostsee im Spätsommer 1989 nimmt die Geschichte zwischen Gesa und Tom, dem Gitarristen der Schulband, ihren Anfang. Später trennen sich die Wege der beiden und kreuzen sich doch immer wieder. Tom konzentriert sich auf seine Musikerkarriere und reist mit seiner Band um die Welt. Gesa bleibt in Flensburg, gründet eine Familie und ist da, wenn ihr alter Freund zu Besuch kommt. Ihr Gästezimmer im Gartenhaus wird Toms Ankerpunkt, dort hören die beiden zusammen Musik und teilen die alte Nähe. Zwischen Toms seltenen Besuchen sind die Postkarten, die er Gesa von unterwegs schreibt, ihre einzige Verbindung. Eines Tages steht für Toms Band ein wichtiger Auftritt bevor, der den musikalischen Durchbruch bedeuten könnte. Doch es kommt anders als geplant, und die Freundschaft zwischen Tom und Gesa wird auf eine harte Probe gestellt. Gekonnt fängt Jan Christophersen das Schwanken zwischen Nähe und Distanz ein.

»Christophersen erzählt ungemein packend vom Spiel zwischen Nähe und Distanz im Verlauf einer Freundschaft zweier Menschen.« WDR 5

Jan Christophersen, 1974 in Flensburg geboren, lebt mit seiner Familie in der Nähe von Schleswig. Er studierte am Deutschen Literaturinstitut Leipzig; sein Roman ›Schneetage‹ wurde 2009 mit dem Debütpreis des Buddenbrookhauses ausgezeichnet.

Weitere Informationen, auch zu E-Book-Ausgaben, finden Sie bei www.fischerverlage.de

JAN CHRISTOPHERSEN

ECHO

Roman

FISCHER Taschenbuch

MIX
Papier aus verantwortungsvollen Quellen
FSC www.fsc.org FSC® C083411

Erschienen bei FISCHER Taschenbuch
Frankfurt am Main, Januar 2016

Lizenzausgabe mit freundlicher Genehmigung des mareverlages

Satz: Farnschläder & Mahlstedt, Hamburg
Druck und Bindung: CPI books GmbH, Leck
Printed in Germany
ISBN 978-3-596-03198-6

Liebe Gesa,
wieder mal unterwegs. Wirst Du mir glauben, dass ich im Moment keinen Schimmer habe, von wo nach wo? So weit ist es gekommen. Dabei habe ich, als wir die Stadt verließen, aus dem Seitenfenster nach einem Ortsschild Ausschau gehalten, aber Per fuhr zu schnell. Irgendwas mit O. Und wir fahren nach – Irgendwo. Keine Ahnung. Ich kann mir denken, was für ein Gesicht Du machen wirst, wenn Du das hier liest: Unterwegs von Irgendwo nach Irgendwo.

Hattet Ihr früher eigentlich eine Schaukel in Eurem Garten? Gerade habe ich mir eine ganze Zeit lang den Kopf darüber zerbrochen.

Gruß, T

Motiv: Schlafender Eisbär. Irgendwo, Mitte 1995

EINS
1989

1

Die zweite Grenze an diesem Tag, die sie passieren mussten auf ihrer Fahrt Richtung Osten, und wieder ging es nicht voran. In der vergangenen halben Stunde hatte sich ihr Bus kaum fünfzig Meter bewegt. Von den eigentlichen Grenzanlagen waren bislang nur Lichter in der Abenddämmerung zu erkennen, und während sie eingekeilt zwischen polnischen Lkws standen, kam die Autokolonne neben ihnen deutlich schneller vorwärts. Nicht Wenige aus dem Bus nutzten die Gelegenheit, um auf dem Seitenstreifen zu rauchen. Ein paar von den Jungs sprangen zum Pinkeln über die Leitplanke in den Graben. Keines der Mädchen traute sich das.

Als Gesa ausstieg und sich draußen umschaute, sah sie ihn neben den anderen am Straßenrand stehen. Jemand musste ihm eine Zigarette zwischen die Finger gesteckt haben. Tom rauchte nicht, soweit sie wusste. Die Zigarette brannte, ohne dass er einen Zug davon nahm; an der Spitze hatte sich ein längerer Ascherest gebildet, den er erfolglos abzuschütteln versuchte. Seine Hand bewegte sich auf und ab. Konnte es sein, dass er zum ersten Mal eine Zigarette in der Hand hielt? Als er aufsah und sie am Bus entdeckte, wollte Gesa seinem Blick zunächst ausweichen, aber dann bedeutete sie ihm doch durch eine tippende Bewegung des Zeigefingers, wie er die Asche loswürde. Er machte es ihr nach, schnippte die Asche ab, lachte. Sie sah weg.

»Einsteigen«, rief jemand. Es kam nicht aus dem Bus, sondern von der Straße weiter vor ihnen. Dort tauchte Wilsto zwischen zwei Lkws auf, Mathelehrer, krauser Schnauzer, und schaufelte mit den Armen, als müsste er sie alle antreiben. »Es geht weiter.«

Seine Mission war also ein Erfolg gewesen. Gesa drehte sich um und stieg die Stufen hoch, zurück in den Bus. Ihr Platz war weit vorne, in der dritten Reihe hinter dem polnischen Fahrer. Von hier aus hatte sie vorhin das Gespräch der beiden Lehrer verfolgt, die den Versuch wagen wollten, die Grenzkontrollen zu beschleunigen. Wilsto war daraufhin losgeschickt worden, in der Jackentasche die »Sonderkasse«, die alles andere als ein Geheimnis war. »Viel Glück«, hatten einige ihm zugerufen, als er sich die Jacke überzog, und er hatte sie mit gespielter Verärgerung angesehen und den Finger auf die Lippen gelegt: »Dass ihr mich ja nicht verpfeift.«

Applaus brandete auf, als er nun zurück in den Bus kam. Er winkte ab, sagte etwas zu dem Fahrer, und die Tür schloss sich hinter dem Letzten, der einstieg. Es war Tom, wie Gesa bemerkte. Ohne Rücksicht auf Verluste steuerte der Fahrer den Bus auf die Autospur und folgte der Kolonne Richtung Grenze. Mit einem Mal ging es erstaunlich schnell, die Grenzbeamten waren bereits zu sehen, Vopos, gleich dahinter die Polen.

»Danke.«

Gesa blickte auf, im Gang neben ihr stand Tom, und sie tat so, als hätte sie ihn nicht verstanden.

»Für eben«, sagte er. »Draußen.«

»Setz dich besser hin.«

»Klar.«

Toms Platz war nicht weit von ihrem entfernt, zwei Reihen hinter ihr auf der anderen Gangseite, und kaum dass er saß, schob er sich den Kopfhörer, den er um den Hals trug, über die Ohren und stellte den Walkman an. Sie sah das nicht, hörte aber das metallische Klirren. Viel Schlagzeug, wenig Bass, sehr laut. Gesa verzog das Gesicht, nicht über die Musik, die sie nicht kümmerte, sondern über sich selbst. Es sollte ihr schließlich egal sein, was Tom tat, und bis zu diesem Zeitpunkt war es das auch gewesen.

Ihr Bus wurde einfach durchgewinkt, und nach dem atemlosen Schweigen, das geherrscht hatte, als sie die Grenze passierten – die grimmig aussehenden Vopos draußen vor ihren Verschlägen, die nicht eben freundlicheren polnischen Beamten –, kreischte die ganze Gruppe los. Zwei Dutzend Kehlen johlten und brüllten, eine Anspannung entlud sich. Vorne zeigte sich die Salewski, Deutschlehrerin, lange braune Haare, gewellt, spitze Nase, stützte ihre Ellenbogen auf die Rückenlehne ihres Sitzes und wartete, bis das Geschrei verebbt war.

»Das war dann also die DDR«, sagte sie. Gelächter. Sie warf einen Blick auf ihre Armbanduhr. »Unser Fahrer meint, dass es noch etwa vier Stunden dauert. Wenn nichts dazwischenkommt, müssten wir gegen ein Uhr in Stolp sein.«

»Swuu-upsk«, rief jemand von hinten. »So heißt das jetzt.«

»Richtig. Słupsk. Nur damit ihr Bescheid wisst.«

Dann setzte sie sich wieder.

Den ganzen Tag waren sie schon unterwegs, obgleich es zunächst nicht so ausgesehen hatte, als ob sie überhaupt loskommen würden. Morgens um halb sechs auf dem Schulparkplatz in Flensburg war der Reisebus aus Polen, der aus Sparsamkeitsgründen gechartert worden war, defekt gewesen. Es war ein eierschalfarbenes Ungetüm, dessen Seiten mit einem in Brauntönen gehaltenen Farbband verziert waren, von Rostrot über Ocker und Braun bis Dunkelbraun. *Turystczny* stand auf der

Frontanzeige; niemand wusste genau, was das bedeutete noch wie man es aussprach, irgendwas wie »Touristen« vielleicht? Als sie alle nach und nach mit ihren Eltern eintrafen, lag der Fahrer gerade unter dem Bus und schraubte mit öligen Maulschlüsseln herum. Ein Schlauch war anscheinend gerissen, Benzin, Bremsflüssigkeit; Genaues war seinen Ausführungen nicht zu entnehmen, aber alles »kein Problem«. Eine Stunde veranschlagte er für die Reparatur, unter Umständen zwei, bestimmt nicht mehr. Fast dreieinhalb Stunden waren es am Ende geworden, und nur wenige Eltern hatten so lange ausgeharrt.

Da standen sie nun frühmorgens auf dem Schulparkplatz und warteten. Zu tun gab es weiter nichts. Das Gepäck war, um eine pünktliche Abfahrt zu gewährleisten, größtenteils am Vorabend verladen worden, unten die Koffer und oben, im hinteren Drittel des Busses, die Carepakete für die Gastfamilien. Eine Mutter mit Kurzhaarschnitt hatte den Vorschlag für die Pakete bei einem der Organisationstreffen aufgebracht und auch gleich die passende Liste ausgeteilt. Darauf waren die Dinge notiert, die jeder Teilnehmer auf die Reise mitnehmen sollte: Kaffee, Tee, Dosenobst, Zucker, Schokolade, Toilettenpapier – wegen der vermutlich ärmlichen Verhältnisse, in die sie alle bei den polnischen Familien kämen, und vor allem als Zeichen des Dankes für die Gastfreundschaft. Niemand konnte etwas dagegen einwenden, und so war nun das komplette hintere Drittel des Busses vollgestellt mit diesen Paketen, alle ordentlich verklebt und mit Namen beschriftet.

Als Tom mit seinem Vater auf dem Schulparkplatz eintraf, stellte er seinen Gitarrenkoffer und Verstärker zu den Instrumenten der Schulband, deren sperriges Equipment als einziges noch am Morgen verladen wurde, und begrüßte die anderen Musiker. Er war als gerade Fünfzehnjähriger der mit Abstand jüngste Teilnehmer der Fahrt, als Einziger kein Oberstufenschüler. Nachdem Gesa von ihrer Mutter auf Toms Ankunft aufmerksam gemacht worden war, ließ sie ihn nicht mehr aus den Augen, und dabei bemühte sie sich, sein längliches Gesicht, die braunen, etwa kinnlangen Haare und seinen Gang, der etwas Federndes hatte, mit dem Bild in Einklang zu bringen, das sie von ihm im Kopf gehabt hatte. Aber im zurückliegenden Jahr, in dem sie sich nicht ein Mal bewusst gesehen hatten, musste etwas mit ihm passiert sein, eine Veränderung, die ihr entgangen war. So wie er da stand, hätte sie ihn aus dem Gedächtnis jedenfalls nicht beschrieben. Jünger hatte sie ihn in Erinnerung gehabt, kindlicher auch.

Toms Vater kam gleich zu ihnen herüber, Uwe Bille, der älteste und beste Freund ihrer Mutter. Noch aus Schultagen kannten sich die beiden, Goetheschule selbstverständlich, wie auch alle ihre Kinder, sie umarmten sich, und Gesa fiel die Dringlichkeit auf, mit der Herr Bille ihre Mutter an sich drückte.

»Nett von dir, dass du das machst«, sagte Herr Bille zu Gesa. »Wüssten wir nicht, dass du dabei bist, hätten wir Tom bestimmt nicht mitfahren lassen.«

»Schon in Ordnung«, sagte Gesa, obwohl das nicht stimmte. Aber es hatte keinen Sinn, jetzt noch einmal die Diskussion aufzuwärmen, die sie mit ihren Eltern in den vergangenen Wochen wiederholt geführt hatte. Dass es ihr die ganze Fahrt versauen werde, wenn sie auf Tom aufpassen müsse. – Ach, so schlimm werde es schon nicht sein. – Dass sie keine Lust habe, Kindermädchen für ihn zu spielen. – Tom sei doch nur zweieinhalb Jahre jünger als sie, und er freue sich so auf die Fahrt. Undsoweiter. Dafür war es nun zu spät. Mittlerweile hatte Gesa ja auch eingewilligt.

Herr Bille verabschiedete sich, wünschte ihr viel Spaß und ging zu Tom hinüber, Gesas Mutter folgte ihm nach kurzer Verabschiedung, und während die beiden Erwachsenen bei Tom standen und mit ihm sprachen, sah er zu ihr herüber. Er hatte eine Unbefangenheit an sich, die Gesa sofort wütend machte. Er guckte einfach zu ihr hin, und nichts an ihm verriet, ob er sich bewusst war, was sie für ihn auf sich nahm.

»Hallo«, sagten seine Lippen, und sie nickte bloß.

Sie sorgte dafür, dass er im Bus nicht neben ihr saß. Meike war ihre Sitznachbarin, jedenfalls anfänglich, bis sich während der Fahrt alle verteilten. Tom aber hatte auch gar keine Anstalten gemacht, in ihrer unmittelbaren Nähe zu sitzen, sondern seinen Rucksack auf eine leere Bank irgendwo hinter ihrer geschmissen und sich dort hingesetzt. Kurze Zeit später lief bereits hörbar sein Walkman. Als Gesa sich während der Fahrt durch Schleswig-Holstein einmal nach ihm umsah, unterhielt Tom sich gerade über die Rückenlehne hinweg mit Per, dem Schlagzeuger der Schulband. Sie selbst las die meiste Zeit, Hesse, *Narziß und Goldmund*, schon zum zweiten Mal.

Dann kamen sie an die erste Grenze, Schlutup-Selmsdorf. Gesa konnte nicht anders, als im Heranfahren ihren Fotoapparat hervorzuholen und einige Aufnahmen von den Grenzanlagen zu machen, von der grauen Betonwand, den gebogenen Straßenlaternen, dem Grenzpfosten, den Überwachungstürmen und den Kameras. Heimlich tat sie das, hinter vorgehaltener Hand, und dabei bemerkte sie Tom, der stehend über den Sitz seines Vordermannes gebeugt genau wie sie einige Fotos schoss. Bis der Bus vor einem der Zollgebäude hielt, blieb er in dieser Haltung, ganz ungeniert, als wäre es selbstverständlich.

Keiner sagte etwas, als sich die Bustür öffnete und gleich

darauf ein Vopo und ein Grenzer einstiegen. Nach kurzem Wortwechsel mit den Lehrern schoben sich die beiden Männer durch den Gang nach hinten, die Blicke immer wieder unter die Sitze gerichtet. Der Vopo war bewaffnet, eine Maschinenpistole klapperte über seiner Schulter.

»Was sind das für Pakete?«, fragte der Grenzer, und Wilsto eilte zu ihm und überreichte eine Kopie der Inhaltsliste.

»Das sind Mitbringsel für die polnischen Gastfamilien«, sagte er. »Alle Pakete haben den exakt gleichen Inhalt.«

Der Grenzer überflog den Zettel, wippte dabei über Fußspitze und Hacke vor und zurück. »Und was soll das Ganze?«

Die Frage überraschte Wilsto, er nuschelte etwas Unverständliches.

»Ich will da mal einen Blick reinwerfen.« Der Grenzer klopfte gegen eines der Pakete.

»Hier im Bus?«

»Draußen. Und in eines von da unten auch.« Mit einem Stiefel deutete er wahllos auf die unterste Reihe.

»Wir bringen Ihnen die sofort raus«, sagte Wilsto.

Er machte den Beamten Platz und beauftragte zwei Jungen, die Sache zu übernehmen: »Per, Sascha, ihr macht das, ja?« Natürlich stürzte ein Teil des Stapels beim Herausziehen der Pakete zusammen. Niemand lachte, obwohl es zum Lachen war.

Die Pakete mussten in das Zollgebäude getragen werden. Wilsto eilte den Jungen hinterher, die Mappe mit den Reisepässen in der Hand, und blieb selbst im Gebäude, während Per und Sascha gleich wieder zurückkamen.

»So wie die drauf sind, wollen die am liebsten gleich alles hier auseinandernehmen«, sagte Sascha. »Die sind ziemlich nervös.«

Jemand sagte: »Werfen wir die Pakete doch einfach aus dem

Bus und lassen sie hier liegen, dann gibt es keinen Ärger. Ist sowieso lächerlich, die Idee.«

»Bisschen spät«, sagte Per.

Nach einer ganzen Weile kam Wilsto zurück in den Bus. Er sah aufgewühlt aus und wischte sich mit beiden Händen übers Gesicht.

»Kann einer von euch zufällig gut Schreibmaschine tippen?«, fragte er.

Niemand sagte etwas.

»Es ist so weit alles in Ordnung, aber die Herren da drinnen bestehen auf einer getippten Teilnehmerliste. Adressen, Reisepassnummern, all das. Die Liste müssen wir selbst anfertigen. Sonst lassen die uns nicht weiter. Wenn ich das mache, dauert es ewig. Also: Wer kann?«

»Ich«, sagte Tom.

Wilsto sah ihn nur kurz an. »Keiner sonst?«

»Ich mach das gern«, sagte Tom. »Hab gerade einen Schreibmaschinenkurs hinter mir.«

»Wie du meinst«, sagte Wilsto. »Dann komm mal mit.«

Tom erhob sich von seinem Sitz, und als er an Gesa vorüberging, war sie kurz versucht, ihn aufzuhalten, aber im letzten Moment vertiefte sie sich dann doch wieder in das Buch auf ihrem Schoß, tat zumindest so.

»Die sehen wir so bald nicht wieder«, rief jemand weiter hinten, während Tom und Wilsto im Zollgebäude verschwanden. »Vielleicht auch *nie* mehr.« Einige lachten, und Gesa war froh, dass die Salewski und nicht sie es war, die darauf sagte: »Darüber macht man keine Scherze.«

Nach knapp zwanzig Minuten kamen die beiden zurück. Sie trugen die Pakete bei sich, die ihnen im Bus gleich abgenommen und nach hinten durchgereicht wurden. Im Gegensatz zu

Wilsto, der auf eine eigentümliche Art durcheinander wirkte, machte Tom einen vollkommen unbekümmerten Eindruck. Er setzte sich wortlos auf seinen Platz und holte etwas zu trinken aus dem Rucksack.

Und schon ging die Fahrt weiter. Kaum im Land, sahen sie den ersten Trabbi des Tages, lindgrün war er. Einige winkten dem Fahrer zu, der jedoch nicht reagierte. Als Gesa sich nach Tom umblickte, hatte er die Augen geschlossen und schien zu schlafen. Sie hätte sich gewünscht, dass auch ihr das gelänge, aber sie wusste, dass sie kein Auge zutun würde, nicht jetzt, nicht hier, nicht unterwegs.

Von der Stadt war wenig zu erkennen, vereinzelte Laternen brannten. Soweit Gesa es sehen konnte, fuhren sie über eine breitere Straße, die gesäumt war von vierstöckigen Gebäuden aus Backstein, auch Plattenbauten, vielen Bäumen, dann hin und her durch schmale Straßenfluchten, bis sie vor einem roten Gebäude hielten. Das musste die Schule sein.

»Wir sind da«, sagte die Salewski vorne, und überall wurden Arme in die Höhe gereckt. Die Allermeisten hatten die letzten Stunden der Fahrt verschlafen.

Über einen Treppenabsatz traten Leute aus der Schule und kamen näher. An der Straße öffneten sich die Türen einiger Autos, und während im Bus zusammengepackt wurde, rief die Salewski letzte Anweisungen nach hinten: »Gepäck ausladen, Pakete rausbringen, dann Verteilung aller Schüler auf die Familien, wie besprochen.«

Jemand klopfte von außen an die Scheibe, eine Frau im grauen Mantel, die Bustür wurde ihr geöffnet. Die Frau, blondiertes Haar, dicke, spiegelnde Brillengläser, begrüßte zunächst die Lehrer und wandte sich anschließend an alle: »Willkommen in Słupsk! Wir haben euch schon erwartet?« Es klang wie eine Frage. Dazu ein rollendes R, spitzes I, lang gezogenes E. »Mein Name ist Odija, Maria Odija. Ich bin Deutschlehrerin hier an der Schule und für euch, wie sagt man, zuständig? Draußen werden wir euch gleich mit euren Gastfamilien zusammenbringen. Morgen lernen wir uns dann alle kennen? Das steht auch so auf den Plänen, die ihr bekommen haben müsstet? Also, kommt, kommt.«

Der Ablauf draußen war alles andere als geordnet. Während sich die Ersten ihre Gepäckstücke zusammensuchten, die der Busfahrer auf den Gehweg stellte, und vorne die Carepakete ausgeladen wurden, las die Odija laut Namen von einem Blatt ab, zeigte auf Schüler, auf Eltern, ein Stimmengewirr aus Deutsch, Polnisch und Englisch lag in der Luft. Manche verluden bereits ihr Gepäck in Kofferräume, andere schleppten das Equipment der Band in aller Eile die Treppenstufen hinauf in die Schule. Gesa stand bei den Koffern und konnte nicht aufhören, über den Geruch zu rätseln, den sie hier wahrnahm. Er war ungewohnt, fast moorig, gleichzeitig aber auch mineralisch. Als sie ihren eigenen Koffer entdeckte und sich gerade danach bücken wollte, tippte eine Hand von hinten gegen ihren Rücken. Sie drehte sich um, ein schmales Mädchen, kurzhaarig, Gesa erkannte sie von dem Foto, das sie zu Hause bekommen hatte.

»Du bist Gesa?«

»Und du bist Agnieszka?«

»*Tak*. Aga.«

Sie sahen sich an. Gesa verstand nicht.

»Aga.« Das Mädchen zeigte auf sich und dann auf einen Wagen am Straßenrand. »Meine Mutter wartet.«

»Und Tom? Was ist mit dem?«

»Er ist schon im Wagen«, sagte Aga. »Er hat auch diese Pakete von euch dabei. Wir können also los? Das hier ist dein Koffer?« Gesa nickte, und Aga nahm ihren Koffer und trug ihn zum Wagen.

Von der Rückbank blickte Tom Gesa entgegen. Er hatte seinen Gitarrenkoffer auf den Knien liegen und hob diesen an, damit sie sich neben ihn setzen konnte. Enger als nötig drückte er sich gegen seine Seitentür, als wollte er möglichst viel Platz zwischen ihnen lassen.

»Blazejewisz, Dorota.« Auf dem Fahrersitz drehte Agas Mutter sich um und reichte Gesa die Hand.

»Gesa Lehnart.« Sie überlegte kurz und fügte dann hinzu: »*Dzień dobry*.«

»*Mówisz po polsku?*«

Gesa wusste nicht zu antworten, sie hob entschuldigend die Schultern. Agas Mutter lächelte und startete den Wagen.

Sie mussten nicht weit fahren, ein paar Mal nur bogen sie ab. Obwohl Gesa sich darauf konzentrierte, glaubte sie nicht, den Weg zurück noch einmal finden zu können. Sie bemühte sich, im Vorbeifahren die Straßennamen zu erkennen, aber es war aussichtslos. Es dauerte einfach zu lange, die Worte zu entziffern. Die Straße, in der sie in einer Lücke parkten, begann mit einem P. Aga zeigte auf das Haus direkt vor ihnen. »Erster Stock«, sagte sie.

So leise wie möglich trugen sie das Gepäck hinauf. Kaum hatten sie die Wohnung betreten, flüsterte Aga: »Mein Vater schläft schon. Er muss früh zur Arbeit.« Sie zeigte nacheinander auf zwei Türen: »Badezimmer. Euer Zimmer.«

Gesa war sprachlos, ihr Mund öffnete sich von allein, und sie hätte sich weit besser gefühlt, wenn ihr der Schock über diese Nachricht nicht so ohne Weiteres anzusehen gewesen wäre.

Tom und sie in einem Zimmer? Damit hatte sie nicht gerechnet, und sie war selbst überrascht, was diese Aussicht bei ihr bewirkte.

»Wir haben leider nur das eine Zimmer für euch«, sagte Aga. »Mein Zimmer. Ich schlafe im Wohnzimmer? Das ist hoffentlich kein Problem für euch?«

Tom sah Gesa von der Seite an. Sie spürte das und nickte.

»*Dobrze*. Also schlaft gut. Wir frühstücken um acht und gehen dann in die Schule. Um neun Uhr müssen wir dort sein?«

Aga verschwand in den Raum, in den ihre Mutter zuvor die Pakete getragen hatte, die Küche wahrscheinlich, und Tom öffnete die Tür zu ihrem Zimmer und ging hinein. Gesa blieb auf dem Flur stehen und spürte ihren Pulsschlag im Hals. Sie war tatsächlich aufgeregt. Aus ihrem Koffer nahm sie Kulturtasche und Schlafanzug und betrat das Badezimmer. Sie fand den Lichtschalter nicht, fasste zwei Mal daneben. Irgendwie, so schien es, war sie heute nicht sie selbst, den ganzen Tag schon nicht.

Der Grund dafür war keineswegs rätselhaft, er lag auf der Hand. Es erstaunte Gesa lediglich, dass ihr der *Vorfall* von damals noch immer so präsent war. Bis vor Kurzem hätte sie nicht behaupten können, dass sie sich besonders daran erinnerte. Erst seit Toms Eltern gefragt hatten, ob sie sich vorstellen könnte, während der Polenfahrt ein Auge auf Tom zu haben, der mit der Schulband daran teilnehmen würde, und mit ihm gemeinsam bei der Gastfamilie zu wohnen, war alles wieder da gewesen, zunächst als vages Gefühl, dann jedoch, seit heute Morgen, seit ihrem Wiedersehen auf dem Schulparkplatz, als bloße Wut. Während sie sich umzog und die Zähne geputzte, tauchten nach und nach die Bilder von damals vor Gesas innerem Auge auf, und sie wehrte sich nur halbherzig dagegen. Seltsam war, dass Markus, Toms älterer Bruder, so unscharf blieb. Ihn sah sie nicht vor sich. Dagegen war der Rest klar und deutlich. Ihr Zimmer, das heruntergezogene Rollo, die mit einem roten Tuch abgedunkelte Nachttischlampe, und sie auf dem Bett, auf Markus, nur halb zugedeckt. Es war nicht ihr erstes Mal; langsam begann es, Spaß zwischen ihnen zu machen. Nur sie bemerkte den Lichtkegel, der von der Zimmertür kam. Und während sie sich weiter auf Markus bewegte, blickte sie zur Tür. Tom. Er stand da. Beobachtete sie. Wahrscheinlich hatte er sich unten bei den Erwachsenen, die irgendeinen Geburtstag feierten, gelangweilt und im Haus nach seinem Bruder und ihr gesucht. Da stand er also. Und da blieb er stehen. Viel zu lange. Gesa bewegte sich auf Markus. Und Tom ging nicht weg. Sie konnte es nicht fassen, konnte aber auch nicht aufhören. Versuchte, ihn zu ignorieren. Fluchte innerlich. Schlimm für sie war, dass ihr Körper anders reagierte als ihr Kopf. Als sie wieder aufsah, war Tom verschwunden, aber die Tür war nur angelehnt, nicht geschlossen wie zuvor. Sie hatte sich das nicht eingebildet.

Nie wieder hatten Markus und sie es miteinander getan, wenn Tom in der Nähe hätte sein können. Wenige Wochen danach war es aus gewesen zwischen ihnen. Bis heute hatte Gesa nicht darüber nachgedacht, aber nachträglich schien es ihr, als bestünde ein Zusammenhang zwischen der Trennung von Markus und dem Vorfall von damals. Natürlich stimmte das nicht; es war ungerecht, das zu denken. In Wirklichkeit war es einfach schlecht gelaufen zwischen Markus und ihr. Angeblich studierte er jetzt irgendwo im Süden. Gesa wusste nicht einmal, wo, es war ihr auch egal. Sie wusch sich das Gesicht mit kaltem Wasser und schaute noch einmal in den Spiegel.

»Ganz ruhig«, sagte sie zu sich selbst. »Das ist lange her.«

Im Zimmer hatte Tom es sich auf einer Liege bequem gemacht, die unter dem Fenster stand. Mit seiner E-Gitarre auf dem Schoß lag er da, strich kaum hörbar über die Saiten. Er hatte sich bereits umgezogen, seine Kleider lagen in der Ecke. Shorts und T-Shirt trug er, wirkte darin beinahe dürr, und die Haut an seinen Beinen war hell, sodass sich der Verlauf der Adern darunter erahnen ließ.

Ihr Bett stand neben dem Schreibtisch an der Längsseite des Zimmers, blumengemusterte Bettwäsche, die Nachttischlampe auf dem Bord darüber brannte.

»Bad ist frei«, sagte Gesa.

Tom legte die Gitarre in den geöffneten Instrumentenkoffer, nahm Zahnbürste und Zahnpasta und stand auf. Eine Tablettenschachtel bemerkte Gesa auf dem Kleiderhaufen, weiß, irgendein Name, nichts Auffälliges, und als sie beide voreinanderstanden, blickte Gesa Tom fest in die Augen oder versuchte es zumindest.

»Keine Angst«, sagte er. »Du brauchst hier nicht auf mich aufzupassen. Ich komme allein zurecht. Und du …« Er stockte, schien nicht weiterzuwissen. Seine stochernde Art zu sprechen hatte Gesa beinahe vergessen. »Du machst deinen Kram«, sagte er dann, »ich meinen.«

»Klingt gut.«

Gesa legte sich in ihr Bett, und kaum war Tom draußen, löschte sie das Licht.

2

Bereits auf der Treppe konnte Gesa Musik hören, ein Wummern, das aus einem der Klassenzimmer am Ende des Ganges kam und immer wieder nach kurzer Zeit abbrach, nur Schlagzeug und Bass, nicht die gesamte Band. Entweder probten sie dort gerade einen Einsatz oder den Schluss eines Stückes, das war so nicht zu erkennen. Es war zu dumpf, was durch die Tür nach außen drang. Gesa blieb einen Moment auf dem Flur stehen, lauschte, wartete die nächste längere Unterbrechung ab und trat dann leise ein.

Die Tische und Stühle waren an die Wände gerückt, um Platz in der Mitte zu schaffen. Den meisten Raum nahm das Schlagzeug ein, das zu groß für diese Umgebung wirkte. Per saß dahinter, und obwohl er gerade etwas mit dem Bassisten Erik besprach, dessen Verstärker gleich neben dem Schlagzeug aufgebaut war, blickte er als Einziger zur Tür, als Gesa eintrat, und nickte ihr zu. Möglichst unauffällig schob sie sich an den Tischen entlang in den hinteren Bereich, achtete bei ihren Schritten auf die bunten Kabel, die kreuz und quer verliefen, und musste einen Bogen um das Keyboard herum machen, Annes Instrument, die im Schneidersitz dahinter auf dem Boden hockte und in einen Collegeblock schrieb. Anne blickte nicht einmal auf, obwohl sie Gesas Vorbeigehen bemerkt haben musste.

»Seid ihr oben schon fertig?«, fragte Per und klopfte mit den Sticks auf seine Oberschenkel.

»Fast«, sagte Gesa.

Auf der gegenüberliegenden Seite des Klassenzimmers drehte Tom in Zeitlupe den Kopf. Seine Gitarre war leise gestellt, aber er spielte etwas, strich mit den Fingern über die Saiten, den Mund leicht geöffnet. Sein Blick war nach innen gerichtet, sodass Gesa nicht sicher war, ob er sie wirklich wahrnahm. Sie setzte sich auf einen der Tische und zog die Beine an den Körper.

»Was macht ihr oben denn eigentlich genau?«, fragte Per.

»Heimatkunde«, sagte sie, und Per schob die Unterlippe vor. »Deutsch-Polnisches eben.«

»Sind die Polen dabei?«, fragte er.

»Die dürfen zwischendurch Referate halten. Geschichtliches aus Słupsk. War mal eine Hansestadt. 600 Jahre deutsch. Und schön. Klein-Paris. Dann Hitler, Stalin. Das volle Programm. Aber jetzt erzählt die Odija gerade, was in den nächsten Tagen so ansteht.«

»Und was wird das sein?«

»Nicht viel. Morgen fahren wir mit dem Bus an die Küste, da gibt es berühmte Dünen. In der Nähe werden wir auch übernachten, in einem Feriendorf, alles aus Holz. Sonntagabend gibt es eine Party irgendwo. Montagmorgen habt ihr euer Konzert in der Schulaula. Und dann geht's auch schon wieder nach Hause.«

»Das wussten wir doch alles«, sagte Per.

»Eben. Deshalb bin ich da auch weg.«

Erik unterbrach ihr Gespräch. »Wollen wir jetzt noch proben oder nicht?«

»Sicher«, sagte Per. »Ich bin bereit.«

Er zählte an – »eins, zwo, sieben, neun« –, und Schlagzeug und Bass begannen, zusammen zu spielen, in einer Lautstärke, die Gesa für einen Augenblick den Atem nahm. Wenige Takte waren es nur, die sie mehrfach wiederholten. Erik schien an seinem Basslauf zu feilen, ihn dem Rhythmus anzugleichen. So ganz passte das nicht zusammen, was selbst Gesa heraushören konnte. Für Bässe hatte sie sich allerdings immer schon begeistert. Wäre sie musikalisch gewesen, hätte sie als Instrument mit Sicherheit den E-Bass gewählt. Vor einiger Zeit, als sie ein Stück im Radio gleich nach den ersten Basstönen erkannt hatte, was ihr sonst nie gelang – etwas von Police war es gewesen –, war ihr aufgefallen, dass sie unbewusst stets auf den Bass achtete. Für sie war er beinahe so wichtig wie der Text. Erik versuchte sich, zusehends verzweifelter, an einer Tonfolge, die zusammen mit dem Becken gespielt werden musste. Immer wieder kam er nach wenigen Tönen raus.

»Kacke«, sagte er irgendwann, und Per hielt inne. »Da verknoten sich mir die Finger.«

Mit einem Mal hörte Gesa Toms Stimme hinter sich, dumpf und undeutlich. Sie kam aus den Boxen, die auf den Ecktischen standen. »Wir spielen es einfach noch einmal durch«, sagte er. Er sprach in ein Mikrofon, und an der Art, wie die anderen auf seine wenigen Worte reagierten, erkannte Gesa, dass er die Band offenbar leitete.

Anne legte ihren Block weg, erhob sich und blickte zu ihm hin. »Von wo denn?«

»Von vorn«, sagte Tom, wieder durchs Mikrofon.

Dann war auch seine Gitarre zu hören, die Lautstärke baute sich in Sekunden auf, schwoll an, um sogleich voll da zu sein. Es fiepte aus seinem Verstärker. Das gehörte schon zum Stück. Per schlug gegen die Becken, Eriks Bass dröhnte dazu. Dann setzten alle ein, und Gesa presste ihre Hände flach auf die Ohren. Die Musik klang nun abgedämpft und so, als würden alle mit einem Mal etwas tiefer spielen. Die einzelnen Geräusche aus den unterschiedlichen Richtungen konnte Gesa kaum auseinanderhalten. Sie musste die Instrumente ansehen, um ihnen die Töne zuzuordnen. Längere Zeit blickte sie auf die Gitarre, auf Toms Handbewegungen, und auf einmal fiel ihr ein, wann sie ihn das erste und bislang einzige Mal hatte spielen sehen.

In der Turnhalle war das gewesen, vor einigen Jahren, zur Einschulungsfeier eines neuen Jahrganges. Sie selbst war als Mitglied der Theater-AG dabei gewesen, die ein kleines Stück aufführen sollte, eine Szene aus der *Feuerzangenbowle* – Pfeiffer mit drei f, 'ne Dampfmaschin –, und ihre Aufgabe hatte darin bestanden, an einer Stelle um die Ecke zu schauen, unschuldig zu gucken und den Jungs zuzuwinken. Das war schon alles gewesen. Die neuen Schüler saßen andächtig auf ihren Plätzen und lachten brav, wenn ihre Eltern lachten. Gleich nach ihrer Aufführung war als Abschluss der Veranstaltung die neu gegründete Schulband angekündigt worden, die extra für diesen Anlass drei Stücke einstudiert hatte. Unter Beifall traten die Bandmitglieder auf – hauptsächlich Leute aus ihrem Jahrgang: Per, Erik, die üblichen Verdächtigen –, aber dann erkannte sie auch Tom an der Gitarre. Das verblüffte sie. Obwohl sie sich mehrmals im Jahr auf gemeinsamen Feiern der Eltern begegneten, zu Geburtstagen, zu Silvester, hatte Gesa nicht gewusst, dass Tom Gitarre spielte.

Als einziges Bandmitglied stand Tom seitlich zum Publikum. Womöglich versuchte er so, seine Gesichtsröte zu verbergen, die Gesa noch aus der hintersten Reihe auffiel. Nie blickte er auf seine Gitarre; seine Finger spielten, während er zu Boden oder zu Wilsto schaute, der an der Seite stand und bemüht unauffällig bei den Einsätzen half. Die Stücke waren Gesa nicht im Gedächtnis geblieben, Schulbandmusik: *Sag mir, wo die Blu-*

men sind, *Knockin' on Heaven's Door*, so was. Sie erinnerte sich lediglich an Tom, an seine schmale Gestalt von der Seite, und wie er einmal abtauchte, mitten im Stück, in der Hocke nach etwas auf dem Boden suchte, um dann erneut einzusetzen. Hinterher gab es angemessenen Beifall und Rufe nach einer Zugabe, woraufhin die Band eins der zuvor gespielten Stücke wiederholte.

Während des Abbaus traf Gesa dann hinter der Bühne auf Tom. Er war gerade damit beschäftigt, Kabel einzurollen, und seine Gitarre hing noch immer über seiner Schulter.

»War das dein erstes Konzert?«, fragte sie.

»Das erste Mal, ja«, sagte er, und sie musste über die unschuldige Art lachen, mit der er das herausgebracht hatte.

»War doch gut.«

»Danke.«

Sie blickte auf seine Gitarre, sah noch einmal genauer hin, bevor sie sagte: »Da ist ja Blut.«

»Was?«

»Da.« Sie zeigte hin. »Auf deiner Gitarre.«

Es waren winzige, vereinzelte Spritzer, die sich unter den Saiten verteilt hatten. Auf dem weißen Untergrund war das genau zu erkennen.

»Oha.« Er starrte auf seine Hand. Auch dort Blut. An mehreren Fingern war die Haut eingerissen, Zeige- und Mittelfinger bluteten noch. »Ich hab beim Spielen mein Plektron verloren und ... nicht wiedergefunden.«

»Hast du denn nichts gespürt? Das muss doch wehgetan haben.«

»Weiß nicht.«

Sie reichte ihm ein Taschentuch, das er sich um die Finger wickelte. Unbeholfen wischte er mit der verbundenen Hand über die Gitarre, aber die Blutspritzer waren bereits getrocknet.

»Geh du dir erst mal die Hände waschen und hol dir Pflaster«, sagte Gesa. »Und auf dem Rückweg bringst du Toilettenpapier mit. Ich schau solange, was ich hier tun kann.«

»Klar«, sagte er, nahm die Gitarre ab und lehnte sie gegen den Verstärker. »Klar.«

All das fiel Gesa mit einem Mal wieder ein, nicht nur als Erinnerung, sie konnte es bildlich vor sich ablaufen sehen. Ob die Gitarre, die Tom spielte, noch die gleiche war wie damals? Jedenfalls war es auch jetzt eine schwarz-weiße Stratocaster. Im Musikunterricht hatten sie das Wort einmal gelernt, in Instrumentenkunde, als es um »moderne Instrumente« gegangen war, und sie hatte es tatsächlich nicht wieder vergessen. Während Tom spielte, konzentriert, immer im Blickkontakt mit Per, sah sie sich vor seiner Gitarre sitzen, damals, auf den Knien, ein mit Spucke befeuchtetes Taschentuch in der Hand, mit dem sie über die Blutspritzer wischte. An die Farbe, die das Tuch nach und nach annahm, konnte sie sich genau erinnern: Hellrot, fast Rosa.

Die Band hielt überraschend inne, und alle sahen zur Tür, die sich geöffnet hatte. Aga schaute herein, ihr Blick blieb an Tom hängen, und sie sagte: »Entschuldigung, bitte.« Sie zögerte. »Alle sind schon in die Stadt gegangen. Wir müssen langsam hinterher? Ich führe euch? *Tak*?«

»Klar«, sagte Tom.

Erik fluchte. Er war mehr als unzufrieden mit seiner heutigen Leistung und drückte verärgert auf einen Schalter an seinem Verstärker.

»Das wird schon«, sagte Tom zu ihm. »Wir haben morgen Abend ja noch eine Probe in diesem Feriendorf.«

Auf dem Weg in die Innenstadt ließ Gesa alle anderen ein ganzes Stück vorgehen. Sie mochte es nicht, durch Straßen zu hetzen, ohne etwas von der Umgebung zu sehen, und vor allem wollte sie sich den Weg einprägen, obgleich der einfach war: immer geradeaus, dann links abbiegen, an einer zweispurigen Straße entlang, einige Geschäfte gab es hier, einen überaus breiten Fußweg, Litfaßsäulen, schon gelangten sie auf den Platz vor dem Rathaus. Aga, die, anders als angekündigt, nicht die Führung der Gruppe übernommen hatte, sondern nur dann und wann korrigierend von hinten eingriff, wenn sich die anderen in die falsche Richtung bewegten, las den Namen des Platzes vor, als sie merkte, wie Gesa sich bemühte, diesen auf einem Schild zu entziffern: »*Plac Zwycięstwa*.«

Gesa versuchte erst gar nicht, ihr das nachzusprechen. »Unglaublich«, sagte sie. »Die Schilder hier sehen für mich alle so aus, als hätte ein Kind wahllos mit den Fäusten auf eine Schreibmaschine gehauen. Ich erkenne die Wörter einfach nicht.«

»So?«, sagte Aga.

Vor ihnen holperte eine Kohlenkutsche vorbei, verstaubter Kutscher, ebenso verstaubte Pferde, auf der Ladefläche jutefarbene, gestapelte Säcke. Es war wie eine Erscheinung aus einer vergangenen Welt. Gesa hatte so etwas noch nie gesehen, und mit einem Mal wurde ihr bewusst, dass das, was sie überall in der Stadt roch und bislang nicht einzuordnen gewusst hatte, Kohleöfen sein mussten.

»Früher hieß der Platz hier übrigens anders«, sagte Aga. »Stephansplatz. Nach dem Postminister.«

»Welchem Postminister denn?«

»Heinrich von Stephan. Kennst du nicht? Haben wir in der Schule gelernt. Der stammt aus Słupsk und hat die Postkarten erfunden.«

»Aha«, sagte Gesa. Sie blickte noch immer dem Kutscher nach, der in eine Seitenstraße einbog.

»Du und Tom«, sagte Aga, »ihr kennt euch schon lange, oder?«

»Eigentlich kennen sich unsere Eltern. Meine Mutter und Toms Vater sind gemeinsam zur Schule gegangen. Später haben unsere Familien oft zusammen gefeiert. Silvester und so. Da haben wir uns gesehen.«

»Nur gesehen?«

»Wir haben auch mal gesprochen, natürlich. Aber Tom ist eben einige Jahre jünger als ich. Mit seinem Bruder hatte ich mehr zu tun. Markus. Der war der Älteste von uns dreien.«

»Ich hatte geglaubt«, sagte Aga, »dass Tom und du, wie sagt man, so etwas wie Geschwister seid? Jedenfalls in der Art?«

»Nein«, sagte Gesa.

Wo entlang waren sie jetzt gegangen? Gesa hatte verpasst, auf die Straße zu achten, in die sie vom Rathausplatz eingebogen waren. Sie war einfach neben Aga hergetrottet und hatte sich von deren Fragen ablenken lassen. Außerdem war ihr aufgefallen, dass Aga Tom, der mit den anderen ein paar Hundert Meter vor ihnen ging, nicht einen Moment aus den Augen ließ. Was auch immer er da vorne tat, Aga registrierte es mit ihren Blicken. Es war die Frage, ob dies noch zufällig oder bereits absichtlich geschah.

»Wie viel jünger ist er denn?«, fragte sie Gesa jetzt.

»Zweieinhalb Jahre. Er ist vor Kurzem fünfzehn geworden.«

»So jung? Das merkt man ihm gar nicht an, oder? Er hat sich so gut im Griff.«

»Wie meinst du das?«

»Er ist ruhig, gelassen. Sagt man so? Ich jedenfalls wäre aufgeregt, wenn ich nächste Woche ins Krankenhaus müsste.«

»Ins Krankenhaus?«

»Hat Tom am Morgen erzählt. Die Mandeln?« Aga fasste sich an den Hals, um Gesa zu zeigen, wovon sie sprach. »Richtig? Das ist nicht schlimm. Aber es ist eine Operation. Ich wäre aufgeregt.«

»Davon wusste ich gar nichts«, sagte Gesa.

»Den Termin haben sie so gelegt, dass er noch mitkommen konnte. Dienstag muss er dann, wie hat er gesagt …«

»Unters Messer?«

»*Tak*.«

Sie erreichten den ausgemachten Treffpunkt, ein altes Gebäude, *Poczta* war über dem Eingang zu lesen, und überall hatten sich Grüppchen gebildet, die darauf warteten, dass es losging. Eine Stadtführung war als Nächstes geplant; sehr wahrscheinlich würde diese in der Backsteinkirche beginnen, die vor ihnen an der Straße stand, rot und schief. In der Nähe sollte es laut Aga einen Laden geben, in dem sich alle mit Proviant eindecken konnten, um die Zeit bis zum Mittagessen zu überbrücken. Es waren erkennbar noch nicht alle zurückgekehrt, sodass es wohl einige Zeit dauern würde, bis sie endlich loskamen. Inmitten polnischer Schülerinnen erblickten sie die Lehrerin Odija, die einen hochgeschlossenen Mantel trug und Aga zu sich heranwinkte, und kaum war diese von Gesas Seite verschwunden, trat Sascha aus der Menge zu ihr heran, als hätte er nur auf die Gelegenheit gewartet. Im Näherkommen biss er von einem Schokoriegel ab.

»*Prince Polo*«, sagte er. »Das essen alle hier. Probier mal.«

Er reichte Gesa den Riegel, und sie biss mit gespitzten Lippen ab.

»Ziemlich süß.«

»Stimmt.« Sascha schnaubte in ein Taschentuch, das er aus

einer Hosentasche geholt hatte, wischte sich die Nase ab und inspizierte das Ergebnis im Taschentuch. »Ruß«, sagte er kopfschüttelnd. »Das glaubt einem später auch keiner.«

Gesa musste lächeln, und ihr fiel auf, dass Sascha sehr nahe an ihrer Seite stand. Ihre Jackenärmel berührten sich; es war ihr nicht unangenehm. Sascha war einen Kopf größer als sie, braunhaarig, breiter Nasenrücken, er roch sauber nach Deo. Sie wusste im Moment nichts weiter zu sagen, schaute ihn nur von der Seite an und ertappte sich bei dem Gedanken, seine Hand berühren zu wollen. Kleine Hände hatte er. Aber bevor etwas passieren konnte, rief jemand aus der Menge nach ihm, und Sascha verschwand, ihr zunickend, hinter einigen Rücken.

»Kannst du mir Geld leihen?«

Gesa drehte sich um. Tom stand hinter ihr, wahrscheinlich schon länger.

»Was?«, fragte sie.

»Ich brauche Geld, deutsches Geld.«

»Wofür?«

»Weißt du, was ein Delay ist?«

Sie überlegte kurz, schüttelte dann den Kopf.

»Tremolo?«

»Nein.«

»Dann komm mal mit.« Tom wandte sich um und trat über die Straße auf ein Tor zu, das auf einen Hinterhof führte.

»Warte doch mal«, sagte Gesa, tat dabei bereits die ersten Schritte, um ihm zu folgen, und als sie sich im Gehen umschaute, begegnete sie Agas Blick, die sie beobachtet haben musste. Gesa signalisierte ihr, dass sie gleich wiederkämen. Aga nickte.

Das Schild über der Toreinfahrt war Gesa vorher nicht aufgefallen. Ein Name stand darauf, *Abrosat*, umgeben von mehreren Notenschlüsseln. Als sie Tom durch das Tor auf den Hinterhof folgte, konnte Gesa das Musikgeschäft sehen, ein Schaufenster mit diversen Instrumenten und Notenbüchern. Tom wartete ungeduldig vor dem Laden und öffnete die Tür, noch bevor Gesa bei ihm war.

»Was ist mit den anderen?«, fragte sie.

»Wilsto weiß Bescheid. Der holt uns, wenn es weitergeht.«

Das Geschäft bestand aus einem einzigen großen Raum, vollgestellt mit Instrumenten und Zubehör, Boxen, Verstärkern, alles notdürftig unterteilt durch die Auswahl an Gitarren und Bässen in der Mitte. Gleich an der Tür saß ein Mann in einem Ledersessel, der Inhaber wahrscheinlich, Abrosat, bärtig, bebrillt; eine Tigerkatze strich neben ihm über die Armlehne. Als Tom auf die Gitarren deutete, sagte er mit gönnerhafter Miene: »Biete schön, biete.«

Sie waren nicht die Einzigen im Laden. In einer Ecke knieten Per und Anne vor Schlaginstrumenten, Schellen, afrikanischen Bongos, Klangstäben. Erik untersuchte ein eckiges Teil, das er einer Schachtel entnommen hatte, die vor ihm auf dem Boden lag; wiederholt hielt er es an eine Westerngitarre und wiegte den Kopf dazu. Und vor einer Wand aus Notenbüchern stand Hendrik, der zwar nicht zur Band gehörte, jedoch im Schulorchester Geige spielte. Wie ertappt sagte er: »Noten.«

Dann hörte Gesa, wie Tom eine Saite an einer E-Gitarre anschlug, die er sich aus dem Ständer in der Mitte genommen hatte, leise, unverstärkt, ein kurzer Ton. Er spielte die Saite noch einmal an, ließ sie diesmal aber ausklingen und drehte gleichzeitig an einem Regler der Gitarre. Jetzt war der Ton durch einen der Verstärker zu hören, und er klang nach, weiter und weiter, bis er langsam verschwand, wie ein Hall in einer Kirche. Tom wiederholte das, drehte am Regler, spielte die Saite, erneut der Regler, und ein einziger andauernder Ton entstand.

»Das zum Beispiel kann man mit einem Delay machen«, sagte er.

»Und was ist das genau?«, fragte Gesa.

»Ein Echo.«

»Klingt wie Hall.«

»Ja«, sagte er, »wenn man es so macht.«

Tom wandte sich zum Verstärker, auf dem ein flaches, blauschwarzes Gerät mit einigen Drehreglern lag, Schaltern, einer rot leuchtenden Anzeige, deren Zahl kleiner wurde, als er einen Knopf drückte. Erneut spielte er einen Ton, der wiederholt wurde, mehrmals, ein Echo.

»Hörst du?«

»Sicher.«

»Und jetzt so.«

Er schlug eine Saite an, das Echo war zu hören, und gleich darauf spielte er sie erneut an, immer abwechselnd; das ergab einen Rhythmus, den er fortsetzen konnte. Dann änderte er bei jedem Anschlag die Tonhöhe, spielte abwechselnd tiefere, höhere Töne, die sich mit dem Echo vermischten.

»Cool«, sagte Erik quer durch das Geschäft. Er stand mittlerweile vor Abrosats Sessel und zählte Scheine in dessen Hand ab. Offenbar hatte er sich für das eckige Teil entschieden.

»Und wenn ich hier am Verstärker das Tremolo dazuschalte«, sagte Tom, »dann klingt es fast wie Wellen ...«

Gesa unterbrach ihn: »Das Ding willst du also kaufen?«

»Unbedingt«, sagte er. »Das ist ein Digital-Delay, von MXR.

Also, eigentlich ist es von MXR, nur dieses hier … Ein Nachbau, aus Polen, Russland, keine Ahnung. Klingt und funktioniert aber genau wie das Original. Bei uns kostet so was ein Vermögen.«

»Und hier?«

»270 Mark. Abrosat nimmt auch deutsches Geld. Bei ihm Kurs 1 zu 700.«

»Du hast doch Geld«, sagte Gesa. »Wie wir alle.«

»Złoty, ja. Aber das genügt nicht. Und wir werden vielleicht auch noch was brauchen … In den nächsten Tagen.« Er stellte die Gitarre weg. »Hast du denn nichts?«

Gesa sah ihn ungläubig an. Konnte es sein, dass er von dem Notfallumschlag wusste, den sie von ihrer Mutter am Abend vor der Abreise zugesteckt bekommen hatte? Falls etwas sei, hatte ihre Mutter gesagt, und schon da hatte es Gesa geärgert, dass dieses Geld nicht allein für sie, sondern auch für Tom gedacht war. Ihre Aufgabe würde es sein, das Geld zu verwalten und zu entscheiden, wann und wofür es benutzt werden durfte. Die Rolle, in die sie damit geriet, hatte ihr ganz und gar nicht gefallen. Sie gefiel ihr jetzt noch weniger.

»Da ist Wilsto«, sagte Erik von der Tür aus. »Wir sollen los.«

Die anderen gingen zügig an Abrosat vorbei zur Tür – »*Do widzenia*« –, und kurz darauf waren ihre Stimmen draußen auf dem Hof zu hören.

»Was ist denn nun?«, fragte Tom. Seine Hand lag auf dem Echogerät.

»Das musst du selbst wissen.«

Gesa griff in ihren Rucksack, zog den Umschlag heraus und reichte Tom die vier braunen Scheine, die sich darin befanden.

»Mehr hab ich auch nicht«, sagte sie. »Den Rest musst du mit deinen Złotys bezahlen.«

»Klar.«

Einen Moment hielten sie beide die Scheine mit ihren Fingern fest, sahen sich an, und Tom lächelte.

Liebe Gesa,
heute habe ich an unsere Polenfahrt zurückgedacht. War das wirklich das Jahr, in dem die Mauer fiel? Lang ist's her. Zufällig ist mir mein alter Reisepass zwischen die Finger geraten. Grün-rosafarbener DDR-Stempel. Daneben ein Visum für Polen. In Bonn ausgestellt, unleserliche Unterschrift. Da steht es: August 89. Damals sind wir rübergefahren. Überall passierte so einiges. Und was, bitte schön, haben wir gemacht? Ich für meinen Teil habe mir mit Deiner Unterstützung ein Echogerät gekauft. Wie passt das zusammen?

Echo – Echo, T

PS: Schulde ich Dir eigentlich
immer noch das Geld von damals?

Motiv: Die Berliner Mauer. Berlin, Mitte 1997

3 Ein großer See, grün gezeichnete Flächen, die Nehrung mit ihrer Dünenlandschaft davor, gelb dargestellt, und dann das Meer. Auf der Landkarte konnte Gesa den Leuchtturm von Czołpino ausmachen, der ihr Wanderziel war. Wenn sie es richtig verstanden hatte, würden sie zunächst die Strecke durch den Dünenstreifen bis zum Strand zurücklegen, bevor sie, sozusagen auf dem Rückweg, zum Leuchtturm kamen, der inmitten eines Waldgebietes lag, Kiefernwald, wie überall hier. Im Ankunftstrubel war das alles schwer zu verstehen gewesen. Die Odija hatte im Bus zwar eine Durchsage gemacht, zweisprachig, aber niemand hatte Lust verspürt, ihr lange zuzuhören. Alle hatte es hinaus an die Luft gezogen, sofort, und irgendwann hatte es die Odija einfach aufgegeben. »Mir folgen« waren ihre letzten verständlichen Worte gewesen.

Alle waren bereits aufgebrochen, hatten einen sandigen Pfad eingeschlagen, und nur Gesa stand noch vor der Schautafel am Parkplatz und bemühte sich, ihre Position auf der Landkarte zu bestimmen. Bevor sie losging, wollte sie wissen, wo sie sich hier befand, aber auf die Schnelle ließ es sich nur auf zwei Möglichkeiten eingrenzen, zwei nicht weit voneinander entfernt liegende Parkplätze, einer nördlich, einer westlich des Leuchtturms. Das musste genügen, Gesa hatte keine Zeit zu verlieren. Schon jetzt war sie mit einigem Abstand die Letzte.

Eine Gruppe älterer Herren marschierte vor ihr, alle grauhaarig, beige Sommerkleidung, einer von ihnen trug ein Akkordeon bei sich. Nach wenigen Metern teilte sich die Gruppe und umspülte in engem Bogen eine Person, die in der Mitte des Pfades stand und einen Film in einen Fotoapparat einlegte, derart konzentriert, dass sie nichts von den vorbeiziehenden Herren mitzubekommen schien. Es war Tom, jetzt in Jeansjacke, die ihm nicht gehörte – vielleicht hatte Per sie ihm geliehen, der besaß so eine –, und er klappte den Deckel des Apparates zu, lauschte daran und bedeutete Gesa stehen zu bleiben. Dann knipste er sie.

»Gesa in Feindesland«, sagte er, als sie näher kam.

»Wieso das?«

»Keine Ahnung. Siehst einfach so aus ... Wenn du Genaueres wissen willst, solltest du am besten meinen Opa fragen.«

»Verstehe ich nicht.«

»Du hättest ihn hören sollen, als er letzte Woche mit Oma bei uns war«, sagte Tom und ging mit ihr weiter. »Da hat er mitbekommen, dass ich hierherfahre ... Nach Polen.«

»Und was hat er gesagt?«

»›Was bitte willst du denn bei den *Polacken*?‹« Das letzte Wort betonte Tom auf eine Art, dass Gesa die Bassstimme seines Großvaters sogleich im Ohr hatte, ohne diesen genauer zu kennen.

»Na.«

»Das Seltsame ist«, sagte Tom, »ich habe noch nie ... eigentlich habe ich noch nie mit meinem Opa über irgendwas geredet. Mit dem redet man nicht. Der ist nur da und grummelt vor sich hin. Mal dies, mal das ... Gar nicht unangenehm. Aber dann fängt er plötzlich so an.«

Eine Pause entstand, was zumindest auf Gesas Seite daran lag, dass sie es nicht gewohnt war, länger mit Tom zu sprechen. Das hatte sie so noch nie getan, und nach all den Jahren, die sie sich nun kannten, kam es ihr eigentümlich vor, ausgerechnet jetzt und hier damit zu beginnen. Aber was sprach dagegen?

Sie fragte: »Mehr hat er nicht gesagt?«

»Doch, wir haben uns fast gestritten ... Wollte ich gar nicht. Es war irgendwie ... Die beiden stammen doch ursprünglich von hier. Pommern, damals. Geflüchtet sind die. Das wusste ich ja. Oma hat immer mal was erzählt. Von den Trecks. Wie sie sich in einem Wald versteckt haben. ›Zweiundvierzig Erwachsene, acht Kinder, neun Pferde‹ ... Dass der Krieg aus war, haben die gar nicht mitgekriegt. Und als eine Einheit Russen am Wäldchen vorbeimarschiert ist, sind alle Pferde und Kinder mucksmäuschenstill gewesen ... ›Nicht ein Laut.‹ Immer die gleichen Geschichten halt. Aber wie der jetzt redete ...«

Der Pfad vor ihnen wurde mit einem Mal kurviger und führte in ein Waldstück hinein, von dem Gesa nicht sicher war, ob sie es auf der Karte gesehen hatte. Weder die älteren Herren noch jemand von ihrer Gruppe waren irgendwo auszumachen.

»Seltsam«, sagte sie. »Sind wir nicht gerade irgendwo abgebogen?«

»Glaube nicht.«

Die Luft roch salzig, nach Algen, durchmischt mit Kiefernduft. Allzu weit konnte es bis zum Strand nicht mehr sein.

»War da nicht eine Weggabelung?«

»Keine Ahnung. Hab nicht aufgepasst.«

Gesa blickte sich um. Der Pfad kam ihr zu schmal und zu unausgetreten vor, als dass es der offizielle Weg vom Parkplatz zum Strand hätte sein können. Baumwurzeln machten es unmöglich, hier einfach draufloszumarschieren. Jeder Schritt musste mit Bedacht gesetzt werden.

»Das kann nicht sein«, sagte sie. »Wir sind irgendwo falsch abgebogen.«

»Keine Sorge.« Tom deutete voraus. »Da vorn, siehst du, zwischen den Bäumen, da sind doch schon die ersten richtigen Dünen.«

Heller Sand schimmerte zwischen den Stämmen hindurch. Es ging dort steil bergauf.

»Mir gefällt das nicht«, sagte Gesa.

»Doch Feindesland?«

»Fremdes Land«, sagte sie.

»Vielleicht hat mein Opa ja genau das gemeint. Dass hier jetzt alles fremd ist, anders. Kann sein ... Ich weiß nicht. Schwer zu sagen.«

»Immerhin war hier mal sein Zuhause«, sagte Gesa.

»Zuhause, ja. Aber er spricht so darüber, als wäre dieser Landstrich nun ... Weil jetzt andere Leute hier leben. Weil es sich verändert hat. Ich hab ihn gefragt, ob er nicht noch einmal herfahren würde ... Sich alles ansehen. ›Niemals‹, hat er gesagt. ›So weit kommt das noch. Zu den *Polacken* fahren.‹«

»Es muss auch seltsam sein, nicht mehr nach Hause zurückzukönnen.«

Tom nickte. »Wahrscheinlich hat es damit zu tun. Irgendwie hat alles damit zu tun.«

In diesem Moment verließen sie das Waldstück und standen am Fuß der Düne. Feiner Sand, krautiger Bewuchs hier und da.

»Los«, sagte Tom und zog sich Schuhe und Strümpfe aus. »Da müssen wir rauf.«

Niemals hätte Gesa gedacht, dass ihr so etwas derart Spaß machen könnte, aber nun rannte sie schon zum dritten Mal, so schnell sie konnte, barfuß die Düne hinauf, der Untergrund war weich, bot kaum Halt, und als sie die Kuppe erreichte, über der der Wind gerade eine helle Sandgischtfahne aufwehen ließ, sprang sie ab, die Arme ausgebreitet wie zum Flug, stürzte den Hang auf der Rückseite hinunter – einen Moment lang war die Ostsee zu sehen, blassblau, leichter Wellengang –, landete auf ihren Füßen, überschlug sich, rollte durch den Sand, bis sie irgendwann flach liegen blieb, den Blick zum Himmel gerichtet, Sand in den Haaren, im Mund, herrlich war das. Sie schloss die Augen, lauschte auf ihren schnellen Atem und hörte ein Rieseln über sich. Tom glitt den Hang hinunter, aber langsamer als sie, vorsichtiger. Er hatte mit seiner Kamera im Anschlag unter ihrer Absprungstelle gelegen und sie im Flug geknipst, von schräg unten. Sie hatte es im Sprung bemerkt.

»Hab, glaube ich, nur deinen Hintern draufgekriegt«, sagte er, als er neben ihr stand.

»Red du nicht von meinem Hintern. Klar?«

»Klar.« Er grinste. »Übrigens habe ich von da oben unsere Leute sehen können. Am Strand. Die haben sich zum Picknick versammelt.«

»Dann sollten wir uns ein bisschen beeilen.«

Gesa stand auf und schüttelte sich den Sand aus Kleidern und Haaren. Geblendet von der Sonne und dem grellen Dünensand, konnte sie ihren Rucksack einen Augenblick lang nicht finden, den sie hier irgendwo abgelegt hatte. Er lag gleich neben ihren Füßen.

»Was meinst du«, sagte sie, während sie sich den Rucksack überschnallte, »da entlang?« Sie zeigte in keine spezielle Richtung, einfach geradeaus.

»Klar.«

Es waren flachere Dünen, über die sie jetzt gingen, nicht hoch genug, als dass sie bis zum Strand hätten sehen können. Immer wieder rutschten sie auf dem rieseligen Untergrund aus. Auf einmal blieb Tom stehen.

»Hörst du das eigentlich auch?«, fragte er.

»Was meinst du?«

»Dieses Rauschen hier?«

Gesa lauschte. »Wellen. Ja, höre ich.«

»Die klingen viel tiefer als bei uns zu Hause. Oder? Mehr wie ein Stampfen, so auf der Stelle ... Aber gleichmäßiger.«

Gesa sah Tom von der Seite an. Er hatte die Augen geschlossen und konzentrierte sich.

»Als würde das Meer abwarten, bevor es den ersten Schritt ans Ufer wagt.«

Gesa bemühte sich zu hören, was Tom offenbar hörte, und war nicht sicher, ob es ihr gelang. Rauschen, Wellen.

»Es wartet nur auf die Gelegenheit«, sagte Tom. »Es droht. Oder? Hörst du das?«

Gesa wusste nicht, was sie sagen sollte. »Vielleicht, ja.«

»Du musst die Augen schließen«, sagte er. »Das kann man nicht sehen. Das muss man hören. Wie das rauscht.«

Beide lauschten, und auf einmal knackte es vor ihnen im Gestrüpp. Tom öffnete die Augen. Ein Reh trat auf den schmalen Pfad, keine zwei Meter von ihnen entfernt, erschrak nicht, sondern beobachtete sie in aller Ruhe, blickte sie an, bevor es lautlos zurück ins Gebüsch verschwand.

»Ein Reh«, sagte Gesa. »Was hat das denn hier am Meer zu suchen?«

»Ich finde, das passt«, sagte Tom. »Da die Wellen, hier ein Reh.«

Gesa lachte, und sie bemerkte, wie Tom in seine Hosentasche griff und sich eine Kapsel in den Mund warf. Das hatte sie schon mehrere Male beobachtet.

»Was nimmst du da eigentlich immer?«

»Für meinen Hals. Das beruhigt. Hab zu viel geredet.«

»Stimmt, du wirst ja operiert«, sagte sie. »Gleich am Dienstag?«

Tom nickte. »Komme gar nicht erst nach Hause, sondern im Prinzip gleich in den OP-Saal. Das haben meine lieben Eltern so gelegt, damit sie genügend Zeit haben.«

»Zeit? Wofür?«

»Um die Wohnung umzuräumen.«

Gesa zögerte. »Weshalb?«

»Weil meine Mutter auszieht«, sagte Tom, »deshalb.« Er biss auf die Kapsel in seinem Mund und machte ein Gesicht, als würde es bitter schmecken. »Sie hat einen anderen. Oder hatte zumindest … Keine Ahnung. Vielleicht zieht sie zu ihm? Jedenfalls verlässt sie uns. Nur noch mein Vater und ich sind dann übrig … Deshalb waren wohl auch meine Großeltern letzte Woche bei uns … Um noch einmal mitzureden.«

»Das tut mir wirklich sehr leid für dich.« Gesa trat einen Schritt näher zu ihm heran, aber Tom beeilte sich, weiterzukommen. Er winkte ab, und sie stapften nebeneinanderher durch den Sand.

»Haben sie mit dir darüber geredet?«, fragte sie.

»Natürlich nicht. ›So weit kommt das noch‹, hätte mein Opa gesagt. ›Mit dem Jungen reden.‹«

»Aber du weißt es trotzdem?«

»Bin ja nicht blöd. Die werden mit mir reden, sobald ich aus dem Krankenhaus komme. Ich höre das schon.« Tom veränderte seine Stimme. »›Also, lieber Tom, nicht dass du einen Schrecken kriegst, aber es hat sich ein bisschen was verändert bei uns zu Hause.‹ – ›Verändert?‹ – ›Mama ist ausgezogen.‹«

»Gruselig«, sagte Gesa.

»Irgendwie schon. Aber irgendwie auch nicht. So etwas passiert. Oder? Ehen gehen in die Brüche … Familien zerfallen … Man kann nicht mehr … nicht mehr nach Hause zurück.«

Jetzt drückte Gesa doch im Gehen seinen Arm, hielt ihn fest. Es musste sein. Sie spürte, wie Tom unter ihrer Berührung zitterte, und ihr wurde bewusst, wie unsicher er eigentlich war.

»Ich würde verrückt werden«, sagte sie. »Ich würde es einfach nicht ertragen.«

In diesem Moment erreichten sie den Scheitel der letzten Düne und hatten auf einmal den Strand vor sich. Nach beiden Seiten breitete er sich aus, beinahe schneeweiß, glatt, wie gezeichnet, und dahinter die Ostsee, leicht bewegt, ein blaues Laken. Links sahen sie ihre Gruppe, einen bunten Haufen, der sich wahllos am Strand verteilt hatte, und jemand daraus winkte ihnen zu, Aga, die nach ihnen Ausschau gehalten haben musste. Keine hundert Meter entfernt, direkt am Flutsaum des Wassers, stand die Herrengruppe vom Parkplatz. Im Halbkreis hatten sie sich aufgebaut, den Akkordeonspieler in ihrer Mitte, und selbst wenn es gegen den Wind nicht zu hören war, ließ sich doch deutlich erkennen, dass sie dort unten ein Lied sangen, aufs Meer hinaus. Gleichmäßig schunkelten sie hin und her.

»So kann man es natürlich auch machen«, sagte Tom und schien darauf zu warten, dass Gesa ihre Hand von seinem Arm nahm, und als sie dies tat, fragte er: »Was wirst du eigentlich tun, wenn du nach Hause kommst?«

Gesa hatte den Eindruck, dass er diese Frage länger bedacht haben musste. »Weiß nicht. Das Übliche.«

»Gut.«

»Und ich werde dich im Krankenhaus besuchen.«

»Klar.«

4

Das Ganze lag wie hingetupft auf einem abschüssigen Gelände, rustikale Blockhütten auf einer Waldlichtung, nach keinem erkennbaren Prinzip verteilt, unten das Ufer eines Sees, schilfbewachsen, oben das steinerne Hauptgebäude, in dem die Mahlzeiten eingenommen wurden und sich auch die Waschräume befanden. Es hatte keine Einteilung der Hütten gegeben, und es war dem Zufall überlassen worden, wer sich mit wem wo einquartierte. Gesa war in einer reinen Mädchenhütte untergekommen, zusammen mit Meike, die das Bett unter ihr belegte. In den beiden anderen Betten lagen zwei polnische Mädchen, Zoska und Gosia – so stellten sie sich ihnen zumindest in schlechtem Deutsch vor, nachdem sie zuvor ihre vollen Namen genannt hatten, die nicht zu verstehen gewesen waren. Mit dieser gemischten Belegung war ihre Hütte eine Ausnahme, was lobende Anerkennung fand, als die Salewski kontrollierend vorbeischaute, »sehr gut, *brawo*«. Der Zufall hatte ansonsten kaum zur Durchmischung von polnischen und deutschen Teilnehmern geführt, es gab nur noch zwei weitere Hütten wie ihre, und in einer davon war Tom gelandet. Aga hatte ihn am Bus kurzerhand untergehakt und mitgenommen, und bei ihrer Berührung war er sichtbar zusammengeschreckt und hatte sich ihrem Griff entwunden. Per war mit den beiden gegangen, außerdem eine von Agas Mitschülerinnen, Ola mit Namen oder Rufnamen. Es war kompliziert mit diesen polnischen Koseformen.

»Wo sind denn Per und Tom?«, fragte Gesa, als sie jetzt in deren Hütte schaute.

»Nicht da«, sagte Ola, ohne von ihrem Handspiegel aufzublicken, vor dem sie sich die Lippen nachmalte, tiefrot. »Tomek und Piotr machen Musik. Oben im Haus.«

»Aga ist auch da?«

»*Tak*.«

Es war bereits dunkel, Waldgeräusche erfüllten die Luft, hier und da war Gegröle aus den Hütten zu hören. Während Gesa den Hügel zum Haupthaus hinaufstieg, ärgerte sie sich wieder, dass sie bislang keine Möglichkeit gefunden hatte herauszubekommen, wo diese Blockhüttensiedlung genau lag. Nirgends gab es eine Landkarte, die sie hätte studieren können, und die andauernde Ungewissheit über ihren Standort beunruhigte Gesa zunehmend. Obendrein passten ihre Sinneseindrücke nicht zusammen. Sie befanden sich hier mitten in einem Wald, Kiefern, Birken umstanden sie, da war der See, und doch roch die Luft nach Meer, nach Strand. Folglich mussten sie sich noch immer in Dünennähe aufhalten, obgleich die Busfahrt vom Parkplatz in Czołpino hierher eine ganze Weile gedauert hatte.

Zwischen den Hütten bemerkte Gesa immer wieder Gestalten, die hin und her huschten. Einmal meinte sie, Wilsto zu sehen, in T-Shirt und Badehose, ein Handtuch über der Schulter, aber sie war sich nicht sicher. Die wenigen Laternen verbreiteten ein diffuses Licht, das die Sicht eher behinderte. Das Lachen, das sie hörte, hätte von Meike stammen können, dieses helle Quieken, wenn sie getrunken hatte.

»Du auch zur Musik?«, fragte Ola, die sie in diesem Moment in erstaunlichem Tempo überholte. Gesa hatte gar nicht bemerkt, wie langsam sie durch die Siedlung gegangen war.

»Ja«, sagte sie und versuchte, mit Ola Schritt zu halten, die in kurzem Rock und mit hohen Schuhen trittsicher vor ihr her über den unebenen Waldboden lief, als wäre dies eine der leichtesten Übungen.

Die Musik kam aus dem Keller, das war unschwer zu orten. Ola stieg eine Treppe hinunter und öffnete eine metallene Tür, hinter der sich ein Partyraum befand, holzgetäfelt, es gab eine Bar mit Stehhockern davor und eine Bank, die den gesamten Raum umlief. Hierhin hatten die Bandmitglieder vorhin ihre Instrumente und das weitere Equipment geschleppt, um vor dem Konzert am Montag noch einmal zu proben. Das hatte zunächst wie ein übertriebener Aufwand gewirkt, weil am morgigen Sonntag theoretisch genügend Zeit geblieben wäre für eine Probe in der Schule, aber jetzt stellte sich heraus, dass es eine gute Idee gewesen war. Überall im Partykeller saßen und hockten Zuhörer, Polen und Deutsche, die offensichtlich Spaß an der Musik hatten. Halbliterflaschen kreisten, gefüllt mit einer Apfelsaft-Wodka-Mischung, es wurde im Takt geklatscht und vereinzelt sogar mitgesungen. Das Stück, das die Band gerade spielte, kannte Gesa, ihr fiel nur der Name nicht ein. Es handelte vom Sommer in der Stadt; womöglich hieß es auch so.

Sie folgte Ola quer durch den Raum zur Bar, an der Aga mit überkreuzten Beinen auf einem Hocker saß. Auch Aga war geschminkt, trug einen kurzen Rock, dazu eine gelbe Bluse.

»*Cześć*«, rief sie ihnen zu, umarmte zunächst Ola, küsste sie auf beide Wangen, als hätten sie sich lange nicht gesehen, und dann Gesa, die einen Schritt zurücktrat, bevor sie die so überraschend herzliche Begrüßung über sich ergehen ließ. Ola drückte sich mit halbem Hintern neben Aga auf den Barhocker.

»Ich setze mich da drüben hin«, rief Gesa den beiden zu und deutete auf die Bank an der Längsseite. Dort war ein freier

Platz neben zwei polnischen Jungs, die ihr unaufgefordert eine Apfelsaft-Wodka-Flasche reichten. Sie nahm einen Schluck daraus, schüttelte sich, aber eigentlich schmeckte es gar nicht schlecht, fast wie Kuchen.

Als die Band das Stück beendete, setzte Geschrei ein. Es wurden Vorschläge in den Raum gerufen, Bandnamen: Beatles, Pink Floyd, Doors, Cure, dann auch mehrere unverständliche polnische Namen, was mit Gelächter quittiert wurde. Toms Gitarrenkoffer lehnte an seinem Verstärker, und Gesa sah den neuen Aufkleber darauf: ein weißer Halbkreis, darin der rote, geschwungene Schriftzug von *Solidarność*. Den Aufkleber hatte Tom bei Abrosat als kostenlose Zugabe zum Echogerät erhalten, das hinter ihm auf dem Verstärker lag. Tom drückte einige Knöpfe an dem Gerät und blickte dann zu Per hinüber, der einen tiefen Schluck aus einer Wodkaflasche nahm; er sah schon reichlich angeschlagen aus. Gemeinsam begannen sie, etwas zu spielen, erst nur zu zweit, dann setzten auch Anne und Erik ein. Es war ein selbst komponiertes Stück, gesanglos. Viele klatschten mit, einige grölten auf gut Glück die Melodie mit, schlugen sich auf die Oberschenkel und lachten. Auch Tom lachte, er hatte Spaß an dieser Probe, und Gesa fragte sich, wie er das nur hinbekam, nach allem, was sie über ihn und seine Situation wusste. Er stand da, lachte und spielte, als wäre alles in Ordnung.

Auf einmal tauchte Sascha in der Tür des Partyraums auf. Er hielt eine Halbliterflasche in der Hand und blickte sich um. Als er Gesa auf der Bank entdeckte, winkte er sie zu sich heran.

»Komm-doch-mal-bitte-mit«, sagte er und sprach die Worte langsam, aber ohne Pausen dazwischen aus. Gesa schüttelte den Kopf, sie wollte hierbleiben und der Musik zuhören, aber als Sascha energisch gestikulierte, folgte sie ihm doch hinaus. Sie stieg hinter ihm die Treppenstufen hoch und sah, wie er sich, oben auf dem Absatz angekommen, mit einer Hand schwankend am Geländer festhielt.

»Was willst du denn von mir?«, fragte sie.

Mit der Rückseite der Hand, in der er die Flasche hielt, wischte er sich über Stirn und Augen. Sein breiter Nasenrücken wirkte noch etwas ausladender als sonst. »Mann, bin ich voll«, sagte er. »Dieses Zeug ist unglaublich.«

»Hast du mich da rausgeholt, um mir mitzuteilen, was du getrunken hast?«

»Was ich getrunken habe, ist gar nicht so interessant.« Er hielt ihr die Flasche hin. Sie lehnte ab. »Was ich *geraucht* habe, dagegen schon. Seltsames Zeug, sag ich dir. Seltsam.«

»Wie interessant.«

Sascha atmete eigenartig, kurz und stotternd, und seine Lider fielen ihm immer wieder zu. »Ich hab dich überall gesucht«, sagte er.

»Schön, da bin ich. Und was wolltest du?«

»Du musst zu Meike gehen«, sagte er und zeigte mit der Flasche auf Gesa. »Die liegt in eurer Hütte auf dem Bett und hört nicht auf zu heulen. Du solltest wohl mal nach ihr sehen.«

Ein Polaroidfoto, mehr schwarz als alles andere; es war wenig darauf zu erkennen. Es musste aus der Dunkelheit heraus geknipst worden sein, mit wackliger Hand, und der Blitz beleuchtete nur einen kleinen Streifen des Strandufers. Dort lag ein Haufen Kleidung, T-Shirt, Jeans, ein Handtuch. Hier und da glitzerte Wasser. Sandiger Strand war zu sehen, über den die Wellen ausliefen, und im Wasser, stehend, zwei Personen, einzelne, schwach beleuchtete Körperteile: ein männliches Bein, ein Stück Rückenpartie, der Hintern, dann Hände, die Wasser verspritzen, eine Schulter, der Ansatz eines Busens, blondes Haar – zwei Nacktbadende. Es dauerte, bis all das zusammengesetzt war, und noch länger dauerte es, die Teile den Personen zuzuordnen, zu denen sie gehörten: Meike und Wilsto. Es war schwer zu glauben, aber um diese beiden handelte es sich.

»Ihr wart am Strand?«, fragte Gesa.

»Ja.«

»Wie das denn?« Gesa bekam es in ihrem Kopf noch immer nicht zusammen. »Das Meer muss doch ein ganzes Stück weit weg liegen.«

»Überhaupt nicht.« Aus Meikes Stimme sprach ehrliches Erstaunen. »Gleich hinterm Wald kommen die Dünen, dann der Strand.«

»Seltsam«, sagte Gesa.

Meike hatte sich bereits wieder beruhigt. Sie saß mit angezogenen Beinen auf ihrem Bett und hielt Gesas Hand. »Dieses verflixte Foto hat jedenfalls auf meinen Klamotten gelegen, als wir aus dem Wasser gestiegen sind«, sagte sie.

»Und weißt du zufällig, wer das gemacht haben könnte?« Gesa blickte auf das Foto. »Wer hat überhaupt so eine Kamera dabei?«

»Irgend so ein Schwein eben.«

»Hendrik, oder?«

»Der Geigenspieler?« Meike wirkte schockiert. »Der doch nicht. Aber nun frag schon endlich.«

»Was soll ich denn fragen?«

»Weshalb ich das gemacht habe. Nackt mit Wilsto im Meer. Das willst du doch sicher wissen.«

»Also gut«, sagte Gesa. »Warum?«

»Ein Spaß war das«, sagte Meike und lächelte verschmitzt, es war schwer einzuordnen. »Nichts weiter. Ich hab Wilsto gesehen, wie er gerade aufbrechen wollte, in Badesachen, und bin einfach mitgegangen. Er hatte nichts dagegen.«

»Aha.«

»Wilsto war lustig, gar nicht lehrerhaft. Verstehst du? Er war jemand, mit dem man Spaß haben kann.«

»Nackt«, sagte Gesa. Es sollte wie eine Frage klingen.

»War doch dunkel. Und ich hab nichts zum Baden dabei. Aus Solidarität hat Wilsto sich auch ausgezogen.« Meike legte sich hin und hielt sich die Hände vors Gesicht. Flüsternd sprach sie zwischen den Handflächen hindurch: »Ich hab sein Ding gesehen. Ein Lehrerding.«

»Toll.«

»Hätte ich jedenfalls nicht erwartet, so was.«

»Wie auch immer«, sagte Gesa. »Glaubst du denn, es gibt noch mehr Fotos von euch?«

»Aber sicher«, sagte Meike und nahm die Hände vom Gesicht. »Bestimmt gehen die jetzt von Hütte zu Hütte.«

»Und was hat Wilsto zu alldem gesagt?«

»Der war sauer, richtig getobt hat er. ›Immer so erwachsen tun, und dann so was …‹«

»Da hat er ja eigentlich auch recht.«

»Das Seltsame ist, dass ich mich erst da richtig nackt gefühlt habe«, sagte Meike. »Wie so eine blöde Göre.«

»Ach was«, sagte Gesa und streichelte ihre Hand. »Alles Schweine.«

Als sich die Tür der Hütte mit einem Mal öffnete, schob Gesa das Foto, das sie noch immer in der Hand hielt, schnell unter die Bettdecke. Per kam herein, gefolgt von Anne.

»Da ist ja unsere Berühmtheit«, sagte Per und deutete eine Verbeugung an.

»Halt bloß die Fresse«, sagte Meike, richtete sich auf dem

Bett auf und zog die Decke bis zum Kinn hoch, als hätte sie noch etwas zu verbergen.

»Was ist denn los? Du brauchst dich doch nicht zu verstecken mit dem, was du hast. Ist doch schön, das mal zu sehen.«

»Arschloch.«

»Seid so gut und lasst uns allein, ja?«, sagte Gesa. »Das wäre nett.«

»Eigenartig«, sagte Anne von der Tür aus. »Das haben wir doch gerade eben schon mal zu hören bekommen.«

»Von wem?«

»Von Aga. Oben. Die wollte sich, glaube ich, ungestört Tom zur Brust nehmen.«

»Wo?«, fragte Gesa.

»Im Partykeller«, sagte Per. »Die anderen sind jetzt alle in eine der Polenhütten gegangen, um da weiterzufeiern. Kommt ihr auch? Die würden sich über einen Besuch von Meike sicher alle sehr freuen.«

»Und ihr habt Tom allein gelassen mit Aga?«

Gesa kam atemlos am Hauptgebäude an. Obwohl ihr selbst nicht ganz klar war, weshalb, war sie den Hügel zwischen den Hütten in großer Eile hinaufgerannt, und als sie das Haus gerade betreten wollte, lief Aga ihr entgegen, heulend. Sie sagte ein Wort, das Gesa zwar verstand, aber nicht kannte: »*Kurwa*.« Es war nichts Freundliches, so viel war deutlich.

»Was ist denn passiert?«, fragte sie.

Mit den Ärmeln ihrer Bluse wischte Aga sich die Tränen aus den Augen, verschmierte dabei ihr Make-up und sagte: »Der ist so kalt.«

»Wer?«

»Tom natürlich.« Aga fügte noch etwas auf Polnisch hinzu, wie zur Seite gesprochen.

»Aber das stimmt doch nicht«, sagte Gesa, obwohl sie nicht wissen konnte, was Agas Worte bedeuteten.

»Und niemand darf ihn anfassen.«

»Warum fasst du ihn auch an?«

Wie abfällig Aga sie daraufhin ansah. Sie schnaubte einmal durch die Nase, schritt dann an Gesa vorbei und stapfte den Hang hinunter. »*Kurwa*«, sagte sie noch einmal, als sie über eine Baumwurzel stolperte.

Aus dem Gebäude konnte Gesa Gitarrenspiel hören, sehr laut, und als sie die Treppen hinunterstieg und den Partyraum betrat, drückte sie sich gleich hinter der Tür auf die Bank. Sie musste sich erst einmal beruhigen, Meike, Aga, was war nur auf einmal los, und sie versuchte sich auf das zu konzentrieren, was Tom gerade spielte. Er hatte nicht von seiner Gitarre aufgeblickt, als sie hereingekommen war, und strich, den Kopf weiterhin gesenkt, über die Saiten. Für Gesa war nicht erkennbar, welche Saite er jeweils anspielte. Die Töne ließ er lang ausklingen, ein Echo mischte sich dazu, und irgendetwas bewirkte, dass alles schwankte und wie in Wellen lauter und leiser wurde. Gesa glaubte, den Druck aus dem Verstärker zu spüren. Oder kam er auch von woanders her? Aus den großen Boxen in den Ecken? Mit einem Pedal, das vor Tom auf dem Boden lag, konnte er die Töne anschwellen lassen. Dann waren die Wiederholungen zu hören, das wellenartige Pulsieren. Seltsamerweise spürte Gesa ihren Herzschlag, der sich nach und nach dem Echo anpasste.

»Ist was?«, fragte Tom. Er sah kurz auf, und sie schüttelte den Kopf.

Obwohl Gesa nicht hätte behaupten können, eine Melodie

zu hören, fügten sich die einzelnen Noten doch nahtlos aneinander, flossen vielmehr ineinander, sodass Gesa noch den letzten Ton hörte, während der nächste bereits erklang. Sie begriff auch nicht, wie Tom das anstellte. Es hatte mit dem Klang seiner Gitarre zu tun, mit den Effekten, die er benutzte, war demnach etwas Technisches, aber nicht nur. Gesa kannte sich zu wenig aus, um das eine vom anderen zu trennen, seinen Anteil und das, was die Gitarre und die Effekte bewirkten. Für sie vermischte sich alles zu einem Gefühl. Sie spürte Wut und Ohnmacht in dem, was Tom spielte, und fragte sich gleichzeitig, ob es nur an ihr lag, dass sie so empfand, oder ob es wirklich aus seiner Musik sprach. Alles schien darin enthalten zu sein, ganz deutlich: Toms Eltern, die ihn alleineließen, sein Großvater mit den Polacken, Aga, die ihm zu nahe kam, die Wellen, rauschend und drohend, und vielleicht war sogar sie selbst darin, Gesa. Noch nie zuvor hatte sie bei einer Musik ohne Text so klare Assoziationen gehabt.

Tom hörte auf zu spielen, und das Echo klang langsam aus.

»Wirst du das auch Montag bei eurem Konzert spielen?«, fragte sie.

»Keine Ahnung«, sagte er, ohne aufzublicken. Seine Stimme war leise, er wirkte erschöpft.

»Das solltest du. Unbedingt.«

»Ich weiß nicht, ob ich das noch mal so hinbekomme.«

Er schaltete seinen Verstärker und das Echogerät aus, legte die Gitarre beiseite und sah Gesa an, einige Sekunden lang, und während sein Blick auf ihr ruhte, hatte sie den Eindruck, als würde sie etwas über ihn verstehen, ohne dass Tom es aussprach. Sie hätte nicht auszudrücken gewusst, was genau sie verstand, aber zum ersten Mal glaubte sie, Tom wirklich vor sich zu sehen.

»Warum bist du eigentlich hier und nicht bei den anderen?«, fragte er, und im Augenblick wusste sie keine Antwort darauf.

5 Gerade wollte Gesa wieder auflegen, als sich am anderen Ende doch etwas tat. Zuerst knackte es in der Leitung, dann war da ein Rauschen, mehr aber auch nicht. Schließlich ertönte doch eine Stimme, sie war klar und deutlich zu verstehen.

»Hej, das ist Bodil?«

Gesa hörte die vertraute, dänisch geprägte Begrüßungsformel ihrer Mutter und war zufrieden. Mehr wollte sie gar nicht. Sie hätte gleich wieder auflegen können.

»Ich bin's«, sagte sie stattdessen.

»Gesa, wie schön.«

Sie stand im Flur der Wohnung, gleich neben dem flachen Telefontischchen, mit Blick auf den zur Hälfte durch Jacken verdeckten Garderobenspiegel. Darin konnte sie sich selbst sehen, den Hörer am rechten Ohr, bereits fertig gemacht für die abendliche Party, was in ihrem Fall keine gravierende Veränderung bedeutete. Ein wenig kräftiger und genauer geschminkt war sie, die Haare waren mit Schaumfestiger in Form gebracht. Sie hatte die weiße Jeans angezogen, dazu ein blaues T-Shirt, und sich ein Batiktuch um den Hals geschlungen. So gefiel sie sich, auch wenn Meike stets der Ansicht war, dass sie mit etwas Mühe mehr aus sich machen könnte, wie sie bei jeder Gelegenheit betonte. Aber die hatte gut reden, der fiel so was leicht.

»Ob du es glaubst oder nicht«, sagte ihre Mutter, »gerade eben habe ich an dich gedacht.«

»Das haben wir dann wohl beide.«

Die Familienzeit, die für diesen Sonntagnachmittag offiziell angesetzt gewesen war, hatten sie vor wenigen Minuten beendet. Auf ihrem Plan hatte es tatsächlich so geheißen: *Nach der Rückkehr aus der Blockhüttensiedlung, von 15–18 Uhr, FAMILIENZEIT*. Gesa war es seltsam vorgekommen, dass etwas Derartiges für alle Teilnehmer der Fahrt zeitlich festgelegt sein konnte, aber in ihrem Fall war dieser Punkt, bis auf wenige Ausnahmen, unterhaltsam ausgefallen. Sie hatten alle im Wohnzimmer beieinandergesessen, Fotoalben durchgesehen, Kuchen gegessen und in aller Ruhe den Inhalt der Carepakete in Augenschein genommen. »Toilettenpapier?«, hatte Aga gesagt, als sie die Pakete öffneten, und Gesa wäre vor Scham am liebsten im Boden versunken. »Wie nett von euch.« Später hatten sie Gurkensuppe gegessen, dann Schnitzel und zum Nachtisch süße Maultaschen, die *Piroggi* hießen, und dabei hatte Agas Vater Wojtek sie mit Geschichten aus seinem Alltag als Lkw-Fahrer zu unterhalten versucht, in bruchstückhaftem Deutsch. Mit viel Geduld hatten sie Städte abgeglichen, die er in Deutschland kannte, und es dauerte stets, bis sie die Namen verstanden, weil er alle so eigenartig betonte. Bremerhaven? – Ja. – Jena? – Keine Ahnung, ist das im Osten? – Kiel? – Ja, liegt gar nicht weit von Flensburg entfernt. Dieses Wissensspiel hatte einige Zeit in Anspruch genommen, bis Agas Vater umschwenkte und nun seinerseits Tom und Gesa nach den Städten abfragte, die sie in Polen kannten. Zu jeder einzelnen Stadt nannte er ihnen mit erstaunlichem Stolz in der Stimme die »richtige« Aussprache. Danzig? – Gut, *Gdańsk*. – Krakau? – Richtig, *Kraków*. – Warschau? – Ja, *Warszawa*. Damit waren sie mit ihren Städtekenntnissen bereits ans Ende gekommen, was Agas Vater nicht glauben mochte. »Was ist mit

Poznań?«, fragte er. »*Białystok? Łódź?*« Das Letzte zumindest erkannten sie, als er es langsam und auf Deutsch aussprach: »Da gibt es doch dieses Lied, oder?« Sie hatten viel gelacht, besonders Tom, der sich ausdauernd an der polnischen Aussprache versuchte. Und während sie alle so am Tisch zusammensaßen, hatte Gesa an ihr Zuhause denken müssen und den dringenden Wunsch verspürt, dort anzurufen, sofort. »*Proszę, proszę*«, hatte Agas Mutter gesagt, als sie das Wort »Telefon« heraushörte, und Richtung Flur gedeutet.

»Ich wollte eigentlich nur mal deine Stimme hören«, sagte Gesa zu ihrer Mutter. »Ich habe auch gar nichts weiter zu erzählen. Wir sollen gleich auf eine Party.«

»Geht es dir denn gut?«

»Aber ja. Alles schön hier.«

»Bekommt ihr denn was mit?«

»Was meinst du?«

»*Solidarność* und all das«, sagte ihre Mutter. »Es gibt doch seit Donnerstag einen neuen Ministerpräsidenten. Hab ich im Radio gehört. Mazo-irgendwas. Und von drüben? Dort sind letzte Woche welche über die Grenze nach Ungarn geflüchtet? Ordentlich was los überall.«

»Weiß nicht«, sagte Gesa. »An den Grenzübergängen hat es lange gedauert. Die waren irgendwie nervös. Vielleicht hatte es damit zu tun?«

Aga kam aus der Küche auf den Flur. Sie trug abgewaschene Gläser ins Wohnzimmer und tat, als bemerkte sie Gesa nicht.

»Und Tom?«, fragte ihre Mutter. »Wie geht es dem?«

»Alles in Ordnung«, sagte Gesa und zögerte. Hatte sie da einen Unterton bei ihrer Mutter herausgehört? Etwas Überinteressiertes, Sorgenvolles? »Morgen hat er sein Konzert in der Schule, bevor wir dann zurückfahren.«

»Das wird bestimmt schön.«

»Bestimmt, ja.«

Sie hörte, wie ihre Mutter einatmete. Ganz offensichtlich hatte sie etwas auf dem Herzen und war nicht sicher, wie sie ansetzen sollte. »Gestern Abend war Uwe hier bei uns«, sagte sie. »Die Billes werden sich …«

»Weiß ich schon«, sagte Gesa. Darüber wollte sie nun ganz gewiss nicht sprechen.

»Tom weiß Bescheid? Ich dachte, die wollten ihm erst nach der OP …«

»Es sieht so aus«, sagte Gesa. »Er hat es mir erzählt.«

»Oje.«

Erst jetzt fiel Gesa auf, dass die Tür zu ihrem Zimmer offen stand, und sie ging im Kopf die Sätze durch, die sie während des Telefonats gesagt hatte. War aus ihnen herauszuhören gewesen, worüber sie mit ihrer Mutter sprach?

»Uwe hat hier auf dem Sofa gesessen und geweint«, sagte ihre Mutter am anderen Ende der Leitung. »So hab ich den noch nie erlebt. Er begreift es auch nicht. Bei denen ist alles ein großes Durcheinander. Dein Vater ist im Moment drüben und schleppt Umzugskisten. Verrückt.«

»Ich muss dann auch mal Schluss machen«, sagte Gesa. »Ich wollte wirklich nur deine Stimme hören.«

»Gut, ja. Wir freuen uns jedenfalls auf dich.« Ihre Mutter unterbrach sich. »Das klingt seltsam, als würden die Billes sich nicht auf Tom freuen. Aber das tun sie natürlich. Ihr kommt doch Montag zurück? Das ist ja schon morgen.«

»Genau, morgen Abend.«

»Wann sollen wir euch denn abholen? Ach, vergiss es, das steht alles auf unserem Plan. Irgendwann abends oder nachts. Grüß mir jedenfalls deine Gasteltern und Agnieszka. Sie sieht so hübsch aus auf dem Foto. Ist sie denn nett? Bestimmt ist sie das. Und Tom – pass auf den auf, ja?«

»Mach ich«, sagte Gesa. »Tschüss.«

»Hej-hej.«

Gesa legte auf, und als sie sich umwandte, stieß sie auf dem schmalen Flur beinahe mit Aga zusammen, die in diesem Moment aus dem Wohnzimmer zurückkam.

»Was war denn los?«, fragte sie.

»Nichts.«

»Du klangst so besorgt?«

»Nein, nichts.«

Es war eigenartig, aber Gesa hatte den Eindruck, als baute Aga sich vor ihr auf, wie zum Kampf bereit. Sie schob ihre schmale Brust vor, stellte sich gerade hin und schaute Gesa unverwandt in die Augen, und dabei schien sie an einem Angriff zu feilen, den sie ihr entgegenschleudern könnte. Es war fast ein wenig albern, wie sie sich hier aufspielte. Als Aga jedoch einsah, dass von Gesa nichts zu erwarten war – was denn auch? –, sackte sie in sich zusammen, und ihre Anspannung verflog sichtbar.

»In zwanzig Minuten müssen wir los«, sagte sie. »Kann ich denn jetzt ins Badezimmer?«

»Sicher.«

Und damit ging Aga an Gesa vorbei zur Badezimmertür und verschwand dahinter.

Im Zimmer saß Tom auf dem Boden, die Gitarre auf dem Schoß, und blickte Gesa an, als sie hereinkam und sich auf ihr Bett setzte.

»Müssen wir los?«, fragte er.

»Bald«, sagte Gesa und zog ein Papiertütchen aus dem Rucksack zu ihren Füßen, an das sie schon fast nicht mehr gedacht hatte. Eine Postkarte war darin, die sie am Vortag gekauft hatte. Gesa klebte eine Briefmarke auf die Karte – der Leuchtturm von Czołpino war darauf abgebildet inmitten immergrüner Kiefern – und holte einen Kugelschreiber aus der Außentasche des Rucksacks.

»An wen willst du denn schreiben?«, fragte Tom.

»An meine Eltern. Wieso?«

»Hast du nicht gerade mit denen telefoniert?«

»Schon«, sagte sie, »aber die freuen sich trotzdem über ein paar Zeilen von mir. Wenn man unterwegs ist, schreibt man eben nach Hause.«

»Klar.«

»Außerdem«, sagte Gesa, »kommt der Mann, der die Postkarten erfunden hat, aus Słupsk.«

»Das wusste ich gar nicht«, sagte Tom.

»Stephan hieß der, Heinrich von Stephan. Noch ein Grund also zu schreiben.«

»Wenn du meinst.«

Tom spielte auf seiner Gitarre, und Gesa mochte sich irren, aber es schienen Töne zu sein, die sie am Vorabend im Partykeller gehört hatte. Sie atmete durch. Dann, einer Eingebung folgend, schrieb sie eine Adresse auf die Postkarte und reichte diese zusammen mit dem Stift an Tom, der beides irritiert entgegennahm.

»Hier«, sagte sie. »Du solltest schreiben.«

Er las die eingetragene Adresse, lächelte. »Ich soll an *dich* schreiben?«

»Warum nicht?«

Er nickte. »Da hast du recht.« Er legte seine Gitarre flach auf die überkreuzten Beine und nutzte die Rückseite als Schreibunterlage. Mehrfach setzte er ab. Die Worte schienen ihm alles andere als zuzufallen, aber als er fertig war und den Text noch einmal durchlas, wirkte er zufrieden.

»Darf ich lesen?«, fragte Gesa.

»Nicht jetzt.« Tom verbarg die Karte unter seiner Jacke, die neben ihm auf dem Boden lag, und klopfte ein paarmal mit der flachen Hand darauf. »Erst, wenn du wieder zu Hause bist.«

Liebe Gesa,
mit Dir zusammen vom Weg abgekommen und in die Dünen gegangen. Gefährliche Tiere: Fehlanzeige. Nur ein selbstbewusstes Reh stellte sich uns in den Weg. Dazu war das belanglose Gejammer einer hadernden Seele zu vernehmen. Dank Abrosat und seinem Echogerät klang das in etwa so: Hilfe – Hilfe – Hilfe. (Besten Dank jedenfalls für die freundliche Unterstützung bei der Anschaffung.) Gestern übrigens gelernt: Domki Słupsko, słomki dupsko. Soll angeblich heißen: Haus in Słupsk, Stroh im A… Pfui, Tom. Das hat Postminister Stephan sicher nicht im Sinn gehabt mit seinen Karten.

Gruß nach Hause, Tom – Tom – Tom

Motiv: Leuchtturm von Czołpino. Słupsk, August 1989

6

Ganz vorne, in der ersten Reihe, saßen die Lehrer, wenige Meter von der erhöhten Bühne entfernt, das versammelte Kollegium der Schule. Ihre Jacken hatten sie sich über die Knie gelegt, wie zum Schutz vor Kälte. Dabei war die Aula aufgeheizt und stickig, sodass Gesa einen Moment die Luft wegblieb, als sie eintrat. Es herrschte eine schwüle, drückende Hitze, die Vorhänge vor den hohen Fenstern waren zugezogen; kein Windhauch, kaum Licht kam da hindurch. Grelle Neonröhren strahlten von der Decke.

Das Konzert hatte bereits begonnen, zumindest die Rede von Wilsto und der Odija, die oben auf der Bühne standen und abwechselnd in ein Mikrofon sprachen, und Gesa spielte mit dem Gedanken, gleich wieder umzukehren und zurück auf die Toilette zu gehen, von der sie eben erst kam. Ihr war noch immer schlecht. Doch bevor sie die Aula verlassen konnte, fing Sascha sie ab, der hinter der Tür stand und eine Videokamera bediente. Er führte sie zu einem Stuhl an der Seite, gleich in seiner Nähe.

»Setz dich hierhin«, flüsterte er ihr zu und betrachtete sie. »Alles klar mit dir?«

Sie schüttelte den Kopf.

»Brauchst du denn was?«

»Geht schon.«

Er strich ihr mit einer Hand übers Haar, ganz sachte, lächelte dabei, und er tat dies mit einer Selbstverständlichkeit, dass

Gesa überlegte, ob das mit dem gestrigen Abend zu tun haben konnte. War auf der Party irgendetwas zwischen ihnen geschehen? Waren sie sich nähergekommen? Sie wusste es nicht. Saschas kleine Hand auf ihrem Haar zu spüren, war unerwartet, führte aber dazu, dass es ihrem Magen sofort besser ging.

Es wurde applaudiert. Viele Zuschauer mussten da sein. Gesa konnte sich nicht dazu durchringen, den Kopf nach hinten zu wenden, um die Aula einmal ganz in Augenschein zu nehmen. Sie war wie gelähmt und hörte polnisches Geflüster von den Schülern neben sich, die vermutlich abkommandiert waren, um dem Konzert an diesem Morgen zuzuhören. Gelegentlich zischte es aus der Lehrerreihe nach hinten.

Auf der Bühne sprachen noch immer Wilsto und die Odija. Die beiden Lehrer hatten sich sichtlich herausgeputzt. Wilsto trug einen dunklen Anzug, dazu einen gestreiften Schlips, die Odija eine lilafarbene Bluse und einen dunklen Knitterrock.

»… und so hoffen wir«, sagte Wilsto gerade, »dass unser Besuch in Ihrer schönen Stadt, mit dem dieses Konzert in Verbindung steht, nur einen Anfang darstellt. Sagen wir es so: Wir kommen gerne wieder. Und vielleicht dürfen wir Sie bald auch einmal bei uns begrüßen. Das würde uns freuen.«

Er hielt der Odija das Mikrofon hin, die seine Worte ins Polnische übersetzte. Nachdem sie damit fertig war, reichten die beiden Lehrer sich die Hände, als würde damit offiziell etwas besiegelt. Erstaunlich schüchtern wirkte das alles, und wie erlöst stiegen sie von der Bühne herunter, um sich zu ihren Plätzen zu begeben.

Auf der einen Seite der Bühne entdeckte Gesa einige ihrer Mitschüler. Sie saßen auf einer der tribünenartigen Holztreppen, die sich hinter der Band und an den Seiten befanden. Dort wäre Gesa auch gerne gewesen. Soweit sie es mitbekam, war sie nur von polnischen Schülern umgeben. Jemand tippte sie von der Seite an, ein Junge, er lenkte ihren Blick durch die Sitzreihe hin zum Mittelgang. Von dort winkte Meike zu ihr herüber; sie saß neben dem Mischpult, das von Wilsto bedient wurde. Meike machte Gesten, die Gesa nicht verstand. Sie nickte ihr dennoch zu.

Dann wurde es laut. Wie am ersten Tag im Proberaum begann die Band mit dem sich in Sekunden aufbauenden Lärm, es fiepte, bis plötzlich alle auf einen Schlag einsetzten. Hinten in der Aula wurde gegrölt, was gegen die Musik kaum zu hören war. Gesa schaute sich nun doch einmal um. Dort standen ein paar Typen in Lederjacken, die sie wiederzuerkennen meinte, sie wusste nur nicht, woher. Von der Party? Einige reckten ihre Fäuste in die Höhe, einer schwenkte eine Fahne oder ein Tuch über dem Kopf. Neben ihr hielten die Schüler sich die Ohren zu, sahen einander an und nickten mit aufgerissenen Mündern. »Wow« sollte das wohl bedeuten. Und es war wirklich sehr laut.

Aber es klang nicht gut, was aus den Boxen links und rechts von der Bühne kam, ein Dröhnen, das nur aus Schlagzeug und Bass zu bestehen schien. Zwar spielte Tom da oben, aber seine Gitarre war zu leise eingestellt und konnte sich nicht durchsetzen; auch von Annes Keyboardspiel war nichts zu hören. Hinterm Mischpult schob und drehte Wilsto an den Reglern, steckte Kabel um; nach und nach wurde der Klang besser, zumindest das Dröhnen verschwand. Gesa blickte ein zweites Mal zum Mischpult. Lag Meikes Hand tatsächlich auf Wilstos linkem Oberschenkel? Endlich war Toms Gitarre zu hören, danach das Keyboard und Eriks Gesang. So war es gut, doch das erste Stück war bereits zu Ende. Die Bandmitglieder schüttelten die Köpfe.

»Das versuchen wir gleich noch mal«, sagte Tom durch sein Mikrofon. Unten wurde gelacht. »Das können wir besser.« Er hatte nicht in Richtung Publikum gesprochen, sondern zu den anderen in der Band, ganz unbekümmert, als wären sie bei einer Probe und unter sich.

Bevor sie jedoch neu ansetzen konnten, kletterte eine Schülerin von der Seite auf die Bühne, in schwarzem Kostüm, mit onduliertem Haar, und trat vor das Mikrofon. Gesa erkannte erst spät, dass es Ola war. Sie machte eine Durchsage, auf Polnisch, wenige Sätze, und kaum war sie fertig, erhoben sich alle von ihren Plätzen, auch die Lehrer vorne. Die Schüler neben Gesa redeten miteinander, Gesa verstand kein Wort, und von ganz hinten in der Aula stürmten die Typen in den Lederjacken vor die Bühne, bauten sich dort auf und johlten. Ein einziges Durcheinander entstand. Die Lehrer kämpften sich durch die Menge zum Ausgang vor.

Endlich begriff Gesa, was vor sich ging. Ola hatte das polnische Lehrerkollegium hinausgeschickt. Die Bühne und der Saal gehörten nun den Schülern, und nach kurzer Verunsicherung fing die Band von Neuem an zu spielen.

So etwas hatte Gesa noch nicht gesehen. Eine Menschenmenge wogte vor der Bühne hin und her, wie ein Kornfeld, durch das der Wind fährt. Arme wurden in die Höhe gereckt, Fäuste im Takt geschwungen, klatschende Hände, tanzende Menschen, und vorne, gleich vor der Bühne, standen einige Mädchen – Aga war darunter –, blickten hinauf zu den Musikern, wippten mit den Köpfen und schlugen mit den flachen Händen zum Takt auf den Bühnenboden. Wie Trophäen zeigten sie sich gegenseitig ihre rot glühenden Handflächen. Gesa verfolgte das alles von einer der Holztreppen am Bühnenrand aus, auf die sie sich vor dem Trubel und dem Lärm unten geflüchtet hatte, und aus dieser Perspektive wirkte die Musik wie die bloße Untermalung für das Treiben im Saal. Eigentlich war es vollkommen egal, was die Band spielte, Hauptsache, es war laut.

Dieses Konzert war fraglos etwas anderes als die Schulkonzerte zu Hause. Das Publikum hier feierte sich selbst und erging sich in seiner eigenen Gelöstheit, so als wollten die polnischen Schüler den deutschen Gästen vorführen, wie man das eigentlich machte: ein Konzert richtig erleben. Zu Hause herrschte, wenn es hoch kam, freundliches Interesse für die gespielte Musik, still wurde zugehört und in genau bemessenem Umfang geklatscht, wenn ein Stück zu Ende war. Die einzige Ausnahme, die Gesa einfiel, war ein Konzert bei einer Abifeier gewesen, in der Schulturnhalle, vor knapp zwei Jahren; Markus hatte sie mit hingenommen, es war sein Abschlussjahrgang gewesen. Als Teil des Abendprogramms hatte die Abiband gespielt, zusammengesetzt aus Schülern des Jahrgangs, und dazu war getanzt worden. Daran erinnerte Gesa sich genau, weil es etwas so Unerhörtes gewesen war: Tanzen. Und auf einmal war sie sicher, dass Tom mitgespielt hatte, damals, in der Abiband. Sie sah es vor sich, wie er mit seiner Gitarre am Bühnenrand gestanden hatte, als einziger Nicht-Abiturient der Gruppe. War das möglich? Sie blickte zu ihm hin. Kein Zweifel, er war dabei gewesen, was bedeutete, dass sie ihn schon öfter gehört haben musste, als sie ursprünglich geglaubt hatte. Anscheinend hatte sie Tom damals bemerkt, ohne dass er ihr weiter aufgefallen wäre, und im Moment war Gesa das unerklärlich.

Tom drehte sich um und trat vor seinen Verstärker, um etwas zu trinken. Während er die Wasserflasche ansetzte, blickte er Gesa über den Rand hinweg an. Sie hatte erwartet, dass dieses Konzert für ihn etwas Besonderes sein musste, etwas Schönes, wie die Erfüllung eines Traums, aber in seiner Haltung spürte sie nur eine große Anspannung. Etwas bedrückte ihn. Sie stand auf, wollte näher zu ihm hintreten, aber er schüttelte den Kopf, nahm eine Tablette, die in seiner Hemdtasche gesteckt hatte, trank einen weiteren Schluck aus der Flasche und wandte sich den anderen Musikern zu. Er hatte sie eigentümlich angesehen, fast so, als wäre er nicht da.

Gesa entdeckte Sascha unten in der Menge. Seit das Publikum aufgestanden war, hatte er für seine Kamera und das Stativ keinen geeigneten Platz mehr gefunden und wurde ständig von der Seite angestoßen. Er fluchte. Gesa trat zum Rand der Bühne, stieg nach unten ins Gewimmel, und während sie sich langsam vorarbeitete, stürzte sie wiederholt gegen Schultern, gegen Rücken und hielt schützend ihre Hände vor sich. Als sie einmal heftig von der Seite angestoßen wurde, spürte sie eine weiche Brust unter ihrer linken Hand und zog diese schnell zurück.

»*Przepraszam*«, rief sie, eines der wenigen polnischen Wörter, die sie kannte, und das Mädchen, gegen das sie gefallen war, hielt sie an den Unterarmen fest. Es war Zoska, mit der sie eine Nacht die Blockhütte geteilt hatte. Gesa deutete mit den Armen voraus, um zu zeigen, wohin sie wollte.

»*Tak, tak.*« Zoska schob sie sanft an. »Gute Musik, ja?«

Sascha hatte sich in der Zwischenzeit einen Stuhl herangeholt, um von oben über die Köpfe hinweg zu filmen. Das Stativ war ausgefahren, die Kamera schwebte über den Zuschauern, und er stand vornübergebeugt auf dem Stuhl und blickte durch den Sucher. Es sah wackelig aus, und das war es wohl auch. Sascha stieg gleich wieder herunter, und als er Gesa durch die Menge auf sich zukommen sah, hellte sich seine Miene für einen Augenblick auf. Es entging Gesa nicht.

»Wieder besser?«, fragte er oder schrie es ihr vielmehr ins Ohr.

Gesa nickte, machte ihm ein Zeichen, wies erst auf den Stuhl, dann auf sich. Sascha verstand nicht, was sie vorhatte, und sie rief: »Lass mich da oben filmen. Du hältst mich fest.«

»Okay«, sagte er. »Ist aber bestimmt gleich vorbei.«

»Trotzdem.«

Sascha half ihr hoch auf den Stuhl und fasste sie dazu mit beiden Händen um die Hüften. Etwas ungeschickter als nötig lehnte Gesa sich zurück, und selbst, als sie signalisierte, dass sie einen sicheren Stand gefunden hatte, ließ Sascha sie nicht los. Wie beiläufig strich Gesa einmal über seine Hände. Seine Haut war ganz weich.

Dann richtete Gesa sich auf und blickte durch die Kamera. Sie schwenkte über die Köpfe im Saal hinweg und sah durch den Sucher schweißnasse Haare, Hände, die ausdauernd im Takt klatschten, und ein Plakat, das hinten in der Aula hochgehalten wurde. Etwas Polnisches stand darauf, das sie nicht lesen konnte. Gesa ließ die Kamera über einige ihrer Mitschüler gleiten, die sich Mund an Ohr austauschten und auf eine Art begeistert um sich schauten, als wären sie am Erfolg der Band nicht ganz unbeteiligt. Als ihr Meike zufällig ins Bild geriet, die noch immer neben Wilsto hinterm Mischpult saß, grinste sie Gesa an und zwinkerte ihr zu. Meike konnten die Hände auf Gesas Hüften nicht entgangen sein, und mit den Lippen formte sie die Frage: »Sascha?« Gesa schwenkte weiter. Der Applaus hatte sich nach dem letzten Stück verändert, es wurde eine Zugabe verlangt. Sie musste die Bühne ins Bild holen.

Die Bandmitglieder standen nebeneinander am Bühnenrand, blickten zufrieden ins Publikum, und nur Tom trat noch einmal mit seiner Gitarre auf. Er zog einen Stuhl in die Mitte der Bühne und holte zwei Pedale heran, die er auf dem Boden platzierte. Als er sich setzen wollte, kam vom Bühnenrand her Aga angelaufen, blieb vor ihm stehen und sagte etwas zu ihm. Durch den Sucher war Gesa Zeuge, wie verwirrt Tom reagierte. Er schien kaum zu verstehen, was Aga von ihm wollte. Dann steckte sie ihm einen Zettel zu, schloss seine Finger darum, damit er ihn nicht aus Versehen fallen ließ, lächelte Tom an, und auf einmal umarmte sie ihn, drückte ihn und küsste ihn auf beide Wangen. Ein Raunen ging durchs Publikum, Applaus, Pfiffe.

Tom wirkte wie vom Schlag getroffen. Er schien zu taumeln, und fast wäre Gesa von ihrem Stuhl gesprungen, um auf die Bühne zu rennen und Aga von ihm wegzureißen. Was tat sie da nur? Während Tom sich setzte und den Zettel in seiner Hemdtasche verschwinden ließ, zog Aga sich an die Bühnenseite zurück. Gesa folgte ihr mit der Kamera und konnte beobachten, wie sie von ihren Freundinnen empfangen wurde, als kehrte sie von einem siegreichen Feldzug zurück. Sie streichelten ihr über die Unterarme, die Wangen. Aga hatte Tränen in den Augen. Auch das konnte Gesa sehen, als sie nahe genug heranzoomte.

»Was sollte das denn?«, fragte Sascha von unten.

»Keine Ahnung«, sagte Gesa. »Die spinnt wohl etwas.«

Der erste Ton aus Toms Gitarre baute sich zögerlich auf, wurde lauter und setzte sich langsam gegen den Lärm des Publikums durch, das noch nicht mitbekommen hatte, dass es weiterging. Als alle es merkten, wurde es still in der Aula. Tom schaute von seiner Gitarre auf, ließ seine Töne durch die Reihen wandern und lächelte auf eine Art selbstsicher, die neu an ihm wirkte. Die Anspannung, die Gesa eben noch an ihm bemerkt hatte, war verschwunden. Er schaute von der Bühne herunter auch zu ihr, die seinen Blick im Sucher der Kamera so nahe wie möglich heranholte. Als sie ihn in Großaufnahme vor sich hatte, schloss Tom die Augen, und seine Lider zuckten, als würde er träumen. Der Klang seiner Gitarre war klar und deutlich. Die Echos verlängerten die gespielten Töne oder verwischten sie durch Wiederholungen. Er sprang hin und her, wechselte mitten in einer Melodie zwischen den Oktaven, es rauschte, pulsierte. Gesa hörte deutlich die Wellen, die in diesen Tönen steckten. Gleichmäßig schwang das hin und her, und Gesa war schockiert und ergriffen zugleich. Tom spielte sich selbst. Er war es, den man da hörte, durch seine Musik.

Auf einmal lachte Tom. Er hatte bereits vor einigen Momenten aufgehört zu spielen und lauschte wie alle im Saal den Echos nach, die die letzten Töne verlängerten. Er nickte, war anscheinend zufrieden mit sich. Blickte auf. Und als die Wiederholungen kaum noch zu vernehmen waren, legte er den Kopf schief, kniff die Augen zusammen und lächelte bei dem letzten noch hörbaren Ton.

»Wow«, sagte jemand irgendwo im Saal, und als hätten alle nur auf dieses Signal gewartet, setzte der Applaus ein. Tom, der noch immer auf seinem Stuhl saß, winkte ab. Unhörbar sagte er etwas, wischte sich mit dem Ärmel den Schweiß von der Stirn und ließ sich gegen die Rückenlehne sinken.

Gesa nahm das Auge vom Sucher und stieg vom Stuhl herunter. Sie war ganz benommen von dem, was sie gehört hatte, stand einen Augenblick unschlüssig da und schlang dann ihre Arme um Saschas Hals.

Sascha sah sie an. »Das war gut, oder?«, fragte er.

»Und wie«, sagte sie, zog ihn zu sich heran und küsste ihn. Während ihre Lippen auf seinen lagen, war sie sicher, dass es ihr erster Kuss war. Sascha zitterte einfach zu sehr, als dass es auf der Party schon dazu hätte gekommen sein können.

Von der Durchsage, die Ola vom Bühnenrand aus machte, bekam Gesa nichts mit. Sie schmiegte sich an Saschas Seite, umspielte mit den Fingern seine Hand, die ihre Schulter umfasste, wirklich eine sehr kleine Hand, und die Menge strömte an ihnen vorbei Richtung Ausgang. Sie drückte Sascha auf einen Stuhl, setzte sich auf seinen Schoß und küsste ihn wieder. Einmal und noch einmal.

»Kommt ihr auch mit?«

Tom stand hinter ihnen, seine Stimme war rau, angestrengt, und er lutschte auf einer Kapsel herum. Gesa brauchte einen Augenblick, bis sie die Veränderung an ihm feststellte: Ein Schlips baumelte um seinen Hals, aus Leder, grasgrün. Den Gitarrenkoffer hielt Tom in einer Hand.

»Wohin denn mit?«, fragte sie.

»Ins Rathaus … Eine Delegation soll da noch hin und dem Bürgermeister Guten Tag sagen.«

»Darum der Schlips?« Gesa griff danach.

»Hat Wilsto uns aufgezwungen.«

»Gutes Konzert übrigens«, sagte Sascha. »Hat mir gefallen.«

»Mir auch«, sagte Gesa. »Vor allem, was du am Schluss gespielt hast.«

»Klar.«

Gesa spürte einen Blick in ihrem Rücken, ganz deutlich, und als sie sich umschaute, stand da Aga auf dem Schulflur und schaute in den Saal zu ihnen herein. Unsicher wirkte sie, als traute sie sich nicht, näher zu kommen. »Wir wollen los?«, sagte sie zu Tom.

»Ich kann jedenfalls nicht mitkommen«, sagte Sascha.

»Ich bin für den Abbau eurer Sachen hier eingeteilt. Der ganze Kram muss noch im Bus verstaut werden.«

»Dann sehen wir uns wohl nachher im Bus«, sagte Gesa zu Tom und legte den Kopf auf Saschas Schulter. »Wenn's nach Hause geht.«

»Klar.«

»Und bis dahin«, sagte Gesa, »wird sich Aga gut um dich kümmern. Da bin ich mir ganz sicher.«

7 Ein hübsches Zimmer hatte Tom bekommen, hell und freundlich. Die Sonne schien flimmernd herein. Er lag in dem Bett direkt vor dem Fenster, Kopfhörer auf den Ohren, laute Musik, und schlief. Am Bettgitter hing der Stadtwimpel von Słupsk, den er vom Bürgermeister überreicht bekommen hatte – *Prezydent Miasta Słupska* las Gesa über einem rot-grünen Adler, der über blauem Wasser seine Krallen zeigte –, ein Blumenstrauß stand auf dem Nachttisch neben dem Bett, und gegen die Vase lehnte eine Postkarte, die ein Gebäude zeigte, das Gesa auf dem Stadtrundgang durch Słupsk zwar gesehen hatte, aber nicht einzuordnen wusste. War es eine Mühle? Ein Pulverturm? Ungläubig betrachtete sie den Fluss, der auf dem Postkartenbild zu sehen war. Obwohl seit ihrer Rückkehr keine zwei Tage vergangen waren, hätte sie nicht mit Bestimmtheit sagen können, ob ein Fluss durch die Stadt lief oder nicht. Mit jedem Kilometer, den sie sich von Słupsk entfernt hatten, war das Bild davon in Gesas Erinnerung mehr und mehr verblasst. Ein paar Straßen waren ihr im Gedächtnis geblieben, die Schule, Agas Wohnung. Das war alles. Nicht viel. Deutlicher hingegen hatte sie das nächtliche Lübeck vor Augen, wo sie auf der Rückfahrt einen Zwischenstopp eingelegt hatten, die Lichter dort, die bunten Reklametafeln, die sie alle wie kleine Wunder bestaunt hatten. Die Deutlichkeit dieser Erinnerung hatte allerdings hauptsächlich mit den schmalen, dunklen Gängen zu den Hinterhöfen zu tun, in die Sascha und sie sich heimlich

verzogen hatten. Sie hatten sich zwar beeilen müssen, aber es war schön gewesen, ihr erstes Mal. Die Zeit seit der Rückkehr hatten sie dann fast ausschließlich im Bett verbracht; die Stunden waren nur so an ihnen vorbeigerauscht. Deshalb war Gesa auch heute erst ins Krankenhaus gekommen – Toms Operation war, soweit sie wusste, gestern Morgen gewesen –, und sie musste bald wieder los. Sascha wartete draußen im von seinen Eltern geliehenen Wagen.

Gesa trat leise ans Bett heran, stellte die Kühltasche ab, die sie über der Schulter trug, und konnte der Versuchung nicht widerstehen, die Postkarte vom Nachttisch in die Hand zu nehmen. Aga hatte Tom also geschrieben, mit runder, ausladender Schrift, sodass nur wenige Zeilen auf der Karte Platz gefunden hatten. Gesa las die letzten Worte – *Alles Gute und eine schnelle Genehsung wünscht Dir Deine Aga* –, und sie bemerkte mit stiller Genugtuung den Rechtschreibfehler, der sich eingeschlichen hatte.

»Na, na«, sagte Tom, der von ihr unbemerkt die Augen geöffnet hatte. »Noch nie was von Briefgeheimnis gehört?«

Rasch stellte Gesa die Karte zurück. »Tut mir leid.«

»Macht nichts.«

Er nahm den Kopfhörer ab, und sie lächelte, noch immer verlegen.

»Wie ist die Karte überhaupt schon angekommen?«, fragte sie. »Deine ist noch nicht da. Und du hast sie doch abgeschickt?«

»Klar.« Tom richtete sich auf und schob sich ein Kissen in den Nacken. »Jedenfalls ist es schön, dass mich jemand besuchen kommt.«

»Du willst mir aber jetzt nicht sagen, dass ich dein erster Besucher bin?«

»Heute schon«, sagte er. »Gestern war mein Vater da. Zwei

Mal sogar ... Saß hier mit verheulten Augen an meinem Bett, als ich aus der Narkose aufwachte ... Hat meine Hand getätschelt, wie bei einem kleinen Kind. ›Das tut ganz sicher nicht weh‹, hat er gesagt, ›keine Angst ...‹ Mehrmals hat er das gesagt, bis er merkte, dass ich es schon hinter mir hatte. Da war er ganz schockiert ... ›So was. Davon wusste ich gar nichts. Das hätte die Krankenschwester mir doch mal sagen können ...‹ Ich hab vielleicht gelacht ... Aber lachen tut leider weh.« Tom hustete, presste die Faust auf seine Lippen. »Schlucken ist auch nicht gut.«

»War deine Mutter denn noch nicht hier?«, fragte Gesa und hätte, als sie Toms Reaktion sah, die Frage am liebsten gleich wieder zurückgenommen.

»Doch«, sagte er und sah sie direkt an. »Während der Narkose ... Angeblich ... Von ihr kommen die Blumen.«

Eine Pause entstand, und Gesa nutzte die Gelegenheit, um die Kühltasche wieder aufzunehmen. Sie hatte sich schlaugemacht und herausgefunden, dass nach einer Mandel-OP Wassereis das Mitbringsel der Wahl war. Die alten Plastikschälchen aus ihrer Kindheit hatte sie auf dem Speicher gefunden und schon am Vortag verschiedenste Sorten Eis hergestellt, aus allen Säften, die sie im Haus hatte auftreiben können.

»Willst du Eis?«, fragte sie.

»Hast du welches mit? Klar.«

Gesa kramte in der geblümten Tasche. »Es gibt Apfel, Orange, Kirsche und Traube.«

»Traube«, sagte Tom, und sie reichte ihm das schon leicht angetaute Eis. Für sich selbst nahm sie Kirsche heraus und setzte sich auf den Stuhl am Fuß des Bettes.

»Schönes Zimmer hast du«, sagte sie.

»Habe ich auch gedacht«, sagte Tom. »Als wollte da jemand

meinen Eltern einen Gefallen tun, nicht? Oder vielmehr meiner Mutter.«

»Wie meinst du das?«

»Das Zimmer hier«, sagte Tom, biss von seinem Eis ab, und das knirschende Geräusch jagte Gesa einen Schauder über den Rücken, »die ganze Sonderbehandlung … Das ist doch eigenartig … Warum zum Beispiel durfte ich nachts eingeliefert werden? Nachts? Bei einer Mandel-OP? Und gleich am nächsten Morgen … da bin ich als Erster an der Reihe. Ist doch seltsam … Als wollte jemand meinen Eltern imponieren. Oder eben meiner Mutter.«

»Kennt ihr den behandelnden Arzt denn?«

»Den Professor … natürlich. Der war mal zum Kaffee bei uns. Mit seiner Familie. Aber wer weiß?«

»Kann ich mir nicht vorstellen«, sagte Gesa, und Tom zuckte die Schultern.

»Ist ja auch egal«, sagte er. »Ich hoffe nur, dass meine Mutter nicht da ist, wenn ich nach Hause komme. Die will ich so bald nicht wiedersehen.«

»Wann kommst du denn raus?«

»Weiß nicht«, sagte er. »Eigentlich bald. Aber die Wunde heilt wohl schlecht. Und ich hab manchmal so Flecken am Körper. Und oft Nasenbluten … Hatte ich schon immer. Die Ärzte wissen auch nichts … Keine Ahnung. Vielleicht dauert es noch ein paar Tage. Ich hab ja Eis.«

»Hm«, sagte Gesa, mehr fiel ihr dazu leider nicht ein. Vor allem wusste sie nicht, wie sie es anstellen sollte, jetzt wieder aufzubrechen. Tom wirkte eigenartig verwirrt, und sie wäre gerne bei ihm geblieben, um ihn abzulenken und auf andere Gedanken zu bringen, aber andererseits wollte sie Sascha draußen nicht unnötig warten lassen. Gemeinsam würden sie gleich nach Dänemark rüberfahren, Hotdog essen, Softeis, die Zeit zusammen genießen.

»Ist es in Ordnung, wenn ich morgen noch mal vorbeischaue?«, fragte sie.

»Du musst schon wieder los?«

Sie nickte. »Eigentlich ja.«

»Ist Sascha unten?«

»Ja. Er wartet auf mich.«

»Schön für dich«, sagte Tom. »Wirklich, schön. In dem Fall bist du natürlich entlassen ... Aber nur unter einer Bedingung.«

»Und die wäre?«

»Lass die Kühltasche hier.«

»Das geht in Ordnung.« Gesa stellte die Tasche neben dem Bett auf den Boden und sah Tom einen Moment an. »Weißt du«, sagte sie, »irgendwie habe ich das Gefühl, dass ich mich bei dir bedanken muss.«

»Wofür denn?«, fragte er.

»Dass du dabei gewesen bist. In Słupsk. Ohne dich wäre es ...«

»Was?«

»Anders gewesen.«

»Klar.«

Liebe Gesa,
hättest Du gedacht, dass ich mich für das Schaufenster einer Teppichhandlung interessieren könnte? Gestern jedenfalls stand ich hier in London einige Zeit vor einem Geschäft – in der Boundary Road, ganz in der Nähe der Abbey Road Studios – und habe mir die Auslagen angesehen. Gewebte Wollteppiche, sogenannte Wilton Carpets, ganz hübsch. Ich bin sogar reingegangen und habe mir die Machart erklären lassen. Eine Schleife aus maximal fünf Fäden, die immer wieder umeinandergewebt werden. Die Teppiche sind wegen ihrer Widerstandsfähigkeit berühmt. Nicht uninteressant.

See you, T

Motiv: Zebrastreifen auf der Abbey Road. London, Mitte 1993

ZWEI
1999

1

Gesa selbst hätte nicht zu sagen gewusst, wann sie das Haus zum letzten Mal allein verlassen hatte. Es musste etliche Monate her sein. Ganz sicher war es im vergangenen halben Jahr nicht passiert, aber es fiel ihr sogar schwer, sich an eine Gelegenheit davor zu erinnern. Das Seltsame war, dass sie es anscheinend nicht vermisst hatte. Nicht ein einziges Mal war in ihr der Wunsch aufgekommen, etwas allein zu unternehmen; zumindest konnte sie sich im Moment nicht entsinnen. Auf ihr Gedächtnis war in letzter Zeit allerdings wenig Verlass, was sicher mit dem chronischen Schlafmangel zu tun hatte. Heute jedoch war es anders, heute wollte sie weg, allein. Da war sie sich sicher. Sie war verabredet.

Schneller als nötig lief sie den Gang zwischen ihrem und dem Nachbargrundstück hinunter, und obwohl sie sich etwas anderes vorgenommen hatte, drehte sie sich im Gehen noch einmal um und suchte die Fenster ihres Hauses nach Bewegungen ab. Versuchte jemand, ihr von dort aus Zeichen zu geben? Es war die letzte Chance dafür, gleich würde sie außer Sichtweite sein, und dann müssten sie wohl oder übel ohne sie zurechtkommen. Doch Gesa war sich bewusst, dass sie schon jetzt nicht mehr hätte umkehren können. Sie musste und wollte gehen, beschleunigte ihren Schritt und kam sich in diesem Augenblick wie auf der Flucht vor.

Dabei war natürlich alles von langer Hand geplant. Sie hatte Sascha genau instruiert und ihm gezeigt, was er wissen musste, mehrfach sogar. Wo er Feuchttücher finden könnte, falls sie ihm ausgingen, Lätzchen, das Thermometer fürs Fläschchen, die vorportionierten Milchvorräte im Kühlschrank, die sie gestern Abend und heute früh abgepumpt hatte, sowie die eingefrorenen im Tiefkühler.

»Du kommst doch wieder zurück?«, hatte Sascha angesichts der Menge an Plastikgefäßen gefragt und gleich hinzugefügt: »In zwei Stunden, wenn ich richtig informiert bin?« Daraufhin hatte sie dem Blick standhalten müssen, mit dem er sie bedachte. Als wäre sie verrückt geworden.

Sascha hatte sich erklärtermaßen auf die Stunden gefreut, die er an diesem Mittag mit seiner kleinen Tochter allein verbringen konnte. Selten genug hatte er Gelegenheit dazu. Immer war Gesa in der Nähe, mindestens in Hörweite, hielt sich im Nebenzimmer auf oder bemühte sich, im Wohnzimmersessel eine Viertelstunde die Augen zu schließen. Sogar noch kurz vor ihrem Aufbruch, als sie sich im Flur die Schuhe anzog, hatte Sascha ihr bestätigt, wie sehr er sich freue.

»Mach dir mal keine Sorgen um uns.«

Aber das tat sie gar nicht. Vielmehr hatte sie bis zuletzt die Befürchtung gehegt, dass noch etwas dazwischenkommen könnte. Ein plötzlicher Fieberschub bei Ida. Sascha, der aus Übermut die Treppe hinunterstürzt. Sie selbst, die es trotz allem nicht über sich bringt, das Haus ohne ihre Tochter zu verlassen. Aber alles war glattgegangen, sie war auf dem Weg und jetzt sicher auch nicht mehr vom Haus aus zu sehen.

Vom Hafen schallte Musik herüber oder vielmehr ein Grollen, das schwer zu unterscheiden war vom Straßenlärm, den der Mittagsverkehr auf dem Hafendamm machte. Gesa überlegte, zu welcher Band dieses Geräusch am wahrscheinlichsten gehörte. Eher Abrakadabra oder The Adrenalins? Oder etwa doch schon No Tunes? Sie kannte keine dieser Bands, hatte aber ihre Namen auf den Ankündigungsplakaten der School's-Out-Party gelesen, die heute, am letzten Schultag vor den Sommerferien, am Hafen gefeiert werden sollte. Zu ihrer Zeit hatten sich die Schüler nach Unterrichtsschluss noch mitten in der Einkaufsstraße getroffen und an der Holmnixe die auf dem Weg besorgten Biere und Sektflaschen leer getrunken, bis alle besoffen genug waren, um nach Hause zu wanken, bereit für die Ferien und insbesondere für die Zeugnispräsentation vor den Eltern. Mittlerweile jedoch war der Ferienbeginn der Aufhänger für eine professionell organisierte Party, mit Musikbühne und Getränkewagen, unten an der Hafenspitze, gesponsert von irgendeinem Bierfabrikanten und ins Leben gerufen von einem ihrer ehemaligen Mitschüler, der das Potenzial erkannt hatte. Seit knapp einer Woche hingen die Ankündigungsplakate überall in der Innenstadt; das wusste Gesa, weil sie selbst Plakate geklebt hatte, nicht für diese Party, sondern für das morgige Konzert der Wiltons, Toms Band, die im Kühlhaus das Eröffnungskonzert ihrer kleinen Deutschland-Tour geben würde. Deshalb würde Tom auch heute in die Stadt kommen, endlich einmal wieder. Es war viel zu lange her, dass sie sich gesehen hatten.

Als Gesa die Kreuzung an den Kieler Anlagen überquerte, fiel ihr ein Mann auf, der vor der Plakatwand unter der Eisenbahnbrücke stand. Eine Cordjacke trug er, Jeans, grüne Chucks, die kinnlangen Haare hingen ihm ins Gesicht. Er starrte auf zwei Plakate, die Gesa selbst vor einigen Tagen dorthin geklebt hatte, dabei den Kinderwagen schuckelnd, in der Hoffnung, dass Ida nicht aufwachte. Der Mann strich sich die Haare hinter die Ohren. Eine runde Sonnenbrille trug er. Mit einem Mal griff er nach einem der Plakate, fuhr mit den Fingern dahinter und riss es mit einer schnellen Bewegung ab. Gesa traute ihren Augen nicht.

»Hey«, rief sie und beschleunigte ihren Schritt. »Lassen Sie das.«

Der Mann drehte sich in ihre Richtung, schob in aller Ruhe die Sonnenbrille auf seine Stirn und griff mit der freien Hand nach dem zweiten Plakat, das er ebenfalls herunterriss.

»Tom?«, sagte Gesa im Näherkommen. »Was machst du denn da?«

Beidhändig knüllte er die Plakate zusammen und stopfte sie in den Rucksack zu seinen Füßen. Jetzt erst fiel Gesa der Gitarrenkoffer auf, der gegen die Plakatwand gelehnt war.

»Wer kommen will, weiß es doch längst«, sagte Tom.

»Und die, die es nicht wissen, hätten es hier noch erfahren können«, sagte Gesa. »Das Konzert ist doch erst morgen Abend.«

»Hast recht.« Sie standen jetzt voreinander. »Ich fand trotzdem, dass die Plakate besser ab sollten.«

Bevor Gesa noch etwas einwenden konnte, trat Tom auf sie zu und umarmte sie, und wieder einmal dachte sie, dass sie das so nur bei ihm erlebte: umarmt zu werden, fast ohne jede Berührung. Noch in der Bewegung drehte Tom sich weg und tauchte ab, und nur an den Schultern hatte Gesa einen Moment lang seine Hände gespürt, die er dort für Sekunden hatte ruhen lassen. So war es immer mit ihm. Obwohl Tom ihr stets mit geöffneten Armen entgegenkam, vermittelte er gleichzeitig den Eindruck, dass sie im Begriff standen, eine Grenze zu überschreiten, die besser nicht überschritten werden sollte. Gesa unterdrückte daher den Wunsch, sich ihm in die Arme zu werfen. Tom mochte das nicht, hatte es noch nie gemocht, und sie musste das akzeptieren.

»Lange her«, sagte Tom, als sie wieder voreinanderstanden. Voller Ungeduld schien er auf die Worte zu warten, die sie stets zur Begrüßung sagte, wenn er sie besuchen kam. Aber Gesa ließ ihn zappeln.

»Wieder mal zu Hause?«, fragte sie schließlich.

Tom nickte. »So könnte man das nennen.«

Es waren weniger Zuschauer da, als sie erwartet hatte; gut möglich, dass ein Großteil bereits gegangen war, um den Ferienbeginn nicht unnötig hinauszuschieben. Die Bühne wurde gerade umgebaut, schwarz gekleidete Jungs trugen ihre Verstärker und Instrumente herunter, die Gesichter jeweils hälftig weiß und schwarz bemalt, dazu grellrote Lippen. Schreiende Münder und prall gefüllte Spritzen prangten auf ihren T-Shirts. Es musste sich um die Adrenalins handeln, die es offenbar fertiggebracht hatten, den Platz an der Hafenspitze leer zu spielen. Nur noch vereinzelte Schülergrüppchen standen vor den Getränkewagen, die Rucksäcke bereits geschultert, das letzte Bier in der Hand.

Gesa und Tom blieben in einiger Entfernung von der Bühne stehen. »Seltsam«, sagte Gesa, »aber wenn ich so was hier sehe, komme ich mir immer unglaublich alt vor. Obwohl es doch noch gar nicht so lange her ist.«

»Fühlt sich aber so an, oder?«, sagte Tom. »Willst du was trinken?«

»Ja, warum nicht.«

»Ich schau mal nach, was die haben.«

Tom stellte Rucksack und Gitarrenkoffer neben ihr ab und ging zu einem der Getränkewagen hinüber. Gesa nutzte die Gelegenheit, den ramponierten *Solidarność*-Aufkleber aus der Nähe zu betrachten, der an der Seite des Koffers klebte, immer noch. Für sie war er wie ein Gruß aus der Vergangenheit. Nach solchen suchte sie bei jedem ihrer Wiedersehen mit Tom, denn sie wollte sicherstellen, dass alles beim Alten geblieben war. Sie brauchte diese Form der Vergewisserung, selbst wenn sie nur auf kleinen Hinweisen beruhte. Insgeheim nämlich hegte sie die Theorie, dass jemand wie Tom, der dauernd unterwegs war und mit entsprechend vielen Menschen zu tun hatte, sich notwendigerweise anpasste und Eigenheiten ablegte, um nicht ständig anzuecken. Gesa war durchaus bewusst, dass sich diese Theorie ebenso gut umkehren ließ – wer ständig mit den *gleichen* Leuten zu tun hatte, war gezwungen, sich anzupassen –, doch in ihrem Kopf blieb es dabei: Viel unterwegs zu sein, war in ihrer Vorstellung etwas Gefahrvolles für die Persönlichkeit.

Und wo Tom nicht überall schon gewesen war, allein im letzten Jahr: Amsterdam, Malmö, Krakau, Århus, London – und das waren nur die Auslandsaufenthalte, von denen sie wusste; dazu kamen die Konzerte im Inland, bei denen sie regelmäßig den Überblick verlor, obwohl sie sich bemühte, auf dem Laufenden zu bleiben. Heute war Tom geradewegs aus Finnland angereist, aus Tampere, einer Stadt, von der sie bis zu Toms Anruf letzte Woche noch nie etwas gehört hatte. In einem Musikclub dort hatten die Wiltons mehrere Tage hintereinander gespielt, im *Paapan Kapakka*, nicht groß, wenige Zuhörer, es waren wohl eher eine Reihe öffentlicher Proben gewesen. Tom hatte ihr wie immer eine Karte aus der Stadt geschickt, eine Industrieanlage war darauf abgebildet gewesen, rauchende Schlote. *Die Finnen spinnen*, hatte er geschrieben, mehr nicht, und Gesa hatte wieder einmal Anlass gefunden, darüber nachzugrübeln, wie es sich für sie anfühlen würde, so viel zu reisen wie Tom. Allein um nicht vor Heimweh zu verkümmern, hätte sie sich mehr als zusammenreißen müssen, und für sie war es schwer vorstellbar, dass es anderen anders ging. Sie hatte schon so oft über diese Dinge nachgedacht, eigentlich immer, wenn eine Karte von Tom kam, besonders aber, wenn er sie besuchte. Er und sie, der Weggeher und die Zuhausebleiberin.

Tom machte sich die Entscheidung vor dem Getränkewagen offenbar nicht leicht. Er studierte ausdauernd die Angebotsliste und vertröstete mehrfach die Frau hinter der Theke, die nach seiner Bestellung fragte. Als er sich endlich entschieden hatte und sich mit den Getränken auf den Rückweg machen wollte, wurde er von einem der Musiker aufgehalten, der schwer beladen mit einer Box vor ihm stehen blieb. Der Musiker wirkte begeistert, Tom hier anzutreffen, erzählte ihm so einiges, und Tom nickte freundlich zu allem. Den Lippenbewegungen nach zu urteilen, wünschte er ihm zum Abschied toi, toi, toi.

»Hier«, sagte Tom und reichte Gesa einen der Becher. »Ananassaft. Das benutzen die sonst für einen Cocktail.«

»Da ist aber kein Alkohol drin, oder?«

»Natürlich nicht.« Tom sog an seinem Strohhalm. »Du stillst doch noch.«

Gesa fuhr zusammen. Hatte Tom, als er das sagte, tatsächlich mit seinem Becher auf ihre Brüste gedeutet? Und hatte er außerdem dieses Wort benutzt, das sie nicht ausstehen konnte: stillen? Instinktiv schob Gesa die Schultern vor und bemühte sich, die plötzliche Gefühlswallung zu kontrollieren, die sie überkam, denn zielgenau hatte Tom mit diesem einen Wort einen wunden Punkt bei ihr getroffen, mit dem sie seit Monaten haderte. Es ging weniger um den eigentlichen Vorgang des Stillens – obwohl auch der ihr nicht immer angenehm war –, sondern tatsächlich um dies so friedlich klingende Wort, das Gesas Ansicht nach unbrauchbar war, um zu beschreiben, was den Vorgang ihrer Erfahrung nach ausmachte, nämlich unvereinbare Empfindungen wie Nähe und Ausgeliefertsein, Liebe und Frust. Stunde um Stunde hatte Gesa in den vergangenen Monaten damit zugebracht, ihre widerstreitenden Empfindungen zu beobachten, und entsprechend genervt reagierte sie, wann immer sie darauf angesprochen wurde, was häufiger vorkam, als sie es je für möglich gehalten hätte. Jeder hatte etwas beizutragen und Wissen parat, das ihr unaufgefordert präsentiert werden musste, obwohl sie nichts davon hören wollte. Die ganze Sache war doch eine Angelegenheit zwischen Ida und ihr, die sonst niemanden etwas anging, und am liebsten hätte Gesa jedem, der das Wort stillen und sie in Verbindung brachte, den Mund verboten. Tom konnte das natürlich nicht wissen. Gesa musste es sich bewusst ins Gedächtnis rufen, bevor sie sich entspannen konnte. Ohne ihn anzusehen, nahm sie einen winzigen Schluck von dem Ananassaft. Dass sie säuerliche Früchte seit Idas Geburt mied, konnte er ja ebenfalls nicht ahnen.

Auf der Bühne begann der Soundcheck der letzten Band, der nur aus einer zügigen Kontrolle der Mikrofone bestand. Das Schlagzeug war unverändert stehen geblieben, Bass, Keyboard und Gesang waren schnell erledigt, und nur der Gitarrist, der Tom so begeistert begrüßt hatte, brauchte etwas länger, um seine Anlage, die Boxen und Effektpedale zu verkabeln.

»Woher kennst du den eigentlich?«, fragte Gesa.

»Das ist Bastian«, sagte Tom. »Mein Gitarrenschüler … Ich hab ihm versprochen, dass ich mal bei einem seiner Auftritte zuhöre … Wenn's passt.«

Rechts von der Bühne, hinter der Boxenwand, bemerkte Gesa ihren ehemaligen Mitschüler, der die Veranstaltung organisiert hatte. In auffällig kariertem Anzug, mit Fliege und schwammigem Bauch stand er da, schweißnasse, schulterlange Haare. Sein Name wollte Gesa nicht einfallen. Mit hektischem Tippen auf seine Armbanduhr hielt er die Band zur Eile an. Da ertönte ein Fiepen aus der Gitarrenanlage, ohrenbetäubend laut, das über den Platz aufs Hafenbecken hinaushallte. Auf einer der Jachten, die am Anleger festgemacht hatten, hielt sich ein Segler die Ohren zu. Bastian war mit einem Hechtsprung bei seiner Gitarre und drehte an einem Regler, wodurch das Fiepen augenblicklich endete.

»Sag mal, spinnt ihr?«, rief der Segler.

Bastian trat an ein Mikrofon. »'tschuldigung«, sagte er, und der Segler schüttelte den Kopf und verschwand unter Deck.

»Kaum zu glauben«, sagte Tom, »aber alle zwei Wochen kommt Bastian mit all diesem Zeugs nach Hamburg gefahren … Zu mir in die Wohnung. Jedenfalls wenn ich im Land bin.«

»Darf der denn schon Auto fahren?«

»Sein Vater fährt ihn. Siedlow, der Zahnarzt. Den kennst du bestimmt … Zusammen schleppen die das ganze Zeugs zu mir hoch in den dritten Stock. Vollkommen unnötig … Ginge genauso gut mit meinem Verstärker. Aber er meint, dass er nur durch seine eigenen Sachen spielen kann und … richtig klingt.«

»Stimmt das denn?«

»Auf den Kram kommt es doch gar nicht an«, sagte Tom. »Er könnte sich ein bisschen mehr aufs Gitarrespielen konzentrieren … und weniger seine Effekte bedienen.«

»Du benutzt doch auch immer welche«, sagte Gesa.

Tom kam nicht mehr dazu, ihr zu antworten, denn in diesem Moment begann die Band zu spielen. Bassist und Gitarrist standen zunächst mit dem Rücken zum spärlichen Publikum, das sich nach den ersten Tönen der Bühne zugewandt hatte. Ein kleines Grüppchen stürmte nach vorne, Fans vermutlich, Freunde der Musiker, die jubelten, als aus einem hinteren Bereich ein Junge auftrat, zu große Hosen, ein mit Noten bedrucktes T-Shirt, *No Tunes* stand in geschwungenen Lettern über seiner Brust. Der Junge baute sich vor dem Mikrofon in der Bühnenmitte auf, den Blick in die Ferne gerichtet, raus auf das Wasser des Hafenbeckens, und gleichzeitig drehten sich Bassist und Gitarrist um, traten vor und schauten ebenfalls übers Publikum hinweg zum Hafen. Der Sänger schmiegte seine Hände um das Mikrofon, fuhr mehrmals mit den Fingerspitzen darüber, als müsste er sich erst damit vertraut machen, wippte in den Knien und sang endlich den ersten Ton, schräg von unten, die Augen geschlossen. Das Grüppchen vor der Bühne klatschte.

Der Blick, mit dem Tom die Musiker betrachtete, entging Gesa keineswegs, vor allem nicht die Irritation in seinen Augen, nachdem er einige Zeit zugehört hatte. Auch ihr war es aufgefallen. Der Sound der Gitarre, die Bastian dort oben spielte, war die reine Imitation. Die mittels Echo in die Länge gezogenen Noten, das Pulsieren der Lautstärke, ja selbst die Art, wie die Töne angespielt wurden, wich nur minimal davon ab, wie Tom etwa auf dem letzten Demo-Tape der Wiltons gespielt hatte. Es war der Versuch, sich Toms Spielweise anzueignen, und es gelang Bastian nicht einmal schlecht. Natürlich war dies eine andere Band, wodurch der Sound anders wirkte. Bei den Wiltons gab es keinen Gesang, kein Keyboard, nicht einmal Bass. Ihr Ansatz war minimalistisch, wie Tom es in einem Zeitungsinterview einmal ausgedrückt hatte, und das Entscheidende, das Besondere war eben der Sound der Gitarre, dieses schwebende, dennoch rhythmisierte Spiel. Wer das nachahmte, hatte beinahe das Ganze.

»Da hat aber jemand gut zugehört«, sagte Gesa direkt in Toms Ohr.

»Scheint so.«

Alles in allem war das, was die Band spielte, jedoch nichts Besonderes. Jeder Musiker beherrschte hörbar sein Handwerk, aber die Einzelstimmen passten nicht zusammen, und darauf kam es letztlich an. Tom hatte Gesa das einmal ausführlich erläutert. Der Klang der einzelnen Instrumente und das, was sie spielten, war nicht das Wichtigste, sondern allein das Zusammengreifen aller, vor allem wenn man mit so wenigen Mitteln arbeitete wie die Wiltons. Toms Auffassung nach brauchte man keine brillanten Musiker, um als Band zu funktionieren, sondern die richtigen. Insofern waren bei den Wiltons Schlagzeug und Geige, selbst wenn der Gitarrensound die Musik prägte, als Gegenpart unerlässlich. Das eine funktionierte im Idealfall nicht ohne die anderen.

Als die No Tunes das erste Stück beendeten, gab sich das Grüppchen vor der Bühne die allergrößte Mühe, konzertgemäßen Krach zu machen. Sie pfiffen auf den Fingern, reckten die Fäuste in die Höhe und klatschten, was auf dem fast leeren Platz kümmerlich wirkte. Ihr Lärm verlor sich über dem Hafenbecken. Der Sänger bedankte sich mit großer Geste und rief unverständliche Worte durchs Mikrofon. Der Hall machte es unmöglich, ihn zu verstehen.

Tom blickte unverwandt zu Bastian, der hingehockt an seinen Pedalen hantierte, und sein ganzer Körper war angespannt, wie unter Strom. Bastian erhob sich langsam, sein Blick suchte Tom auf dem Platz, und als er ihn neben Gesa erspähte, grinste er breit und verbeugte sich übertrieben ehrfürchtig in seine Richtung.

Tom lachte. Gesa hörte es mit Erleichterung. Dann zeigte

Bastian mit ausgestrecktem Arm auf Tom, das Grüppchen vor der Bühne drehte sich um. »Kühlhaus«, rief er. »Morgen Abend. Die Wiltons. Unbedingt hingehen.«

Als Einziger auf dem Platz klatschte nun Tom in die Hände, lachte, und gleich darauf begann die Band ihr nächstes Stück.

2

Durch den Türspalt konnte Gesa Saschas Stimme hören. Auf seine unnachahmliche Art hatte er sich Tom gleich an der Eingangstür geschnappt und ihn ins Wohnzimmer vorgeschickt. »Dein Sessel ist frei«, hatte er zu Tom gesagt und Gesa wie nebenbei Ida in die Arme gedrückt. Die Kleine weine zwar nicht, hatte er stolz verkündet, habe ihre Mutter aber vermisst und riesigen Hunger, sodass Gesa, ohne zuvor noch ihre Schuhe abstreifen zu können, mit ihr ins Fernsehzimmer gegangen war, um dort das zu tun, was sie seit Monaten ständig tat, also einigermaßen gemütlich irgendwo sitzen oder liegen und das Kind an ihre entblößte Brust halten. Vielleicht hatte sie diesmal Glück, und die Kleine schlief schnell ein. Dann würde sie sich das Herumschleppen ersparen, das ansonsten als Nächstes auf dem Plan stand. Gesa vermied jede unnötige Bewegung, jedes Geräusch und verfluchte innerlich ihren Magen, der sich gleich mehrfach knurrend meldete; jedes Mal öffneten sich Idas Augenlider für kurze Zeit. Zur Beruhigung strich sie ihrer Tochter gleichmäßig über den Hinterkopf, lauschte dabei auf Saschas Reden, das kaum einmal von Toms Einwürfen unterbrochen wurde, fühlte sich, so wie sie hier saß, einerseits wohl in ihrer Haut und kam sich andererseits doch ausgegrenzt und außer Gefecht gesetzt vor. Letztlich war sie daran jedoch selber schuld, weil sie sich nicht dazu aufraffen konnte, ihr Kind in Gegenwart anderer anzulegen. Nicht einmal wenn Sascha dabei war, klappte es. Sie fand dann keine Ruhe und wurde zappelig, was sich umgehend auf Ida übertrug, wodurch die Prozedur nur unnötig in die Länge gezogen wurde. Wie immer war sie selbst das Problem oder hatte es zumindest in der Hand, ein Problem, das alle betraf, zu vermeiden.

Das Gespräch im Wohnzimmer, das wohl eigentlich keines war, lief ohne merkbare Pausen ab. Das war zweifellos Saschas Talent zu verdanken, eine Unterhaltung, selbst wenn diese für Wochen oder Monate unterbrochen worden war, einfach wieder aufzunehmen. Seine letzte Begegnung mit Tom lag mehr als zwei Jahre zurück; in der Zwischenzeit hatten sie kaum ein Wort miteinander gewechselt. Den Telefonhörer hatte Sascha immer umgehend weitergereicht – »Hier, für dich« – und Toms Postkarten, die regelmäßig eintrafen, nie eines Blickes gewürdigt. Gesa konnte sich nicht entsinnen, dass Sascha sich in den zurückliegenden Jahren auch nur ein einziges Mal erkundigt hätte, wie es Tom eigentlich gehe, wie es mit seiner Musik laufe, nichts. Trotzdem hatte er ihn heute wie einen alten Freund in Empfang genommen, was für Sascha nichts Außergewöhnliches war. Er besaß einen unstillbaren Mitteilungsdrang, der an jeden gerichtet sein konnte, der greifbar war. Jetzt war es eben Tom, der hörbar kaum zu Wort kam.

Sascha brauchte Publikum, dafür lebte er, und er war ein hinreißender Gastgeber, der seine Gäste mit einer Großherzigkeit umgarnte und vor allem bewirtete, die in keinem Verhältnis zu ihren finanziellen Mitteln stand. Die Feste, die er regelmäßig ausrichtete, waren nicht zuletzt deshalb beliebt und berüchtigt bei ihren Freunden und Bekannten. Nie war etwas geplant, alles entsprang dem Moment. »Party!« Jederzeit konnte Sascha das ausrufen. »Heute Abend. Warum nicht?« Gesa hatte mit den Jahren lernen müssen, mit dieser Spontaneität zurechtzukommen, die ihr selbst vollkommen abging. Insgeheim bewunderte sie Sascha sogar für seine Improvisationslust, wusste jedoch auch, wer zumeist die Kosten und den Aufwand zu schultern hatte.

Während sie ihn nebenan reden hörte, kam ihr die Party vom Spätsommer des letzten Jahres in den Sinn. Der Anlass hatte sich wie immer einfach so ergeben. Es war der erste spürbare Fußtritt seines Kindes gewesen, den Sascha zufällig, den Kopf an Gesas Bauch geschmiegt, am Morgen gespürt hatte. Er war außer sich gewesen vor Stolz und hatte umgehend alle und jeden eingeladen. Das musste unbedingt gefeiert werden, mit Zwiebelkuchen, Federweißem und Lagerfeuer im Garten. Den Einkauf der Zutaten und der Getränke hatte er tatsächlich noch selbst erledigt, den Rest aber – Zwiebelschneiden, Teigkneten, Käsehobeln – ihr und den ersten Gästen überlassen, die am Nachmittag eintrafen. Während Gesa stundenlang mit Backen beschäftigt war, hatte Sascha draußen das Aufschichten des Feuerholzes überwacht, für das er weitere Gäste einteilte. Das Entzünden des Feuers hatte er höchstselbst übernommen, und Gesa sah ihn noch vor sich, wie er da mit Propangasflasche und Feuerwerfer neben dem Holzstapel stand, einen Feuerstrahl auf das Holz richtete und die gerade eintreffenden Gäste begrüßte. »Da gibt's was zu trinken«, hatte er gerufen, »setzt euch. Schön, dass ihr gekommen seid. Es gibt was zu feiern!« Er war ganz in seinem Element gewesen, hatte große Reden geschwungen und sich jedes Mal, wenn sie in seine Nähe kam, Gesa geschnappt und den Gästen ihren kugelrunden Bauch präsentiert. Seine kleinen Hände hatten sie von hinten umfasst. »Mein Kind«, hatte er gerufen, »da drinnen! Das kann treten, sag ich euch. Ein Fußballer! Oder eine Kickboxerin! Darauf müssen wir anstoßen.« Gesa selbst war bald so erschöpft gewesen, dass sie früh ins Bett verschwunden war, und hatte somit, wie Sascha ihr am nächsten Morgen beim Katerfrühstück erzählte, natürlich das Lustigste verpasst. Einer der Gäste habe den Nachbarn nachts noch in die Blumenkübel gekotzt, und die Polizei sei später aufgetaucht, um für Ruhe zu sorgen. »Spaßbremsen, wirklich«, hatte Sascha strahlend gesagt. »Jedenfalls: Toll, dass wir die Party gemacht haben. Oder? Sag doch mal?« Auch das gehörte dazu: Sascha wollte stets für seine Einfälle und Überraschungen gelobt werden, und meistens tat Gesa ihm den Gefallen, gerne sogar. Sein kindliches Bedürfnis nach Anerkennung rührte sie. In diesen Momenten wusste sie genau, warum sie ihn liebte.

Idas Schlaf war noch immer unsicher. Gesa rührte sich nicht, obwohl die Kleine zu trinken aufgehört hatte. Auf keinen Fall wollte sie es riskieren, Ida durch eine unbedachte Regung aufzuschrecken. Das hätte ernste Konsequenzen bedeutet, herzergreifendes Weinen, endloses Herumschleppen, und Gesas Nerven hätten das nicht lange durchgehalten. Es bestand immer die Gefahr, dass sie dann grundlos einen Streit vom Zaun brach, einfach nur, um Dampf abzulassen. Nicht einmal Toms Anwesenheit hätte sie davon abhalten können, und der einzige Weg, das zu vermeiden, war, weiterhin stillzuhalten, koste es, was es wolle. Aber ihre linke Körperseite war eingeschlafen, nicht nur das Bein, auch die Hüfte, der Arm, alles fühlte sich taub an. Gesa musste sich umsetzen. Jetzt. Sie hatte keine andere Wahl.

Ida wachte nicht auf. Die Kleine ließ sogar ihre Brust los, sodass Gesa ihren BH zurechtziehen und den Rest ihrer Kleidung richten konnte. Sollte Ida sich auch in den nächsten Sekunden nicht regen, war es geschafft. Dann schlief sie, und dieser Schlaf war glücklicherweise stets derart tief, dass ihn selbst der größte Lärm – etwa ein Streit der Eltern, nachts um halb drei – nicht mehr stören konnte.

Behutsam legte Gesa sich Ida über die Schulter, stand auf und ging nach nebenan ins Wohnzimmer. Sascha verstummte mitten im Satz. Er folgte damit jenem Impuls, der ihn zum Flüstern zwang, wann immer es um das Einschlafen seiner Tochter ging. Bevor er in normaler Lautstärke sprechen konnte, benötigte er eine offizielle Versicherung von Gesa, dass alles in Ordnung sei, und die Verantwortung, die ihr dadurch aufgebürdet wurde, missfiel Gesa zutiefst. Weshalb war sie eigentlich die Einzige im Haus, die Idas Signale zu deuten wusste? Sascha verbrachte beinahe genauso viel Zeit mit dem Kind wie sie, jedenfalls in dessen Nähe.

»Schläft sie?«, flüsterte er, und Gesa antwortete in ungedämpfter Lautstärke: »Ja, geschafft.« Ihre Antwort klang dadurch harscher als beabsichtigt.

Mit einem Blick auf den Wohnzimmertisch stellte sie fest, dass Sascha es versäumt hatte, Tom etwas zu trinken anzubieten oder gar den Kuchen aufzutragen, den sie am Vormittag gebacken hatte. Die Kaffeemaschine hatte sie ebenfalls vorbereitet. Sascha hätte lediglich einen Knopf drücken müssen.

»Du kannst Ida gleich mal ins Bett bringen«, sagte sie und konnte sich nicht davon abhalten, hinzuzufügen: »Ich mache dann mal den Kaffee fertig.«

»Gut.« Sascha erhob sich schnaubend aus dem Sofa; er hatte etwas zugelegt in den letzten Jahren, und als er vor ihr stand und ihr Ida abnahm, sagte er: »Wir wollten mit dem Kuchen auf dich warten.«

Gesa entschied sich, dazu zu schweigen.

»Darf ich vielleicht Ida ins Bett bringen?« Tom fragte es aus der Tiefe des Sessels heraus.

»Sicher«, sagte Sascha und hielt ihm Ida hin. »Wenn du sie nicht aufweckst.«

Wie gebannt blickte Tom an sich hinunter, als er Ida entgegennahm. Sein Gesicht führte er ganz nahe an ihren Kopf heran, den er instinktiv abstützte, und mit Erstaunen verfolgte Gesa, wie er seine Nase an ihr flaumiges Haar legte. Offenbar genussvoll sog er den Duft an Idas Hals ein und drückte ihren kleinen Kinderkörper behutsam an sich. Gesa war unbehaglich zumute. Obgleich es ihr vor sich selbst peinlich war, spürte sie eine Form von Eifersucht in sich aufsteigen, die sich ganz und gar nicht mit ihrem gleichzeitig empfundenen Mutterstolz vertrug. Schnell sah sie weg.

»Ich zeig dir mal Idas Zimmer.« Sascha ging mit Tom die Treppe ins Obergeschoss hinauf und rief Gesa von der letzten Stufe noch zu: »Dein Kuchen riecht übrigens herrlich.«

Ein Kleinod – das meinten alle, die den Garten des Hauses zu Gesicht bekamen. Auch Tom sagte etwas Ähnliches zu Gesa, als sie hinaustraten, bepackt mit Rucksack und Gitarre. »Schön hier. Jedes Mal wieder.«

Leicht abfallend zum Hafendamm hin erstreckte sich hinter dem Haus eine grüne Wiese, wie sie hier in der Stadt niemand erwartete, umgeben von Blumenbeeten, Rosenstöcken; unten gab es einige Himbeersträucher und ein Hochbeet mit Pflücksalat, Radieschenreihen, Schnittlauch und einigen Grünkohlstauden für die Zeit später im Jahr, nach dem ersten Frost. Vom Straßenverkehr war hinter den hohen Hecken und der Mauer, die das Grundstück umschloss, kaum etwas zu hören. Drehte man sich um und schaute in Richtung Haus, erhob sich dahinter der Stadtteil Jürgensby, große Häuser mit möglichst vielen Fenstern zum Hafen hinaus. Dort hatten Gesas Eltern vor zwei Jahren eine Wohnung bezogen, nur wenige Straßen von der Goetheschule entfernt, die wie eine Trutzburg über allem thronte. Es war die Wohnung, in der früher Gesas Großeltern väterlicherseits gelebt hatten, nachdem diese das Familienhaus unten mit Beginn des Pensionsalters geräumt hatten. Das war Tradition bei ihnen; jede Generation hatte es bisher so gemacht, und nun auch Gesas Eltern. Den Untermietern der Wohnung war rechtzeitig vor der Pensionierung ihres Vaters wegen Eigenbedarfs gekündigt worden, und ihre Eltern wirkten immer noch zufrieden in ihrer neuen Unterkunft hoch über der Stadt. Falls Gesa selbst nicht ganz aus der Art schlug, würde sie, wie alle vor ihr – ihre Eltern, die Groß-, die Ur- und Urgroßeltern –, irgendwann das Haus hier unten der folgenden Generation überlassen und die Wohnung oben beziehen. Mit fünfundsechzig wäre es wahrscheinlich so weit, in knapp vierzig Jahren. Niemand würde das explizit von ihr verlangen, aber nichts anderes wurde erwartet. Sie spürte es an den neuerdings regelmäßig eingeworfenen Bemerkungen über die angeblich so schöne Wohnung. Der Blick auf den Hafen, auf die Dampfer und alles sei von dort oben, so sagten es ihre Eltern mit einem unangenehm werbenden Unterton in der Stimme, wirklich um einiges beeindruckender als vom alten Haus, gar kein Vergleich.

Gesa versuchte, Tom die betreffenden Wohnungsfenster zu zeigen. »Da«, sagte sie, »neben der Schule, das mit den Türmchen. Im obersten Stockwerk, links.«

»Das Haus kenne ich doch«, sagte Tom. »Allerdings nur von außen … Mein Schulweg ging daran vorbei, damals.«

»Stimmt.«

»Lange ist's her«, sagte er. »Und schon beinahe nicht mehr wahr.«

Tom nickte dazu, anscheinend nachdenklich, was angesichts der geballten Menge an Familientradition, der er in diesem Moment ausgesetzt war, nicht weiter verwundern konnte. Von seiner eigenen Familie lebte niemand mehr in der Stadt. Seine Mutter war lange fortgezogen; Gesa hatte keine Ahnung, wohin. Sein Vater lebte allein in einer winzigen Wohnung in Niedersachsen, in Buchholz in der Nordheide, enttäuscht und verbittert über seine Frau und Frauen im Allgemeinen. Markus, Toms großer Bruder, war wo auch immer. Keine Cousinen oder Cousins, keine Tanten oder Onkel, niemand. Gesa fror es beinahe bei der Vorstellung, wie schnell sich eine Familie in alle Winde verstreuen und auflösen konnte, und ihr wurde wieder einmal bewusst, was für ein Glück sie hatte, dass es bei ihr bislang nicht dazu gekommen war. Allzu schnell konnte alles ein Ende haben, wie bei Tom, den mit dieser Stadt letztlich nur noch die Erinnerung an seine Kindheit verband. Und natürlich sie: Gesa.

»Sag mal, das Haus hier habt ihr einfach so überschrieben bekommen?«, fragte Tom. »Mit allem Drum und Dran … Sascha hat gesagt, dass ich dich fragen soll.«

»Das haben wir, ja«, sagte Gesa. »Ganz, wie es die Tradition gebietet.«

»Könnt ihr euch das überhaupt leisten? Sascha studiert doch noch … Du eigentlich auch. Ihr habt das Kind … Und so ein Haus, das kostet doch … Im Unterhalt, meine ich. Ich kenne mich nicht aus, aber … Es muss teuer sein.«

»Fürs Haus ist gesorgt.«

»Wie das?«

»Ob du es glaubst oder nicht«, sagte Gesa, »aber es gibt ein Haus-Konto, das gut gefüllt ist. Sobald es möglich ist, zahlt jeder aus der Familie, so viel er kann, auf dieses Konto ein. Reparaturen und Instandhaltungsdinge werden davon bezahlt. Und sobald wir können, werden auch wir einzahlen.«

»Wie angenehm.«

Gesa zuckte mit den Schultern und wandte sich zum Gartenhaus. Unten wurde es als Geräteschuppen genutzt, aber oben gab es einen ausgebauten Raum, der als Gästewohnung diente und entweder über eine hölzerne Außentreppe erreicht werden konnte oder über den Durchbruch, der das Haupthaus mit der Wohnung verband. Ein romanisch anmutender Bogen war so entstanden, unter dem man auf die Terrasse und in den Garten kam, wenn man ums Haus herumging. Die Treppenstufen knarrten, als Gesa und Tom hinaufstiegen.

»Also noch mal«, sagte Gesa und öffnete die Tür, »willkommen zu Hause.« Sie reichte Tom den Schlüsselbund, an dem auch der Eingangsschlüssel fürs Haupthaus baumelte, Toms Schlüssel, den er immer bekam, wenn er zu Besuch war.

Tom blieb stehen und betrachtete einen Moment lang das Holzschild über der Tür. »*Toms Hütte*«, las er schließlich vor. »Du glaubst gar nicht, wie sehr ich mich jedes Mal freue, wenn ich das sehe.«

Viele Jahre schon hing dieses Schild hier. Ursprünglich war es nur als Scherz gemeint gewesen, aber Gesas Eltern hatten den Namen sofort und mit überraschender Begeisterung aufgegriffen. »*Toms Hütte*. Passt doch großartig.« Zu jener Zeit war Tom ein regelmäßiger Gast des Hauses gewesen und hatte mitunter wochenlang in der Gästewohnung gelebt. Das Schild war deshalb hängen geblieben, jeder benutzte den Namen, und Gesa fand es einen amüsanten Gedanken, dass die Namensgebung unter Umständen die einzige bleibende Veränderung an dem Familienbesitz sein würde, für die sie verantwortlich war. Jeder Generation war es ein Auftrag, sich mit einer Maßnahme am Haus zu verewigen. So hatten die Ururgroßeltern das eigentliche Haus errichtet, die folgende Generation das Gartenhaus, Gesas Großeltern waren für die Ummauerung des Grundstücks verantwortlich und ihre Eltern für den Durchbruch vom Haupthaus zur Gästewohnung. Es war in Gesas Vorstellung äußerst fraglich, ob sie selbst sich noch entscheidender in die Geschichte des Hauses einschreiben würde als mit der Taufe von Toms Hütte, denn seit sie mit ihrer eigenen Familie allein darin wohnte, fühlte sie sich durch alles, was das Haus mit sich brachte, unangenehm gebunden und festgelegt.

»Du hast es wirklich gut getroffen«, sagte Tom, ganz beiläufig, als hätte er ihre Gedanken erraten.

»Ich hab es mir nicht ausgesucht. Es war schon da, das Haus. Alles.«

»Trotzdem«, sagte Tom. »Es hätte schlechter sein können, wo du hingehörst.«

»Du hast recht«, sagte sie. »Aber nun geh mal endlich rein.«

Sie deutete auf die Kartons in der Zimmerecke, die sie dort vor einigen Tagen aufgestapelt hatte. Ein Kurier hatte sie angeliefert. Sie enthielten die ersten Exemplare der Wiltons-CD, die beim morgigen Konzert im Kühlhaus erstmalig verkauft werden sollte. Ein rot gemusterter Teppich bildete das Cover, auf dem der Titel des Albums erst einmal gefunden werden musste: *Stories*. Er verbarg sich in einer der Wellen, die das Teppichmuster ausmachten.

»Sind sie wirklich da drin?«, fragte Tom. Er ging zu dem Stapel hinüber, öffnete den obersten Karton, den Gesa schon vor Tagen aufgeschnitten hatte, und zog eine CD heraus.

»Tatsächlich«, sagte er und dann nichts mehr. Er stand mit dem Rücken zu Gesa, und der Bewegung seiner Schultern nach zu urteilen, ging sein Atem unruhig.

Liebe Gesa,
Neuigkeiten: Ich bin gebeten worden, an einer Theaterinszenierung mitzuwirken. In Bochum. Aber das tut nichts zur Sache. Auch worum es geht – junge Menschen auf der Suche nach ihrem Ich –, interessiert gerade nicht. Vierteljahr inkl. Probenzeit. Paar Solostücke soll ich dafür komponieren und jeden Abend auf der Bühne live spielen. »Kleinigkeit«, sagt der Regisseur, der mich irgendwo gehört hat und glaubt, dass ich der Richtige für den Job wäre. »Du machst das schon«, hat er gesagt. »Einfach du selbst sein.« Ich werde mich bemühen. Kann doch nicht so schwierig sein, oder?

Fragt grüßend, T

Motiv: Schauspielhaus Bochum bei Nacht. Bochum, Ende 1995

3 Dies war nun also der Moment, auf den sie seit Wochen hingelebt hatte. Das Fenster war angelehnt, die Geräusche der Stadt drangen herein, Straßenlärm vor allem, entfernt das Signalhorn eines Dampfers und dazu das Rauschen des Windes in den Gartensträuchern. Vornübergebeugt saß Gesa auf dem Schreibtischstuhl und hielt einen Finger über den Startknopf des CD-Players; die Anlage stand neben ihr auf dem Boden. Fragend blickte sie zu Tom, der ausgestreckt auf dem Schlafsofa lag.

»Bereit?«

»Klar.«

Als die CD sich ratternd in Bewegung setzte, lehnte Gesa sich zurück und schloss die Augen. Tom verschränkte seine Arme hinter dem Nacken, so wie er es immer tat, wenn er Musik hörte, das Rascheln verriet es ihr, und gemeinsam warteten sie auf den ersten Ton. Unwillkürlich dachte Gesa an die Male zurück, die sie so bereits zusammen in diesem Zimmer verbracht hatten: sie auf dem Stuhl, er auf dem Sofa, beide der Musik lauschend, die Tom ihnen mitgebracht hatte. Keineswegs stumm, sondern in ständigem Gespräch hatten sie seine Platten, Kassetten und CDs hier angehört, kaum zu sagen, wie oft, es war zu einem Ritual geworden, das sie verband, und doch war es Gesa anfänglich alles andere als leichtgefallen, sich darauf einzulassen. Ihr war ursprünglich schleierhaft gewesen, wie das gehen sollte: Musikhören. In ihrem Englischlehrbuch hatte es eine Seite gegeben, auf der die Freizeitbeschäftigungen britischer Jugendlicher dargestellt waren, und unter einem der gezeichneten Bilder hatte gestanden: *Robert likes to ride his bike. Suzanne is a good dancer. Today they are listening to records.* Gesa war das ein Rätsel gewesen. Konnte man einfach so zusammen Platten anhören? Und vor allem: Machte das Spaß? Sie wusste es nicht und hatte erst durch Tom und seine Begeisterung für die Musik den rätselhaften Satz aus dem Englischlehrbuch zu verstehen begonnen.

Querbeet hatten sie über die Jahre hier all das angehört, was Tom ihnen mitbrachte, Rockmusik zunächst, später vor allem Jazz, selten Klassik. Zu ihren Geburtstagen hatte Tom ihr Mix-Tapes geschenkt, die sie zunächst gemeinsam in diesem Zimmer anhörten. Es war ein reizvolles Spiel gewesen, hinter die Gründe von Toms Auswahl zu kommen. Weshalb zum Beispiel folgte auf Thelonious Monks *Misterioso* ein Song der Beach Boys? Warum auf eine der *Goldberg-Variationen* Brubecks *Take Five*? Was hatte Johnny Cash mit Bill Frisell zu tun? John Scofield mit Sinatra? Auf einem Walkman hatte sie die Musik abends zum Einschlafen gehört und regelmäßig die Nachttischlampe angeknipst, um auf der Hülle den Titel eines Stückes nachzulesen, das ihr gefallen hatte; wenn sie dann eingeschlafen war, rutschten die Kopfhörer von ihren Ohren, und Sascha und sie schreckten gemeinsam auf, wenn das Band zu Ende war und der Walkman klackte. Mit der Zeit hatte Gesa so gelernt, Einzelheiten einer Aufnahme zu bemerken, die Instrumente zu erkennen und den Aufbau eines Stückes. Heute konnte sie sich kaum noch vorstellen, dass sie Musik jemals anders wahrgenommen hatte. Mittlerweile war es so weit gekommen, dass allein die Aussicht auf das gemeinsame Musikhören mit Tom sie durch die zurückliegenden Wochen gebracht hatte. Es war eine schwierige Zeit für sie gewesen. Im Moment wollte sie keinen Gedanken daran verschwenden. *Listening to records in Toms Hütte* – seit Langem war das dick unterstrichen in ihrem Taschenkalender notiert.

»Schreibst du hier eigentlich manchmal noch?«, fragte Tom auf einmal, und Gesa war mehr als überrascht von der Frage.

Tom war der Einzige, dem sie jemals gestanden hatte, dass sie gelegentlich schrieb, hier, an diesem Schreibtisch; nicht selten lief eine CD mit seiner Musik dazu. Genau genommen hatte sie es nur ein einziges Mal beiläufig erwähnt, und es war schmeichelhaft gewesen, dass Tom sofort darauf angesprungen war und zu fantasieren begonnen hatte, mit ihr bei nächster Gelegenheit etwas machen zu wollen, sie als Texterin, er als Musiker. »Das wäre doch großartig«, hatte er gesagt. Aber keiner von ihnen hatte die Idee je wieder aufgebracht; Tom hatte nicht eine Zeile von ihr zu lesen bekommen. Gesa war zwischenzeitlich davon ausgegangen, dass er ihr Schreiben schlichtweg vergessen hatte, und es bedeutete ihr jetzt mehr, als sie zuzugeben bereit gewesen wäre, dass dies offensichtlich nicht der Fall war.

Dennoch antwortete sie: »Schreiben, nein.« Und weil das zu schroff klang, fügte sie hinzu: »Dafür habe ich keine Zeit.«

»Aber du solltest das weiter machen«, sagte er. »Ich glaube, dass du gut sein könntest.«

»Wenn du meinst.«

Mehrfach hatte Gesa den Eindruck, etwas aus den Boxen zu hören, aber die Wiltons ließen sich Zeit. Dann jedoch, ganz leise, war da ein anschwellender Akkord, der wie aus weiter Ferne herankam, und wenig später mischte sich ein zweiter darunter, der bald den ersten überlagerte, um wiederum hinter einem weiteren zu verschwinden. Hin und her ging das, wie ein träger Wellenschlag. Die Akkorde wurden gegeneinander gespielt, ließen sich kaum noch unterscheiden, doch bevor alles zu einem einzigen Durcheinander verschwamm, löste es sich glasklar auf. Die Geige setzte ein, das Schlagzeug kam hinzu. Gesa lächelte, öffnete die Augen und blickte zu Tom hinüber.

»Hast du das mit deinem alten Echo gemacht?«, fragte sie. »Dem aus Słupsk?«

»Hab ich, ja.«

Die Art und Weise, wie das erste Stück des Albums aufgebaut war, kannte Gesa nur zu gut. Häufig begannen die Wiltons mit diesem Gegeneinander, das sich am Ende in Klarheit auflöste, selten zuvor aber hatte Gesa dies so exakt gespielt gehört wie hier. Ihr war auch gleich klar gewesen, worum es ging, den Titel hätte sie nicht gebraucht: *Waves On the Shore (Coming Close)*. Nach dem ausgedehnten Start wurde es rhythmisch, die Geige zupfte, vom Schlagzeug begleitet, ein wiederkehrendes Motiv. Darüber oder daneben lag Toms Gitarrenspiel, ganz anders, lang gezogene Töne. Das passte eigentlich nicht zusammen und passte doch.

»Hast du bemerkt, wie der Mischer uns verteilt hat?«, fragte Tom. »Alles ganz weit auseinander … so weit es geht.«

Sie konnte es hören. Links war die Gitarre, in der Mitte das Schlagzeug, rechts die Geige. Aber das Gitarrenecho schwang wie in Wellen immer wieder hinüber, traf auf den Rhythmus und fügte sich dort ein.

»Gefällt mir«, sagte sie. »Vor allem das mit dem Echo.«

»Das war so eigentlich nicht geplant«, sagte Tom. »Haben wir erst beim Abmischen entdeckt. Oder vielmehr unser Mischer hat es entdeckt. Svante Jonasson. Großer, schlaksiger Schwede mit so langen, glatten Haaren. Den hättest du erleben sollen …

Mit allen zehn Fingern an den Reglern hat der vor dem riesigen Mischpult gehockt, vollkommen vertieft. Oben in Malmö, im Studio, wo wir aufgenommen haben ... Mit geschlossenen Augen hat er da gesessen, Musik in voller Lautstärke, und seine Finger haben sich kaum bewegt ... Dabei wippte er langsam vor und zurück, nicht im Takt, einfach so. Und er hat irgendein Geräusch dabei gemacht, so tief aus seinem Bauch heraus, ein Brummen ...«

Während Tom das erzählte, nahm er nach und nach die beschriebene Haltung ein, hielt die Hände mit weit auseinandergespreizten Fingern vor sich, als säße er hinter einem Mischpult, ließ den Kopf und die Schultern vor- und zurückwippen und brummte tief.

»Das machte einen ganz wirr, dieses Brummen. Wir saßen ja alle hinter ihm, Per, Hendrik und ich. Konnten hören, was er da ausprobierte ... Fast so, wie im Kino zu sitzen. Und als das Stück aus war, ließ sich Svante in seinem Stuhl zurücksinken, die Arme hingen so seitlich herunter. Dann drehte er sich um und fragte uns: ›Gut?‹ Er spricht etwas Deutsch, mit tiefer Brummstimme ... Und wir waren natürlich begeistert. Svante hat nur mit den Schultern gezuckt und sich das nächste Stück vorgenommen.«

»Wie waren die Aufnahmen denn eigentlich?«, fragte Gesa. »Wie lange wart ihr in Malmö? Drei Tage?«

»Geplant waren nur drei«, sagte Tom, »aber wir haben noch ein paar rangehängt. Per und Hendrik wollten nicht. Aber Svante hat so fantastische Sachen gemacht mit diesem Studio und der Aufnahme ... Alles analog, weißt du, richtig schön. Eine Unmenge alter Mikros hat der da. Svante war einfach klasse. Weil er so viel ausprobiert hat. Irgendwann konnte ich ja davon ausgehen, dass ihm gefiel, was wir da machten. Weil er sich so reinhängte ... Gesagt hat er fast nichts. Aber was für Einfälle der hatte. Zwei Gitarrenverstärker hat er Rücken an Rücken gestellt und die Mikros so schräg darübergehängt. Irgendwelche steinalten Radiomikros waren das, aus Deutschland, RIAS Berlin oder so ... Das klang dumpf, irgendwie schräg, aber eben auch interessant. Anders. Und das Schlagzeug hat er für einen Take in einen ganz schmalen Flur gepackt, sodass Per sich kaum rühren konnte beim Spielen. Kacheln an der Wand, an der Decke ... Beinahe metallisch klang das dann. Und das hat er unter einen anderen Take gemischt, den Per vorher schon im Studio eingespielt hatte ... Hier, hör mal. Das meine ich.«

Es war bereits der nächste Titel auf der CD, *Swimming*. Gesa kannte ihn von einem Demo-Tape, das Tom ihr vor einiger Zeit geschickt hatte. Die beschwingte, unbekümmerte Stimmung hatte ihr schon beim ersten Anhören gefallen. Sie hatte dabei an einen Strand denken müssen, Meer, Sommer, Sonne. Für die Wiltons war es ein ungewöhnlich heiteres Stück, fast fröhlich. Durch das gedoppelte Schlagzeug und die dumpfe Gitarre erhielt es nun aber eine ganz andere Bedeutung, eine fast bedrohliche Stimmung, sorgenvoll. Etwas war auch mit dem Klang der Geige passiert.

»Was ist denn mit Hendriks Geige los?«

»Hat Svante durch einen Leslie geschickt. Und auch in diesem gekachelten Flur aufgenommen. Hat riesigen Spaß gemacht.«

»Klingt ganz anders als auf der Demo.«

»Aber so ist es richtig«, sagte Tom. »Svante hat das gemerkt. Ohne dass ich mit ihm überhaupt darüber gesprochen habe. Wirklich, so hat noch niemand mit mir oder uns gearbeitet. Der nutzt das Studio wie ein Instrument. Einfach großartig ...

Er ist morgen auch beim Konzert dabei und mischt uns. Das habe ich mir zur CD-Veröffentlichung geschenkt.«

»Wer bezahlt das eigentlich alles?«, fragte Gesa. »Euer Label?«

»Oh, nein. Schön wär's. Das habe ich bezahlt, alles … Auch die Pressung. Das Label macht bloß den Vertrieb und Werbung.«

»Und Per und Hendrik?«

»Tja.«

Tom wandte den Blick ab. Er griff nach dem Gitarrenkoffer, der auf dem Boden vor dem Sofa lag, öffnete ihn und holte seine Gitarre heraus. Die war neu, blau, Gesa hatte sie noch nie gesehen.

»Was ist denn das für eine?«

»Telecaster. Ganz billig in London gekauft, Denmark Street. Musikladen neben Musikladen.« Er zupfte eine der Saiten an, und es passte zum gerade laufenden Stück. »Ich fürchte«, sagte er und spielte weiter mit, »die anderen zwei sehen die Sache mit den Wiltons etwas anders als ich. Die wollen nichts riskieren … Geld ausgeben, zum Beispiel. Dabei versuchen wir es schon so lange zusammen. Jetzt könnte es endlich richtig losgehen. Endlich … Muss es auch.«

»Und woher hast du das Geld?«, fragte Gesa und bemerkte gleich, wie unangenehm die Frage Tom war. Sie wusste von einigen Jobs, die ihm etwas einbrachten, Gitarrenunterricht, gelegentliche Sessions bei anderen Musikprojekten. Vor Kurzem hatte er ihr von einem weiteren Theaterprojekt geschrieben, an dem er beteiligt war, und seit Jahren sorgte er in einem Kino in Hamburg bei Stummfilmen für die musikalische Untermalung. Gesa hatte sich schon oft vorgenommen, hinzufahren und es sich anzuhören. Es hatte bisher nie geklappt. Viel Geld konnte bei alldem nicht zusammenkommen.

Tom atmete durch, dann sagte er: »Von meiner Mutter stammt das Geld. Ob du es glaubst oder nicht.«

»Deiner Mutter?« Gesa wartete auf eine Erklärung, aber Tom schwieg.

Wäre Gesa etwas aufmerksamer gewesen, hätte sie unter Umständen etwas ahnen können und anders gefragt. Bereits als der Kurier vor einigen Tagen die Kartons angeliefert und sie sich die Aufmachung der Wiltons-CD angeschaut hatte, war sie auf der Rückseite über die Danksagungsliste gestolpert. In dieser Liste waren die Initialen der Personen verzeichnet, bei denen Tom sich bedanken wollte, und bei den wenigsten wusste Gesa, um wen es sich handelte, irgendwelche Freunde der Band, Leute, die ihnen in der Vergangenheit geholfen hatten. Wer sich hinter den Initialen *S. B.* verbarg, war Gesa dagegen sofort klar gewesen: Silja Bille, Toms Mutter. Ihre Nennung hatte Gesa verwundert. Soweit sie wusste, hatte es zwischen Tom und seiner Mutter seit Jahren keinen Kontakt gegeben, und nachträglich wunderte sie sich nun, dass sie nicht ausgiebiger darüber nachgedacht hatte, weshalb Silja Bille es in die Danksagungsliste geschafft hatte. Aber Gesa war einfach zu bewegt gewesen von den Initialen, die in der Liste auf *S. B.* folgten. *G. L.* stand dort, Gesa Lehnart, und das angehängte *Danke*, das sicherlich allen Genannten gelten sollte, schien durch die Nähe zu ihrem Namen doch besonders sie zu meinen.

»Ihr habt wieder Kontakt?«, fragte sie jetzt so vorsichtig, wie es ihr möglich war.

»Kontakt kann man das nicht nennen«, sagte Tom. »Ich habe ihr geschrieben und sie gefragt, ob sie mir das Geld für die CD leihen würde. Und sie hat es mir aufs Konto überwiesen.«

»Das war alles?«

»Nicht ganz.«

Tom spielte einen Akkord auf der Gitarre, der im gleichen Moment auch auf der CD zu hören war, ein gezupfter Akkord, der wie ein Ausruf wirkte, und obwohl Gesa sich das Anhören des Albums bis jetzt aufgespart hatte, wusste sie doch den Titel des Stückes, das mit diesem Akkord begann: *In Need of You*.

Tom sagte: »Als Verwendungszweck der Überweisung hat meine Mutter mir freundlicherweise ein paar Worte zugedacht … ›Komm doch mal vorbei.‹ Ich würde das nicht Kontakt nennen.«

Gesa sah Tom an, nahm die Hand vor den Mund.

»Was ist denn?«, fragte er und legte die Gitarre ab. »Was hast du?«

Mit dem Handrücken versuchte Gesa noch, den Tränenfluss aufzuhalten, der ihr wie auf Abruf aus den Augen rann, doch wusste sie, dass es zwecklos war. Ihr Weinen war, wenn es einmal begonnen hatte, durch keinen Trick aufzuhalten. »Achte am besten nicht drauf«, sagte sie und drehte sich zur Seite weg. »Tut mir wirklich leid.«

Dass Tom vom Sofa aufgestanden war, hatte sie nicht mitbekommen, aber auf einmal stoppte die Musik. Tom musste zur Anlage gegangen sein, und nun stand er hinter ihr, keinen Schritt entfernt. Sie spürte das und wagte es nicht, sich zu ihm umzudrehen. Die Hände hielt sie vor ihr Gesicht. Nichts geschah. Sie weinte, und Tom stand hinter ihr. Es war kaum auszuhalten, ihn so nahe zu wissen. Sollte sie sich zurücklehnen und sich durch seine Berührung trösten lassen? Allein die Vorstellung ließ den Tränenfluss versiegen. Sie beruhigte sich und nahm die Hände herunter. Als sie sich umdrehte und die Augen öffnete, sah sie, dass Tom bereits wieder auf der Sofakante saß. Oder hatte er gar nicht bei ihr gestanden?

»Dann erzähl mal«, sagte er ruhig und lächelte sie an. »Was ist denn los mit dir? Ich bin ganz Ohr.«

Also begann Gesa, so als hätte sie nur auf eine Aufforderung gewartet, mit ihrer großen Klage. Seit Wochen schon lief diese auf Dauerwiederholung in ihrem Kopf, und während sie nun als ununterbrochener Redestrom aus ihrem Mund kam, war Gesa sich bewusst, welch erbärmliches Bild sie dabei abgab. Die heulende junge Mutter, ein Nervenbündel unter Hormonschock. Es war schrecklich, wie sie sich aufführte. Sie hätte einiges darum gegeben, wenn sie sich hätte zusammenreißen können. Andererseits war es nötig, ihr Leid einmal auszusprechen. Warum sollte nicht Tom der Adressat sein? Wen hatte sie denn sonst? Meike mit ihrer Vorzeigefamilie um Wilsto? Sascha? Ihre Eltern? Alle waren zu sehr involviert oder selbst Teil des Problems. Aber was war ihr Problem? Weshalb klagte sie eigentlich?

Wenn sie das doch so einfach hätte ausdrücken können. Ihr Leben war aus den Fugen geraten. Es stimmte nicht mehr, ganz und gar nicht. Es ging nur einfach weiter. Etwas Handfestes, Greifbares war das nicht. Eigentlich lag die größte Schwierigkeit darin, dass sie keinen Grund hatte, sich zu beschweren. Worüber denn? Sie hatte einen Freund, der sie ohne Einschränkungen liebte, eine gesunde und großartige Tochter, ein Haus mit Garten, um das jeder sie beneidete, weitestgehend gesunde Eltern, und wenn erst einmal die Kleinkindzeit überstanden war, würde sie auch ihr Pädagogikstudium wieder aufnehmen können. Alles gut so weit. Objektiv betrachtet. Dennoch war sie unglücklich. Und das lag vor allem daran, dass sie jedes Gefühl dafür verloren hatte, was es bedeutete, sie selbst zu sein.

Die Schwangerschaft, dann das Muttersein hatten zwischen sie und ihr eigenes Ich einen Keil getrieben, der alles veränderte. Sie fand nicht mehr zu sich zurück. Begonnen hatte es damit, dass ihr der eigene Körper nicht länger selbst gehörte. Jeder hatte auf einmal ein Anrecht darauf, angefangen bei den Ärzten und Hebammen, die ihr zwischen die Beine schauen, sie von oben bis unten durchleuchten und überall hingreifen konnten, weiter über die Kinder, die ihren wachsenden Kugelbauch bestaunten – »Ist da wirklich ein Baby drin?« –, und die Mütter, die ihre prallen Brüste unter die Lupe nahmen und ungefragt Ratschläge erteilten, bis hin zu Sascha, der die Finger nicht von ihr lassen wollte, obwohl sie seine Berührungen seit der Schwangerschaft nicht ertrug, der so geschmacklos war, ihr gegenüber von weiteren Kindern – Kindern! – zu sprechen, und bis hin zu Ida, die ebenso viele Rechte auf ihren Körper zu haben schien wie sie selbst, die von diesem Körper und seinen Flüssigkeiten abhing, sodass es unfair wäre, ihr aus Selbstschutz den Zugriff zu verweigern. Wo zwischen alldem war noch Platz für sie selbst? Alle rückten sie ihr auf die Pelle, viel zu nah, und sie hatte begonnen, sich ernsthaft die Frage zu stellen, ob die Situation in Wirklichkeit nicht noch weitaus bedrohlicher war, als sie bisher angenommen hatte. Womöglich war sie selbst gar nicht mehr da. Sie hatte sich verflüchtigt und aufgelöst, nichts mehr übrig, und es war nur gut, dass sie nicht allein sein musste. Sascha war für sie da. Sie wusste sehr genau, was sie an ihm hatte. Nicht zuletzt ließ er sie fühlen, wer sie einmal gewesen war.

Die Worte, die Gesa tatsächlich aussprach, hörte sie selber nicht. Sie war zu sehr gefangen genommen von den Empfindungen, die sie durchströmten, und sah nur den Widerschein ihrer Rede auf Toms Gesicht. Er konnte ihr anscheinend folgen.

Er nickte. Für ihn schien alles, was da aus ihr herauskam, einen Sinn zu ergeben. Doch anstatt sich darüber zu freuen, stieg in Gesa eine Wut auf, die sie vollkommen unvorbereitet traf. Toms Verständnis reizte sie.

»Aber was ist mit dir?«, fragte sie auf einmal. »Wie ist es für dich?«

Tom war überrumpelt, sie hatte ihn erkennbar erschreckt. »Um mich geht es doch jetzt gar nicht.«

»Ich meine«, sagte sie, »hast du jemanden? Ist jemand für dich da? Liebst du jemanden?«

Einen Augenblick lang kam es Gesa so vor, als dächte Tom über eine Antwort nach. Er schloss seine Augen, lächelte, aber wie versteinert.

»Wir sollten zurück ins Haus gehen«, sagte er. »Ich habe Hunger.«

»Aber was ist mit der CD?«, fragte Gesa. »Wir haben noch gar nicht alles gehört.« Sie stockte. »Ich habe mich so darauf gefreut.«

Tom stand auf und ging an ihr vorbei. »Da kommt nicht mehr viel.«

Liebe Gesa,
erinnert Dich der Leuchtturm auf der Karte auch an damals? An Czołpino, bei Słupsk? Dieser hier steht allerdings in Blåvand, Dänemark, und ist weiß statt rot. Ich spaziere täglich durch die Dünen und lasse mich buchstäblich berieseln. Schwimmen gehe ich auch. Vielleicht schicke ich Dir ein Tape mit den Stücken, die ich hier geschrieben habe. Mit etwas Glück ist was für das Wiltons-Album dabei. Manchmal glaube ich übrigens, dass ich mir bei dem, was ich mache, die Wellen noch mehr zum Vorbild nehmen sollte. Wenn ich das so höre: Es rauscht und rauscht und hört niemals auf.

Hilsen, T

Motiv: Leuchtturm. Blåvand, Sommer 1998

4

Es war typisch, kein Wunder, absehbar. Gesa hatte jede Menge Formulierungen parat, um die Situation zu kennzeichnen, in der sie sich in diesem Moment wiederfand. Am ehesten traf es wohl: wie immer, und sie begriff selbst nicht, weshalb sie sich überhaupt noch die Mühe machte, Absprachen mit Sascha zu treffen. Immer kam ihm etwas dazwischen, es war nichts dagegen zu machen. Es hatte auch nichts mit böser Absicht zu tun; ihm war es einfach unmöglich, Pläne einzuhalten, sodass Gesa letztlich selber schuld war, wenn sie jetzt wieder hier im Flur stand, Ida auf dem Arm, und auf ihn wartete. Die Schuhe hatte sie schon angezogen, Jacke und Tasche lagen bereit. Sobald Sascha vom Gang zum Auto zurückgekehrt war, würde sie endlich aufbrechen können, verspätet, aber immerhin. Sie merkte selbst, dass ihre Nerven heute nicht die besten waren.

Es war spät geworden in der vergangenen Nacht, zu spät für ihren Geschmack, und wie nicht anders zu erwarten, hatte Sascha den Großteil der Unterhaltung allein bestritten. Lang und breit hatte er Tom und ihr von seinem *Projekt* erzählt, von seiner *Erfindung*, seinen *Plänen*, durch die seine Familie es, wenn alles erst einmal in die Gänge gekommen sei, zu richtigem Wohlstand bringen werde. Da gehe es um Hunderttausende, gar Millionen. So hatte Sascha geredet, und Tom hatte ihm mit erstaunlicher Geduld zugehört, obwohl Sascha es wie immer vermied, konkret zu werden. Was war das überhaupt für eine

Erfindung, von der er da sprach? Nicht einmal Gesa wusste, um was es sich genau handelte. Es hatte mit Lagerwesen zu tun, einer Gerätschaft, die in Warenlagern für Ordnung sorgen könnte, irgendwie automatisiert. Seit Monaten werkelte Sascha im Geräteschuppen an dem Prototyp, den er auch vor ihren Augen geheim hielt. Hätte sie an diesem Abend nicht wiederholt in Idas Zimmer gehen müssen, hätte sie unter Umständen die Gelegenheit genutzt, Sascha endlich einmal festzunageln. Aber jedes Mal, wenn sie zurückkam, waren Tom und Sascha in ihrem Gespräch bereits so weit vorangeschritten, dass sie keine Möglichkeit fand, sich noch sinnvoll einzuschalten.

Für den Morgen hatte sie mit Sascha Folgendes besprochen: Nach dem gemeinsamen Frühstück würde er Tom zur Probe ins Kühlhaus fahren, gegen zehn Uhr, dabei die CD-Kartons mitnehmen, während sie sich um Ida kümmerte und sie noch einmal anlegte. Wenn Sascha dann um Viertel vor elf zurückkäme, könnte sie unverzüglich aufbrechen und hätte zwei, drei Stunden Zeit, um der Probe zuzuhören, bis zur nächsten Mahlzeit der Kleinen um halb zwei. Alles war exakt berechnet, und Sascha hatte großmütig verkündet, dass sie es genau so machen würden.

»Es ist dein Wochenende«, hatte er gesagt.

Doch schon der Start in den Tag war missglückt. Sascha war, verkatert, nicht rechtzeitig aus dem Bett gekommen und hatte ein ausgiebiges Vollbad genommen, um den Kopf frei zu kriegen, bevor er sich an den Frühstückstisch setzen konnte, an dem Tom und sie längst fertig gegessen hatten. Immerhin waren beide einigermaßen pünktlich aufgebrochen, hatten jedoch die CDs nicht mehr einladen können, weil Sascha Tom stattdessen seine *Erfindung* im Geräteschuppen hatte zeigen müssen oder vielmehr den hölzernen Kasten mit Anschlüssen an den Seiten, in dem sich die *Erfindung* verbarg. Währenddessen hatte Gesa im Fernsehzimmer Ida angelegt, war rechtzeitig um zwanzig vor zehn fertig geworden, hatte die Kleine gewickelt und ins Bett gebracht und anschließend die Kartons aus Toms Hütte in den Hausflur getragen. Ab halb elf hatte sie in Schuhen auf Saschas Rückkehr gewartet. Es war elf geworden, Viertel nach elf, halb zwölf, bevor sie endlich seinen Schlüssel im Türschloss hörte.

»Tut mir leid«, hatte er beim Eintreten zu ihr gesagt. »Musste noch beim Baumarkt vorbei und Kleber kaufen.«

»Das ist nicht dein Ernst.«

»Nein.« Er hatte gegrinst. »Natürlich nicht. Aber ich habe mich einen Moment mit Hendrik verquatscht. Den habe ich ja Ewigkeiten nicht gesehen. Der ist jetzt in Hamburg und studiert Geige. Wusste gar nicht, dass der mit Tom zusammen spielt.«

»Tja.«

Da hatte Sascha die Kartons im Flur entdeckt. »Hast du die hergeschleppt? Das war doch gar nicht nötig. Na, ich bring sie schnell runter zum Auto.« Daraufhin war er mit den ersten vier Kartons verschwunden, und seitdem wartete Gesa nun zusammen mit Ida hier, die natürlich viel zu früh von ihrem Schläfchen aufgewacht war.

Sie hörte Sascha, noch bevor er wieder in der Tür auftauchte. Er keuchte, Schweißperlen standen ihm auf der Stirn, und er ging an ihr vorbei, um sich die letzten Kartons zu schnappen. »Dann mal los«, sagte er.

Jacke und Tasche hängte sie sich über den freien Arm, trat aus dem Haus und bog gleich in den schmalen Gang ab, der an ihrem Grundstück vorbei zu ihrer Garage und zum Hafendamm hinunterführte.

»Wann kommst du eigentlich wieder zurück?«, fragte Sascha hinter ihr, er klang atemlos.

»Wie abgesprochen«, sagte sie. »Halb zwei.«

Sascha hievte die Kartons in den offenen Kofferraum und schlug diesen zu. Er hatte den Motor laufen gelassen, etwas, das Gesa nie eingefallen wäre. Sie lebten hier doch nicht auf dem Land. Jeder, der vorbeikam, hätte einfach in den Wagen steigen und wegfahren können. Es war eine dieser Achtlosigkeiten von Sascha, die sie nicht nachvollziehen konnte.

»Ihr kriegt das hin, ja?«, fragte Gesa, als sie Ida an Sascha übergab.

»Sicher«, sagte er und nahm die Kleine mit seinem Vatergrinsen auf den Lippen in Empfang. »Jetzt fahr mal los. Und genieß es.«

Gesa warf Tasche und Jacke auf den Beifahrersitz, stieg ein, schloss die Tür und schnallte sich an. Sie hatte länger nicht selbst hinterm Steuer gesessen. Auf welcher Seite war hier noch dieser Griff, mit dem die Position des Sitzes eingestellt wurde? Links, dachte sie. Aber er befand sich rechts. Die Rückenlehne musste sie aufrichten, das Radio ausstellen, den Spiegel zurechtdrehen – da erblickte sie Sascha und Ida hinter dem Auto. Es war ihr äußerst unangenehm, beobachtet zu werden. Vorsichtig löste sie die Handbremse, setzte den Blinker und gab Gas. Glücklicherweise besaß ihr Wagen eine Automatikschaltung, was das Anfahren erleichterte.

Sie bemerkte selbst, dass sie auf den ersten Metern flattrig fuhr, wechselte auf die linke Spur und setzte schließlich zu dem Manöver an, das Sascha mit der Zeit zur Perfektion getrieben hatte: die Kehre an der Ampel Ecke Hafendamm/Nordstraße. Anders war es nicht möglich, von ihrer Garage aus mit dem Wagen in die Innenstadt zu fahren. Stets mussten sie erst in diese Richtung starten, raus aus der Stadt, bevor sie verbotenerweise an der Ampel wendeten und den Hafendamm auf der anderen Seite wieder zurückfuhren. Sascha kannte die Grünphasen der Ampeln aus dem Effeff; er brauchte nie zu halten. Bei Gesa dauerte es natürlich, und sie musste obendrein den Gegenverkehr durchlassen, bevor sie sich einordnen konnte.

Endlich klappte es, sie bekam sogar die enge Kurve gut hin und war dann unterwegs, Richtung Innenstadt. Aus den Augenwinkeln sah sie, dass Sascha noch immer vor der Garage stand und ihr mit Idas kleinem Arm zuwinkte. Sie hatte keine Zeit, darauf zu reagieren. Die Ampel an den Kieler Anlagen sprang auf Gelb um, aber anstatt zu bremsen, trat Gesa aufs Gas und spürte die plötzliche Beschleunigung in ihrem Unterleib. Gleich dahinter folgte die ZOB-Ampel, bei der es ebenfalls knapp wurde. Ihr Herz raste, als sie die Kreuzung hinter sich hatte.

»Bleib ruhig, Mädchen«, sagte sie zu sich selbst. »Du bist doch nicht auf der Flucht.«

Während sie dem gemächlichen Verkehrsstrom durch die Stadt folgte, konnte sie nicht aufhören, über ihre anhaltende Nervosität nachzugrübeln. Schon gestern hatte sie diesen Fluchtimpuls in sich gespürt, als sie zum Treffen mit Tom an der Hafenspitze aufgebrochen war, und nachdem sie hinterm Deutschen Haus auf die Straße Richtung Bahnhof abgebogen war, kam ihr der verstörende Gedanke in den Sinn, dass sie diesen Teil der Stadt in letzter Zeit absichtsvoll gemieden hatte. Es schien ihr so, als ob sie sich selbst nicht über den Weg traute und befürchtete, bei erster Gelegenheit einen Zug zu besteigen, um von hier wegzukommen. Bloß weg. Auf und davon. Womöglich war sie deshalb nie allein unterwegs gewesen?

»Quatsch.«

Wieder sprach sie mit sich selbst, bremste ab und bog auf den gepflasterten Weg, der leicht abschüssig zu den stillgelegten Bahnhofsgebäuden führte. Hinter einer Hecke erblickte sie das Kühlhaus, und der Wagen holperte über das wellige Kopfsteinpflaster. Als sie auf dem Parkplatz vor dem Gebäude hielt und den Motor abstellte, hörte sie Musik aus einer der Türen. Die Probe war in vollem Gange.

Dann blickte sie sich selbst im Spiegel an und dachte es ganz bewusst: Hatte ihre Unruhe etwas mit Tom zu tun?

»Nein«, sagte sie. »Bestimmt nicht.«

Die Band hörte sofort auf zu spielen, als sie den Saal betrat. Hinterm Schlagzeug deutete Per mit einem Stick auf sie und winkte ihr zu. Er sagte etwas zu den anderen, woraufhin Hendrik und Tom ihre Instrumente wegstellten und alle gemeinsam von der Bühne herunterkamen.

»Gesa, wie schön.«

Mit weit ausgebreiteten Armen kam Per auf sie zu und umarmte sie. Er war etwas breiter geworden seit ihrer letzten Begegnung; unter seinem eng anliegenden T-Shirt zeichnete sich ein Bauchansatz ab. Sein Rücken fühlte sich nass an, aber er roch angenehm, nicht verschwitzt, eher sauber und männlich. Es tat gut, ihn zu sehen, und Gesa gefiel es, von ihm auf beide Wangen geküsst zu werden.

»Ich wollte euch gar nicht stören«, sagte sie.

Ihre Augen hatten sich noch nicht an die Schummrigkeit im Saal gewöhnt. Die Wände, der Boden, alles war schwarz und von winzigen Lichtpunkten überzogen, die von einer Quelle herrührten, die sie nicht sah. Die größte Helligkeit herrschte noch auf der Bühne, die in ein verwaschenes Halblicht getaucht war, gemischt aus Gelb, Blau, Grün und Rot. Die Luft roch süßlich nach Nebelmaschine, ein rauchiger Schleier lag über allem. Gesa sah sich um und suchte eine Sitzgelegenheit, von der aus sie die Probe unauffällig verfolgen konnte; am ehesten ginge das wohl von der in vollkommener Dunkelheit liegenden Bar in der hinteren Ecke, über der, wie sie sich erinnerte, ein zusammengezimmertes, riesiges Blechungetüm schwebte. Ein Drache? Eine Schlange? Ein Fisch? Sie wusste es nicht mehr. Gesa war erst ein Mal zuvor bei einem Konzert im Kühlhaus gewesen, damals hatte Tom als Begleitmusiker eines Trompeters hier gespielt, dessen Name ihr entfallen war. Da hatte sie dieses Ungetüm bemerkt, das irgendwo weit hinten in der Dunkelheit von der Decke hängen musste.

»Wo kann ich mich denn hinsetzen, ohne euch zu stören?«, fragte sie.

»Das sehen wir dann«, sagte Hendrik, der sie jetzt ebenfalls umarmte. Es war so schnell geschehen, dass Gesa kaum etwas davon mitbekam, und wie immer war es überraschend, dass Hendrik fast einen Kopf kleiner war als sie. »Wir wollten eh gerade Pause machen.«

Tom nickte ihr im Näherkommen zu. »Hier«, sagte er und schob ihr einen Stuhl hin, den er von der Bühne mit heruntergebracht hatte. Er setzte sich selbst auf einen weiteren Stuhl in einiger Entfernung, direkt unter einer Discokugel, die schwach von einem Strahler angeleuchtet wurde. Daher kamen also die Punkte überall. Per und Hendrik vervollständigten den Kreis, indem sie sich aus einer dunklen Ecke Hocker heranholten.

Tom trank einen Schluck aus einer Seltersflasche und sah Gesa nicht an. Das geschah, wie sie wusste, keineswegs zufällig. Aus jeder seiner Gesten las sie eine Reserviertheit heraus, die ihr galt, und das war so seit ihrem gestrigen Gespräch in Toms

Hütte. Sie hatte ihn beobachtet, eigentlich die ganze Zeit über, und dabei war ihr aufgefallen, dass er jede Gelegenheit nutzte, um sich nicht mit ihr beschäftigen zu müssen. Am Frühstückstisch hatte er, abgesehen von den notwendigen Worten, nur Augen für Ida gehabt, hatte sie auf seinem Schoß gehalten, mit ihr gebrabbelt oder war Flugzeug spielend mit ihr durchs Haus gegangen, anstatt bei Gesa zu sitzen und sich mit ihr zu unterhalten. Und gestern Abend hatte Gesa erstaunt die Geduld beobachtet, mit der Tom Saschas endlosen Ausführungen gefolgt war. Jede Einzelheit, die Sascha da vor ihnen ausbreitete, hatte er mit äußerstem Interesse aufgenommen – begonnen bei der Initialzündung für die *Erfindung*, die Sascha in seiner Zeit am Hamburger Großmarkt auf dem Gabelstapler gekommen sei, über die ersten Planungsentwürfe während des Anfangssemesters Maschinenbau bis hin zum Bau des Prototyps im Geräteschuppen –, doch hatte Gesa Tom dieses Interesse nicht abgenommen. Sein offenes Ohr für Sascha war die Quittung für ihre unbedachte Frage in Toms Hütte. Seitdem war er ihr gegenüber ganz und gar verschlossen, und das wollte er sie anscheinend auch spüren lassen.

Beinahe unerträglich war es Gesa gewesen, als Tom gegen Ende des Abends Saschas Geheimniskrämerei lobend hervorhob.

»Man muss nicht alles erzählen, was man so plant«, hatte er gesagt. »Sonst wird nie was draus.«

Sascha war begeistert gewesen. »Genau, genau richtig. Und weißt du, was: Mir kommt da eine Idee.«

»Was denn?«

»Ich will schon lange einen Werbefilm machen über meine Erfindung«, hatte Sascha gesagt, »um Investoren anzuwerben. Und da wäre es doch toll, wenn du Musik dazu schreiben könntest. Die kann man dann darunterlegen. Damit alles besser wirkt. Verstehst du?«

Anstatt verwundert auf dieses Anliegen zu reagieren, wie Gesa es erwartet hätte, war Tom gleich darauf eingegangen: »Klar, mach ich.« Den Wein, der vor ihnen auf dem Tisch stand, hatte er kaum angerührt. Daran konnte es also nicht liegen.

»Du weißt ja jetzt ungefähr, worum es geht«, hatte Sascha gesagt. »Eine Erfindung, die in Lagerhallen für einige Erleichterung sorgen wird. Weniger Handarbeit. Erhöhte Sicherheit. Im Film sieht man lange Gänge mit so Warenregalen links und rechts. Fällt dir da was ein?«

»Kein Problem«, hatte Tom gesagt. »Lagerhallenmusik. Wird erledigt.«

»Ich bezahl dich auch. Nicht gleich. Das kann ich leider nicht. Aber später, wenn's läuft, kriegst du dein Geld. Ich muss jetzt erst mal Patente schützen lassen, und das ist teuer, kann ich dir sagen. Aber wenn's losgeht, wirft das alles auch entsprechend was ab. Jedenfalls: Du bekommst dein Geld.«

»Gar kein Problem«, hatte Tom gesagt, und das war der Moment gewesen, in dem er Gesa einen Blick zugeworfen hatte, der ihr jetzt noch zu denken gab. Von weit her hatte er sie angesehen, von sehr weit her.

Jemand setzte sich zu ihnen in den Kreis, ein langhaariger, schmaler Mann, den Gesa erkannte, ohne ihm je zuvor begegnet zu sein. Es war Svante, der schwedische Mischer, alte Jeans, Wollsocken in Lederlatschen, ein gräulich verfärbtes T-Shirt mit dem unleserlichen Logo einer Band oder einer Firma darauf. Hätte Gesa nicht zufällig genau in die Richtung geblickt, aus der Svante sich ihrem Kreis genähert hatte, wäre ihr sein Erscheinen sicher nicht aufgefallen, so leise hatte er seinen Stuhl abgestellt und sich hingesetzt. Kaum hatte er Platz genommen, war er wie verschwunden. Bis zu diesem Augenblick musste er unbemerkt hinter dem Mischpult gesessen haben, das hinter ihnen stand.

»Wie war der Sound?«, fragte Tom.

»Okay«, sagte Svante, ohne aufzublicken. Er fummelte an einem Loch in seiner Jeans herum. »Passt.«

»Und wie war's für euch?«, fragte Tom in die Runde.

Per und Hendrik nickten. Es gab wohl nichts zu sagen.

»Ablauf ist in Ordnung?«

»Alles gut«, sagte Per.

Tom holte einen Zettel aus seiner Hosentasche. »Ich hab mir überlegt ... Hier ... Die Nummern könnten wir tauschen. Muss ja nicht genau wie auf dem Album sein heute Abend ... Da funktioniert es ganz gut in dieser Reihenfolge ... Also erst *In Need of You*, dann *Swimming* ... Oder was denkst du, Gesa?«

Sie hatte nicht damit gerechnet, angesprochen zu werden, und wusste auch nichts zu antworten. »Was denke ich?«, fragte sie.

»Die Reihenfolge?«

»Ja, gut«, sagte sie, weiterhin verwirrt.

»Wie auch immer«, sagte Tom. »Wir tauschen also zwei und drei? Okay?«

Die anderen beiden nickten, und Gesa fiel auf, dass sie sich untereinander mit Blicken verständigten. Ihnen lag etwas auf dem Herzen, das war ganz deutlich zu sehen, und doch bemerkte Tom es nicht. Oder er ignorierte es einfach. In aller Ruhe malte er auf seinem Zettel herum, steckte ihn dann weg und lehnte sich zurück. Er war fertig mit dem, was er zu sagen hatte. Jetzt konnten die anderen reden.

Per zögerte nicht lange. »Es gibt da ein Problem, Tom«, sagte er. »Mit den Terminen im August. Vor allem in der zweiten Woche.«

»Bei mir auch«, sagte Hendrik.

»Was denn?«, fragte Tom. »Da haben wir Duisburg, Essen und … noch irgendwas.«

»Mönchengladbach«, sagte Hendrik.

»Stimmt. Also: Was gibt's so plötzlich?«

Erneut tauschten Per und Hendrik Blicke aus.

»Da habe ich ein Vorspiel in Berlin«, sagte Hendrik. »In der Staatsoper. Die haben mich eingeladen. Endlich. Darauf muss ich mich natürlich vorbereiten. Eigentlich bräuchte ich dafür zusätzlich die erste Augustwoche, aber da sind wir ja auch unterwegs.«

»Staatsoper«, sagte Tom. Seine Stimme klang kühl.

»Ja.«

»Und bei dir?«

Per richtete sich auf seinem Hocker auf. »Marie kommt in den Kindergarten. Das ist das eine, und …« Er zögerte. »Und ich habe ein Bewerbungsgespräch.«

Tom sagte nichts, sah ihn nur an.

»Bei der Sparkasse.«

»Bewerbungsgespräch. Sparkasse.«

Hendrik beugte sich vor. »Ist klar, was du jetzt denkst.«

»Was denke ich denn?«

»Dass wir das früher hätten sagen müssen.«

Tom atmete hörbar durch die Nase ein. »Unter anderem denke ich das, ja.«

»Es sind beides Termine, die wir gerne anders gelegt hätten«, sagte Per. »Aber das war nicht möglich. Du musst das verstehen.«

»So, muss ich das«, sagte Tom. Mit Daumen und Zeigefinger

massierte er sich den Nasenrücken. Seine Augen hatte er geschlossen. »Dann will ich das mal versuchen. Euch zu verstehen, meine ich. Zunächst einmal, weshalb ihr nicht vorher was gesagt habt. Zum Beispiel in Tampere. Oder davor. Das wisst ihr sicher schon länger, beide. Gibt bestimmt Gründe. Vielleicht weil ihr bis zuletzt alles versucht habt und die Pferde nicht scheu machen wolltet … Vielleicht. Das wäre dann rücksichtsvoll gewesen von euch. Schönen Dank. Und dann das andere. Das mit den Konzerten, die wir absagen müssen … Ihr wollt drei Konzerte platzen lassen. Kann passieren. Ist auch schon passiert. Aber … Aber ihr wollt das tun, damit in Zukunft noch mehr Termine platzen … Staatsoper. Sparkasse. Wie stellt ihr euch das denn vor? Langfristig. Ich nehme doch an, dass ihr euch darüber Gedanken gemacht habt?«

Gesa war wie gefangen von Toms Art zu reden. Diese mühsame Kontrolle in seiner Stimme, diese Wut, die da mitschwang – es war eine ganz neue Seite an Tom, die sie hier beobachten konnte. Der Tom, den sie kannte, wurde nicht wütend und entzog sich im Zweifelsfall lieber, verschwand und ignorierte einen, wenn es ernst wurde.

»Ich geh jetzt besser raus«, sagte sie. »Dann könnt ihr in Ruhe reden.«

»Nein«, sagte Tom. »Bleib hier. Bitte.«

Gesa sah sich um. Hatte Tom sie gerade tatsächlich gebeten, dazubleiben? Alle schwiegen, als hätten auch sie das Außerordentliche daran bemerkt.

Hendrik fand als Erster die Sprache wieder. »Wir müssen unsere Termine einfach koordinieren«, sagte er. »So viele sind es bei den Wiltons doch nun auch nicht.«

»Und wenn es mehr werden?«, fragte Tom. »Was dann?«

Per antwortete mit betonter Gelassenheit: »Es können eben

nur so viele sein, wie sich mit unserem Leben vereinbaren lassen.«

»Darf ich mal was sagen?«

Alle sahen zu Svante hin, der sich mit seiner tiefen Stimme ins Gespräch einmischte. Niemand hatte damit gerechnet; vermutlich hatten alle vergessen, dass er mit ihnen im Kreis saß.

»Die Sache ist die«, sagte er. »Tom braucht euch nicht. Er findet immer welche, die mit ihm spielen wollen. Bei euch beiden sieht es anders aus. Ihr könnt einpacken ohne ihn. Das ist euch doch hoffentlich klar?«

»Das ist vielleicht so«, sagte Per.

»Genau, es ist so«, sagte Svante. »Kannst du mir glauben.«

»Es ist, wie es ist«, sagte Per und schien selbst nicht ganz sicher, was er damit ausdrücken wollte.

»Lass gut sein«, sagte Tom zu Svante. Er war auf seinem Stuhl hin und her gerutscht, mit offensichtlichem Unbehagen über die Dinge, die zur Sprache kamen. »Jedenfalls weiß ich jetzt Bescheid«, sagte er. »Vielleicht schaffen wir es ja, die Augusttermine noch zu verlegen. Ich glaube es nicht, aber … Am besten gebt ihr mir nachher eine Liste mit den Tagen, an denen ihr nicht könnt.«

»Haben wir dir schon aufgeschrieben«, sagte Hendrik und zupfte einen Zettel aus seiner Hosentasche, den er Tom gab.

»Gut, danke.«

»Könnten sich aber auch noch ändern, unsere Termine«, sagte Per.

»Ich habe das schon verstanden«, sagte Tom, erhob sich und ging zur Bühne. Hendrik und Per blieben sitzen und rührten sich nicht. Wortlos verfolgten sie, wie Tom auf die Bühne stieg, sich seine Gitarre umhängte und einen Akkord anspielte. Gesa kannte diesen Akkord, der von einem Echo verlängert wurde, das im Saal hin und her zu wandern schien. *In Need of You*. Tom blickte von der Bühne herunter, und er sah nicht irgendwohin, sondern direkt zu Gesa. Sie hätte weinen mögen, so erschüttert war sie.

»Was ist denn jetzt?«, fragte Per.

»Probe«, sagte Tom. »Oder etwa nicht?«

5 Gesa konnte einfach nicht anders. Während sie die Wäschetrommel füllte, Waschmittel in die entsprechenden Schalen goss, das passende Programm einstellte, die Maschine einschaltete und sich anschließend wie unter Zwang ihre Hände mit eiskaltem Wasser wusch, dann Zahnpastatube, Deodorants und Seifenbehälter an ihre angestammten Plätze schob, sich die Hände abtrocknete und kontrollierte, ob noch genügend Toilettenpapier da war, eine neue Rolle bereitlegte, WC-Reiniger in der Schüssel verteilte und mit der Bürste herumschrubbte – Tannenwaldduft, Gesa mochte das –, sich nach getaner Arbeit erneut die Hände wusch, diesmal schneller, hartnäckiger; während sie all dies erledigte und bemüht war, ihre Gedanken auf das auszurichten, was sie jeweils gerade tat, horchte sie doch vor allem auf mögliche Geräusche im und vor dem Haus. Ging da draußen nicht in diesem Moment jemand vorbei? Stieg nicht jemand die Stufen zur Eingangstür hinunter? Das Badezimmerfenster befand sich gleich neben der Haustür. Schritte entfernten sich, Gesas Anspannung verflog. Es war, wie sie dachte, beinahe eine erholsame Abwechslung, dass sie einmal nicht nur auf Laute aus dem Stubenwagen achtete, in dem Ida seit einer Viertelstunde schlief. Jetzt fesselte noch etwas anderes ihre Aufmerksamkeit, oder vielmehr das Warten auf dieses Andere: ein Schlüssel in der Tür, Schritte in der Wohnung, das Schrillen des Telefons – und jedes Einzelne hätte vielleicht dafür

gesorgt, dass sie sich keine Sorgen mehr um Tom zu machen brauchte.

Noch immer war es ihr unbegreiflich, dass Tom die Probe im Kühlhaus einfach so verlassen hatte. Mitten in einem Stück hatte er seine Gitarre weggestellt und gesagt: »Was soll das eigentlich? Das können wir doch im Schlaf.« Gleich darauf war er verschwunden. So zumindest hatte Gesa es erzählt bekommen, als sie von einem Gang zu ihrem Wagen zurückgekehrt war, aus dem sie zusammen mit Svante die CD-Kartons geholt hatte. Tom musste den Bühnenausgang benutzt haben, und Gesa überlegte noch immer, ob er wohl hatte vermeiden wollen, ihr zu begegnen. Per und Hendrik hatten nur mit den Schultern gezuckt, als sie den Saal betrat und nach Tom fragte.

»Keine Ahnung, wo der hin ist«, hatte Per gesagt. »Spazieren, nehme ich an. Oder er ist zu euch nach Hause gegangen und hockt in der Hütte. Oder was weiß ich.«

Aber in seiner Hütte war Tom nicht gewesen. Gesa hatte das gleich nach ihrer Rückkehr kontrolliert, noch bevor sie sich um Ida kümmerte, die sie offenbar vermisst hatte. Mehr als eine Stunde lang hatte Gesa die Kleine anlegen müssen, bis der Griff ihrer Lippen endlich nachließ und sie eingeschlafen war. Von Tom hatten sie bis dahin noch immer nichts gehört, und so hatte Gesa Sascha gebeten, mit dem Auto loszufahren und nach ihm zu suchen.

»Wo denn?«

»Keine Ahnung. Am Bahnhof. Am Hafen. Weiß ich auch nicht. Tu mir einfach den Gefallen, ja? Er war so seltsam.«

»Glaubst du, er ist abgereist?«

»Nein, seine Sachen sind noch alle da.«

»Der taucht schon wieder auf«, hatte Sascha gesagt und war

nach einem vielsagenden Blick tatsächlich aufgebrochen; Gesa hatte gar nicht betonen können, wie dankbar sie ihm war, dass er ihre Sorgen ernst nahm.

Aus dem Badezimmer tretend, vernahm Gesa erneut Schritte vor der Eingangstür. Sie blieb im Flur stehen und lauschte. Jemand stand da draußen. Wenn es Tom war, wie sie hoffte, würde sie gleich seinen Schlüssel hören, der ins Schloss geschoben wurde. Es klingelte. Gesa öffnete.

»Hallo, Gesa. Das ist ja wirklich euer Haus.«

Aga. Es verging einige Zeit, bis Gesa erkannte, wer da vor ihrer Haustür stand. Sie schüttelte ungläubig den Kopf.

»Aga, bist du das?«, fragte sie, als wäre sie noch immer nicht sicher. Aga war dünner geworden, noch dünner als früher, die blonden Haare standen ihr zuppelig vom Kopf ab, und unter einem dunklen Mantel, der zu warm für diese Jahreszeit war, lugte ein Flanellrock hervor, dunkelgrün, dazu eine lilafarbene Strumpfhose. »Wo kommst du denn jetzt her?«

»Aus Hamburg.«

Ein Wimmern drang aus dem Wohnzimmer auf den Flur; das Klingeln musste Ida geweckt haben. Wenn Gesa es vermeiden wollte, dass die Kleine ganz aufwachte, musste sie jetzt zum Stubenwagen eilen und Ida ihre Hand auf den Bauch legen. Dann würde sie mit etwas Glück wieder zurück in den Schlaf finden.

»Ist Tom da?«

Das Wimmern wurde bereits lauter. Gesa drehte sich um und lief los. »Komm erst mal rein und mach die Tür zu«, rief sie, schon aus dem Wohnzimmer.

»Wie süß«, sagte Aga, als sie neben dem Stubenwagen auftauchte, in dem Ida bereits wieder ruhig schlief. Gesa schluckte das schuschende Geräusch herunter, mit dem sie die Kleine beruhigt hatte. Vor Aga war es ihr peinlich, weil es so klang, als ob sie ihrer Tochter den Mund verbieten würde.

»Ein Mädchen?«, fragte Aga.

»Ja. Sie heißt Ida.«

»Und Sascha ist der Vater?«

»Woher weißt du das?«

»Von Tom.« Aga sagte es wie selbstverständlich. »Und es ist wirklich der Sascha, der damals mit in Słupsk war, richtig?«

»Genau der.«

»Dann seid ihr aber schon lange zusammen?«

»Zehn Jahre.«

Aga blickte sich um, begutachtete das Wohnzimmer und nickte, als bestätigte sich eine Erwartung.

»Geheiratet habt ihr aber nicht?«

»Nein.«

»War es denn schwer?«

»Was meinst du?«, fragte Gesa.

»Na, die Geburt?«

Gesa zuckte zusammen.

»Meine Cousine hat auch vor Kurzem ein Baby bekommen«, sagte Aga fast abwesend. »Ganz schrecklich. Beckenendlage? Die haben sie sogar festgebunden am Bett. Damit sie es aushält. Dass die nicht verrückt geworden ist, ist ein Wunder?«

»Bei mir war es nicht so«, sagte Gesa.

Aga hatte ihren Mantel ausgezogen und ihn sich über den Unterarm gelegt. Zum Flanellrock trug sie ein blütenweißes Hemd, das bis zum letzten Knopf geschlossen war. Gesa warf einen Blick auf ihre Hände.

»Schönes Haus«, sagte Aga. »Gehört es euch?«

»Von meinen Eltern geerbt. Vorzeitig. Sie leben noch. Also ja.«

Kein Ring, überhaupt kein Schmuck. Auch am Hals keine Kette.

»Ist Tom denn nun hier?«, fragte Aga.

»Nein, er ist bei der Probe fürs Konzert heute Abend.« Aus irgendeinem Grund hatte Gesa das Gefühl, dass es besser sei, Aga nichts von Toms Verschwinden zu erzählen.

»Das hatte ich mir gedacht«, sagte Aga. »Ich wollte sowieso mit dir allein sprechen.«

»Mit mir?«

Zum ersten Mal sah Aga sie direkt an. »Es ist eine Überraschung für Tom, dass ich hier bin. Er weiß nichts davon.« Agas Blick bekam etwas Haltloses. »Meinst du, er freut sich?«

»Das fragst du mich?«

»Wen denn sonst?«

Gesa atmete durch. »Setz dich doch erst mal da vorne hin, ja? Ich mach uns beiden einen Tee. Tee ist in Ordnung?«

Aga nickte, aber so, als wäre die Frage gar nicht zu ihr durchgedrungen, und nahm dann in dem Sessel Platz, der stets für Tom reserviert war, wenn er zu Besuch kam. Gesa ging in die Küche, und während sie die Teekanne ausspülte und darauf wartete, dass das Wasser im Kocher zu sieden begann, versuchte sie sich an das letzte Mal zu erinnern, da sie von Aga gehört hatte. Nicht lange nach der Słupskfahrt konnte das gewesen sein, im Krankenhaus, als sie Tom besucht hatte. Eine Karte von Aga hatte neben dem Bett gestanden, daran erinnerte sie sich, und wenn sie sich nicht sehr irrte, war Agas Name seitdem nie wieder zwischen Tom und ihr aufgekommen.

»Hast du Hunger?«, fragte Gesa durch die Durchreiche. »Wir haben noch Kuchen von gestern da.«

»Danke, Tee genügt.«

»Nimmst du Milch?«

Aga schüttelte den Kopf, und einen Moment lang war Gesa versucht, ihr zu sagen, dass Tom stets genau in dem Sessel saß, den sie sich ausgesucht hatte. Etwas an Agas unsteten Händen reizte sie dazu. Aber sie ließ es bleiben, goss das Wasser in die Kanne, stellte Zuckerdose, Becher und ein Stövchen auf ein Tablett und trug alles ins Wohnzimmer. Als sie sich Aga gegenüber auf das Sofa setzte, sagte sie: »Es ist schön, dich zu sehen. Was machst du denn jetzt eigentlich? Wo wohnst du? Noch in Słupsk?«

»Im Moment ja, als Zwischenstation.« Aga rieb sich über die Oberschenkel. »Mein Studium hab ich gerade beendet. Germanistik. Ich will vielleicht Lehrerin werden? Hat Tom dir nie was erzählt?«

»Was?« Instinktiv wurde Gesa vorsichtig.

»Von mir?«

Gesa beugte sich vor, um die Teebeutel in der Kanne hin und her zu schwenken.

»Er hat mich nie erwähnt?« Wieder bekamen Agas Gesichtszüge etwas Haltloses. »Ihr habt doch ständig Kontakt. Ihr schreibt euch, telefoniert. Er hat dich einmal aus meiner Wohnung angerufen.«

»Richtig«, sagte Gesa und nickte dazu, als würde sie sich erinnern. Es war, wie sie fand, ein willkommener Zufall, dass sie mit ihrer Antwort einerseits bestätigte, was der Wahrheit entsprach – der Kontakt, die Telefonate –, und andererseits den Eindruck vermittelte, als wäre sie im Bilde über Agas und Toms Beziehung zueinander. Dabei hatte sie keine Ahnung, und sie musste sich schnell an den Gedanken gewöhnen, dass die beiden den Kontakt gehalten hatten. Wahrscheinlich war es sogar angebracht, von mehr als bloßem Kontakthalten auszugehen. Sie schenkte Tee ein und schob Aga einen Becher zu.

»Also nicht«, sagte Aga und schmiegte ihre Hände um den Becher, als würde sie frieren. »Das passt so zu ihm. Von euch beiden weiß ich auch erst seit letztem Jahr. Da habe ich ihn besucht und deine Briefe gesehen. Er erzählt ja nie was? Wahrscheinlich glaubt er sogar, dass es nichts zu erzählen gibt.«

Gesa lächelte.

»Wie diese Arztdinge?«, sagte Aga.

»Arzt?«

»Ich weiß es auch nicht. Hab nur gesehen, dass in seinem Kalender einige Arzttermine standen. Aber ich weiß nicht mal, ob er wirklich hingegangen ist. «

»Wann hast du ihn denn das letzte Mal gesehen?«

»Letztes Jahr«, sagte Aga. »Im Sommer. Wir waren in einer Ferienhütte, oben in Dänemark, Blåvand. Meer, Strand, Dünen, sogar einen Leuchtturm gab es. Wir waren eine Woche da. Es war ein Doppelhaus. Tom hatte die linke Hälfte gemietet, ich die rechte. Er hat für seine CD komponiert. Wir haben uns zum Spazieren und zum Schwimmen getroffen. Das war so schön.«

Gesa schlürfte von ihrem Tee, der noch zu heiß war zum Trinken.

»Vielleicht kannst du mir ja erklären, warum er nie was erzählt?«, sagte Aga. »In all den Jahren habe ich nichts von ihm erfahren. Nichts. Wenn einmal etwas rauskam, dann zufällig. Zum Beispiel die Briefe von dir. Oder sein Bruder ist zu Besuch gekommen und hat mir von ihrer Mutter erzählt, wie die abgehauen ist plötzlich.«

»Markus war bei Tom zu Besuch?«, fragte Gesa.

»Ja, als ich einmal da war.«

»Und was hat er da erzählt?«

»Dass ihre Mutter jetzt Bücher schreibt. Beziehungsratgeber. Markus hat so gelacht. Und von dem Vater weiß ich nur, dass er irgendwo allein in seiner Wohnung haust und alle Frauen der Welt verabscheut. Alles Flittchen. Markus hat auch darüber nur lachen können.«

»Der ist einfach seltsam«, sagte Gesa.

»Du warst doch mal mit ihm zusammen. Vor Sascha?«

»Vergessen wir das.«

»Jedenfalls«, sagte Aga, »ich habe erst durch Markus verstanden, wie viele Gedanken Tom sich über sich und seine Eltern macht. Auch wenn er nichts sagt. Ich habe das gemerkt. Es beschäftigt ihn. Ständig. Ich frage mich nur, warum er nicht mal darüber redet?«

»Vielleicht kann er nicht.«

»Mit dir auch nicht?«

»Nein«, sagte Gesa, »eigentlich nicht. Zumindest nicht direkt. Es gibt da einfach eine Grenze, die er ungern überschreitet. Er hat anscheinend eine genaue Vorstellung, wann man ihm zu nah kommt. Ich glaube aber auch, dass er manchmal kleine Hinweise gibt, wie er sich fühlt und was in ihm vorgeht.«

»Wann?«, fragte Aga. »Welche?«

»Fast nie im Gespräch«, sagte Gesa. »Aber in seiner Musik. Er schickt mir ja seine Demos, all diese kleinen Einfälle, die ihm zwischendurch kommen. Da steckt viel von ihm drin. Es gibt doch zum Beispiel dieses Stück auf dem Album: *Swimming*. Das erzählt von eurer Woche am Meer. Oder nicht?«

»Tut es das? Wirklich? Ich kenne es nicht.«

»Das ist ein wundervolles Stück«, sagte Gesa. »Richtig fröhlich. Man denkt gleich an einen Urlaub, Schwimmen, Dünen. Das hört man alles. Eure Zeit da. Es muss Tom etwas bedeutet haben. Ich finde jedenfalls, dass man ihn in seiner Musik am ehesten zu fassen kriegt.«

Gesa entging nicht die Wirkung, die ihre Worte auf Aga

hatten. Sie schmeichelten ihr augenscheinlich, und eine Ungewissheit, die sie bedrückt haben musste, wich erkennbar einer großen Freude. Darauf hatte Gesa abgezielt. Aus irgendeinem Grund wollte sie Aga fröhlich wissen. Dass sie bei der Beschreibung des Stückes genau genommen nur von der Demo-Version gesprochen hatte und nicht von der Fassung auf der CD, war im Moment unerheblich. Auf dem Album hatten sich Nebentöne eingeschlichen.

»Wirklich«, sagte Aga, »das ist schön zu hören.« Ihre Stimme klang verändert, fester, als würde sie sich zusammennehmen. »Ich plane übrigens, in nächster Zeit nach Hamburg zu ziehen. Nein, eigentlich plane ich es nicht. Ich ziehe nach Hamburg. Ich tue das. Bald.«

»Schön«, sagte Gesa. »Wann denn?«

Aga stellte den Becher vor sich auf dem Tisch ab und blickte Gesa in die Augen. »Meinst du, Tom hat etwas dagegen?«

»Das weiß ich nicht«, sagte Gesa.

»Es ist schon alles abgemacht. Ich habe eine Wohnung. Ich kann da einziehen, sobald ich will. Sie liegt nicht weit von Toms Wohnung entfernt.«

»Gut.«

»Eigentlich liegt sie im gleichen Haus«, sagte Aga. »Direkt unter seiner Wohnung.«

Das Telefon klingelte. Da Gesa das Gerät im Wohnzimmer stumm geschaltet hatte, kam das Klingeln aus dem Obergeschoss. Gesa stand auf.

»Mit dem Hausmeister ist alles abgesprochen«, sagte Aga, als hätte sie vom Telefonklingeln nichts mitbekommen. »Ich war heute Vormittag da und kann den Mietvertrag morgen unterschreiben.«

Gesa deutete nach oben. »Ich muss da mal kurz rangehen.«

»Ich hab die Wohnung«, sagte Aga.

»Weiß Tom denn schon davon?«

»Ich wollte es ihm heute erzählen«, sagte Aga. »Vor dem Konzert. Oder ist das keine gute Idee?«

Gesa hielt es nicht länger aus. »Bin gleich zurück«, sagte sie und lief zur Treppe. »Passt du kurz auf Ida auf, falls sie wach wird?«

Sie eilte hinauf, und erst oben fiel ihr ein, dass sie auch einfach den Hörer im Wohnzimmer hätte aufnehmen können. Ihr Atem ging schnell.

»Hej, das ist Gesa?«

»Ich bin's.«

Sie schloss die Augen. »Tom? Wo steckst du denn?«

»Im Kühlhaus. Sascha hat mir gesagt, dass ich mich bei dir melden soll.«

»Hat er dich gefunden? Wie geht es dir denn?«

Tom antwortete nicht.

»Aga ist hier«, sagte Gesa.

»Wirklich?«

»Sie sitzt unten im Wohnzimmer in deinem Sessel und trinkt einen Tee. Sie stand einfach vor der Tür. Ich hab sie beinahe nicht erkannt.«

»Was will sie denn?«

»Ich glaube, sie würde dich gerne sehen.«

»Klar.«

Gesa wartete darauf, dass Tom noch etwas sagte, aber von ihm kam nichts.

»Was soll ich ihr sagen?«, fragte sie. »Stört es dich, wenn sie zum Konzert kommt?«

»Sie kann ja ein bisschen früher … Vor dem Konzert«, sagte er. Es schien ihm schwerzufallen, dies auszusprechen.

»Sag ich ihr.«

»Und du auch, ja?« Tom legte auf, und Gesa stand einen Moment mit dem Telefon in der Hand da.

»Natürlich«, sagte sie, auch wenn Tom das nicht mehr hören konnte.

Liebe Gesa,
es ist geschafft: Die CD ist aufgenommen, geht jetzt in die Pressung, und wenn sich nicht noch irgendwas Seltsames ereignet, wird das Eröffnungskonzert im Flensburger Kühlhaus stattfinden. Toms Hütte ist hoffentlich frei? Von da aus geht es dann weiter, hierhin, dorthin. Wer weiß, wohin. Aber wichtig ist, wo es beginnt: zu Hause, sozusagen. Und Du wirst doch dabei sein?

Grüße, T

Motiv: Der Öresund. Malmö 1999

6 Das hatte Gesa sich anders vorgestellt. Wenn sie in den zurückliegenden Wochen an Toms Besuch vorausgedacht und sich ausgemalt hatte, wie es sich anfühlen würde, abends zum Wiltons-Konzert ins Kühlhaus aufzubrechen, dann hatte sie sich ihre Stimmung leicht und gelöst vorgestellt. Eine gewisse Anspannung, die Ida und Sascha betraf, hatte sie zwar vorausgeahnt, war ansonsten aber davon ausgegangen, dass die Vorfreude aufs Konzert überwiegen würde. Sie würde endlich wieder einen Abend wie früher verbringen können, wie zu der Zeit, als alles noch anders gewesen war, ohne Haus und ohne Kind. Es war die Gelegenheit, mit der Gesa in Kontakt zu treten, die sie einmal gewesen war. Sie hatte sich lange darauf gefreut.

Jetzt aber war es weitaus schwieriger, als sie es sich hätte ausmalen können. Sie hatte aufbrechen müssen, noch bevor Ida in den Schlaf gefunden hatte, und nicht nur das: Gesa hatte ihr Weinen aus dem Wohnzimmer mit anhören müssen, als sie die Eingangstür hinter sich zuzog. Es war beinahe unmöglich gewesen, nicht umzukehren, denn sofort hatte sie die Argumente parat gehabt, die ihren Rückzug gerechtfertigt hätten: Komme ich halt später; es ist nur ein Konzert; es wird nicht lange dauern; Sascha hat genug geleistet; arme Ida. Irgendwie hatte Gesa es aber fertiggebracht, sich taub zu stellen, dann die wenigen Meter durch den Gang zu ihrer Garage hinunterzugehen, den Wagen zu starten und loszufahren. Sie hatte das Radio während der Fahrt lauter als üblich laufen lassen, um nicht auf das Weinen ihrer Tochter zu hören, das in ihren Ohren nachwirkte. Von Wärmerekorden für die kommenden Tage war die Rede gewesen, allen stehe eine Hitzenacht bevor, wie sie in diesen Breitengraden nur selten vorkomme, 26 Grad um Mitternacht. Für Gesa dagegen hatte sich die Luft, die durch das handbreit heruntergekurbelte Fenster hereinströmte, alles andere als warm angefühlt. Sie hatte an Armen und Beinen gefroren.

Als sie auf den Parkplatz vor dem Kühlhaus einbog, war Idas Weinen in ihren Ohren noch immer nicht verklungen, und Gesa dachte an die Worte, mit denen Sascha sie verabschiedet hatte: »Geh du man. Wir schaffen das schon.« Es hatte sie kein bisschen beruhigt.

Gesa stellte den Wagen aus und kurbelte das Fenster hoch. Es war kurz vor neun, am Himmel fing es bereits an zu dämmern. Um halb zehn sollte das Konzert beginnen, aber nirgends waren Gäste zu sehen, keine Autos, keine Fahrräder. Etwas weiter hinten auf dem Parkplatz stand lediglich der grüne VW-Transporter von Per, den er sich gegen Ende der Schulzeit zugelegt hatte, um sein Schlagzeug und das übrige Equipment der Band transportieren zu können; Tausende Kilometer hatten die Wiltons in diesem Wagen zurückgelegt. Gesa wusste nicht genau, was sie erwartet hatte, aber ihr Verstand sagte ihr, dass eine halbe Stunde vor Konzertbeginn und wenige Minuten vor Einlass mehr hätte los sein müssen.

Hinter dem Transporter lugte Per hervor, er hielt eine Zigarette zwischen den Fingern. Auf ihren fragenden Blick hin, den sie mit einer das ganze Areal umfassenden Geste begleitete, zuckte er mit den Schultern, als wüsste auch er nicht, was von alldem zu halten war. Oder es kümmerte ihn nicht. Er reichte die Zigarette an jemanden weiter, der ganz vom Transporter verdeckt wurde, Hendrik vermutlich.

Gesa saß noch immer hinterm Steuer ihres Wagens, als sich die Eingangstür des Kühlhauses öffnete und Aga heraustrat. Wieder trug sie ihren Mantel, und sie schritt unruhig auf und ab, bis Tom ihr nach einiger Zeit folgte. Selbst auf die Entfernung war unverkennbar, wie aufgedreht und zappelig Aga war. Sie redete ohne Unterbrechung auf Tom ein und ließ ihre Hand währenddessen auf seinen gekreuzten Armen ruhen. Unbeweglich stand er vor ihr, ohne ihr ins Gesicht zu sehen. Schutzbedürftig wirkte er, verletzbar, umso mehr, als Aga seine Abwehrhaltung ignorierte und mit einer Hand über seine Arme strich.

Dann küsste Aga ihn, und im gleichen Moment zog Gesa den Schlüssel ab und stieg aus. Als sie die Wagentür zuwarf und abschloss, blickte Tom zu ihr hin. Sie sah noch, wie Aga im Kühlhaus verschwand, die anscheinend nicht mitbekommen hatte, dass Gesa in der Nähe war. Oder doch? Während Gesa die wenigen Meter zu Tom zurücklegte, spürte sie ihren allzu schnellen Puls. Kein Stück hatte Tom sich bewegt, als Aga ihre Lippen auf seinen Mund gepresst hatte. Tom war geküsst *worden*. Gesa war es wichtig, das zu denken.

»Wie geht es dir denn?«, fragte sie. »Aufgeregt?«

»Ist doch niemand da«, sagte Tom. Er wirkte abgelenkt. »Sascha kümmert sich um Ida?«

»Ja, natürlich«, sagte Gesa. »Die beiden sind bestimmt froh, mal einen Abend ohne mich zu verbringen.«

Mit einem nur gemurmelten Laut stimmte Tom ihr zu, und Gesa war dankbar, dass er nicht nachhakte. Er hatte zweifellos bemerkt, wie sehr seine Frage sie verunsichert hatte.

Sie fragte: »Hast du heute eigentlich was gegessen außer

Frühstück? Du hättest jederzeit bei uns vorbeikommen können. Das weißt du doch?«

»Ich war mit Per und Hendrik vorhin Pizza essen. Als Einstimmung auf den Tourfraß.«

»Ist zwischen euch alles wieder in Ordnung?«

»Weiß nicht«, sagte Tom. »Was heißt schon in Ordnung.«

Vom Fußballplatz her, der hinter dem Parkplatz lag, drang ein Grölen über die Hecke zu ihnen herüber. Mehrere Männer brüllten wild durcheinander. Durch die dichten Büsche konnte Gesa nicht erkennen, was genau dort los war. Wahrscheinlich hatten sich einige Männer getroffen, um ein paar Bälle zu treten, bevor sie das Wochenende einläuteten.

»Bin mal gespannt, ob gleich noch welche kommen«, sagte Tom. »Bastian ist jedenfalls schon drinnen. Aber der hatte auch keine andere Wahl ... Von seiner Band ist sonst niemand da ... Mit Aga und dir macht das insgesamt drei Zuschauer.«

»Ist doch noch Zeit«, sagte Gesa.

Auf einmal blickte Tom sie direkt an, sagte aber nichts. Er schien zu überlegen.

»Was hast du denn?«, fragte sie.

»Sie will nach Hamburg ziehen«, sagte er. »Aga ... Nach Hamburg.«

»Ich weiß.«

»Hat sie mit dir darüber gesprochen?«

»Vorhin. Sie ist, glaube ich, nur deshalb zu mir gekommen.«

»Sie will in mein Haus ziehen ... In die Wohnung unter mir.« Tom zögerte. »Was sagst du dazu?«

»Du bist die meiste Zeit doch eh unterwegs«, sagte Gesa. »Vielleicht ist es schön für dich, wenn jemand in Hamburg auf dich wartet.«

»Wie eine Katze«, sagte Tom.

»Gibt Schlimmeres.«

»Weiß nicht.«

Toms Blick löste sich von ihr, er sah jetzt über sie hinweg zur Hecke, durch die sich eine Handvoll Männer hindurchkämpfte, Jeans, weiße T-Shirts. Alle hielten Bierflaschen in den Händen, und sie grüßten zum Transporter hinüber, hinter dem Per und Hendrik weiterhin standen und rauchten.

»Siehst du«, sagte Gesa. »Da kommt euer Publikum.«

Die Männer näherten sich dem Transporter und beredeten irgendetwas mit Per.

»Was hast du ihr denn gesagt?«, fragte Gesa. »Aga, meine ich.«

»Ich habe ihr gesagt, dass sie mich später noch mal fragen soll. Nach dem Konzert. Im Moment kann ich mir das ehrlich gesagt nicht vorstellen. Bisschen nah, oder?«

Gesa bemerkte erst jetzt, dass auch sie eine Hand auf Toms Arm gelegt hatte. Schnell zog sie sie zurück.

Tom sah zum Transporter hinüber, von wo aus Per ihnen einen Blick zuwarf. Was war da los? Die Männer verschwanden hinter dem Transporter. Jemand lachte. Einen Augenblick lang war es vollkommen still.

Dann knallte es. Eine Bierflasche zersprang, und gleich darauf begann der Transporter zu wanken. Die Männer mussten sich von der Seite dagegenwerfen. Eine weitere Flasche zerplatzte.

Plötzlich hörten sie Hendriks sich überschlagende Stimme: »Tom, Gesa, haut ab!«

Per tauchte auf, er wollte anscheinend flüchten, doch einer der Männer, Dreitagebart, kurze, braune Haare, hielt ihn am Ärmel fest und schlug ihm mit aller Wucht auf den Oberarm. Per schrie auf, stürzte.

Endlich löste Gesa sich aus der Trance, in die sie verfallen war. Sie wollte die ersten Schritte in Richtung Transporter machen, aber Tom hielt sie fest. Erschrocken blickte Gesa auf seine Finger, die ihren Arm umfassten.

»Lauf weg«, sagte er zu ihr. Er drehte ihr Gesicht zu sich hin, sah ihr direkt in die Augen und wiederholte: »Lauf weg, bitte!«

Gesa versuchte, sich aus seinem Griff zu befreien, kam aber nicht los.

»Bitte!« Tom schob sie an, weg vom Geschehen. »Lauf nach Hause, Gesa, jetzt!«

Gesa wusste selbst nicht, wie sie es über sich brachte, aber es gelang ihr, sich von Tom zu lösen und loszurennen, quer über den Parkplatz, an ihrem Wagen vorbei und hin zu der Böschung, die zum Bahnhofsvorplatz hinaufführte. Wurde sie verfolgt? Sie hörte nichts. Allerdings war sie auch wie taub, alles wirkte gedämpft, und ihr Sichtfeld war eingeschränkt. Den Ast, der gegen ihre Schulter schlug, bemerkte sie erst dadurch, dass ihre Bluse einriss.

Sie kletterte die Böschung hoch, und als sie die gepflasterte Straße vor dem Bahnhofsgebäude erreichte, rannte sie, ohne nachzudenken, weiter in Richtung Innenstadt. Dabei schlug sie nicht die Route ein, die sie mit dem Auto gefahren wäre, sondern nahm instinktiv Nebenstraßen, die ihr eine Abkürzung zu bedeuten schienen. Sie hatte den Stadtplan in ihrem Kopf vor Augen und zog eine gedachte Linie zu ihrem Haus. Ihre ganze Konzentration lenkte sie auf diesen Weg und kletterte hinterm Deutschen Haus auf den Bahndamm hinauf, der durch die Innenstadt verlief. Sie stolperte über die Gleise, rannte, keuchte.

Was machte sie hier eigentlich? Ein einziges Mal nur kam ihr dieser Gedanke. Wie hatte sie einfach weglaufen können?

Ein Geräusch hinter ihr schreckte sie auf. Für den Bruchteil einer Sekunde glaubte sie, ein Zug käme von hinten angerauscht. Doch es war nur ein Windstoß, der durchs Blätterwerk neben dem Bahndamm strich. Hier fuhren keine Züge mehr. Sie hockte sich hin und setzte sich auf die Schienen. Ihr war entsetzlich kalt, sie zitterte und roch ihren Schweiß. Er roch anders als sonst, stechender. Sie vergrub ihr Gesicht in den Händen, und endlich kamen die Tränen.

Sosehr sie sich auch bemühte, es gelang ihr nicht, einen klaren Gedanken zu fassen. Das Blaulicht, das sie durch die Büsche neben den Gleisen aufblitzen sah, konnte sie nicht mit den Ereignissen vor dem Kühlhaus zusammenbringen. Das Martinshorn in der Ferne schien nichts mit dem zu tun zu haben, was eben – oder wann war das gewesen? – passiert war. Wildfremde Schläger hatten sie angegriffen. Das war eine Tatsache, die sie sich laut vorsagen musste, um ihr Glaubwürdigkeit zu verleihen. Dennoch kam ihr das Ganze unwirklich vor. Nach und nach tauchten weitere Bilder vor ihr auf, von denen sie nicht hätte sagen können, ob sie sie tatsächlich gesehen hatte oder sie sich nur zusammenfantasierte. Tom, der mit beiden Händen seinen Kopf hält. Blut läuft über sein Kinn. Hendrik und Per, die auf dem Boden liegen. Zwei Männer stehen über ihnen und treten ihnen immer wieder in die Seiten. Ein Mann schleicht sich von hinten an Tom heran und schlägt ihm in den Rücken. Tom stürzt, krümmt sich zusammen. Dann wird die Tür des Kühlhauses geöffnet, und jemand kommt herausgerannt und geht dazwischen.

All das lief tonlos und wie in Zeitlupe in Gesas Kopf ab.

Hatte sie das wirklich beobachtet? Sie wusste es nicht zu sagen. In ihrer Erinnerung war sie, ohne sich noch einmal umzudrehen, gleich nach Toms Aufforderung losgerannt und geflüchtet. Die Nebenstraßen, die Bahngleise; es war nicht möglich, dass sie vorher noch in sicherer Entfernung sitzen geblieben war – in der Böschung etwa, verborgen hinter einem Strauch? –, um tatenlos zu verfolgen, was unten passierte.

Sollte sie zurückgehen? Helfen? Wieder hatte sie Toms Worte im Ohr, der ihr sagte, dass sie nach Hause laufen solle, und sie stand auf und ging weiter. Tom hatte ja recht. Sie musste zu ihrer Tochter, zu Sascha, in ihr Haus, jetzt gleich.

Auf der Höhe des ZOBs fand Gesa einen schmalen, ausgetretenen Pfad, der vom Bahndamm hinunterführte. Sie marschierte über den Parkplatz und erreichte die Kieler Anlagen. Dort kam ihr ein junges Pärchen entgegen, und an der Art, wie die beiden sie ansahen, erkannte Gesa, welchen Eindruck sie erwecken musste.

»Können wir Ihnen helfen?«, fragte das Mädchen.

Gesa schüttelte den Kopf und zeigte voraus. »Danke, ich wohne gleich da vorne.«

»Sollen wir Sie hinbringen?«

»Es geht schon.«

Endlich sah sie ihre Garage, gleich dahinter lag der Gang, der an ihrem Grundstück vorbei nach oben führte. Mit jedem Meter, den sie sich der Haustür näherte, wurden ihre Schritte schwerer, und sie glaubte, die Steigung den Gang hinauf nicht zu schaffen. Sie war beinahe oben angekommen, als Sascha um die Ecke bog, Ida auf dem Arm, die er in eine Wolldecke gehüllt hatte.

»Mensch, Gesa«, rief er. »Da bist du ja. Wo warst du denn?«

Sie versuchte ein Lächeln, trat auf ihn zu und streckte die Arme aus, um ihm Ida abzunehmen. Die Kleine schlief. Wie zu einem Spaziergang hatte Sascha sie angezogen, Jacke, Mütze, und die Bettwärme, die der kleine Körper ihrer Tochter ausströmte, ließ Gesa erneut Tränen in die Augen steigen. Sie sah zu Sascha hin.

»Komm erst mal rein«, sagte er, legte einen Arm um ihre Schulter und führte sie ins Haus. »Was war denn eigentlich los?«, fragte er, als sie im Wohnzimmer standen.

»Da waren so Typen«, sagte sie. »Ich bin weggerannt.«

»Und dir ist nichts passiert?« Er strich über ihre Schulter, dort war die Bluse eingerissen, und Gesa fuhr bei der Berührung zusammen.

»Ich bin direkt hergerannt«, sagte sie.

Saschas sorgenvoller Blick schockierte Gesa. »Aber das kann gar nicht sein«, sagte er. »Es ist fast zwei Stunden her, dass die Typen da waren. Aga hat eben angerufen.«

»Ich bin sofort hergerannt«, sagte Gesa, und ein Gefühl stechender Leere breitete sich in ihr aus.

»Wo bist du nur gewesen die ganze Zeit?«, fragte Sascha. Gesa wusste nichts zu antworten. Ida öffnete ihre Augen und blickte sie einen Moment lang an, bevor sie ruhig weiterschlief.

»Ich bin so froh, hier bei euch zu sein«, sagte sie und griff nach Saschas Hand.

»Die anderen drei sind im Krankenhaus«, sagte er. »In der Diako. Aga hat mir Bescheid gegeben.«

»Krankenhaus?«, fragte Gesa. »So schlimm?«

»Mehr weiß ich nicht.«

»Und Tom? Vielleicht sollten wir hinfahren«, sagte Gesa. »Nachsehen, was wir tun können.«

Sascha drückte ihre Hand. »Das ist bestimmt nicht nötig. Aga ist da. Sie hat gesagt, wir sollen morgen früh kommen und Toms Sachen vorbeibringen.«

»Morgen früh«, sagte Gesa. »Toms Sachen. Ja, das wird das Beste sein.«

7 Hätte Gesa allein entscheiden können, dann wären sie an diesem Tag früher ins Krankenhaus gefahren, gleich nach dem Aufstehen. Doch aus guten Gründen hatte sie sich aus allem herausgehalten, was den Ablauf des Vormittags betraf, und Sascha die Organisation überlassen. Für ihn hatte die Reihenfolge ohnehin von vornherein festgestanden: zunächst frühstücken, dann das Auto vom Kühlhaus zurückholen, bevor sie anschließend, sollte der Wagen unbeschädigt sein, ins Krankenhaus fahren konnten.

Gesa war noch immer viel zu durcheinander, um sich eine Einmischung zu gestatten, und nach der vergangenen Nacht und ihrer Flucht traute sie sich selbst nicht mehr über den Weg. Den ganzen Morgen über hatte sie versucht, die Ereignisse in eine Ordnung zu bringen, die zu ihrem Zeitempfinden passte, aber es war ihr nicht gelungen. So unwahrscheinlich es auch schien: Sie musste fast zwei Stunden zusammengekauert auf den Gleisen verbracht haben, oben auf dem Bahndamm, bevor sie nach Hause gegangen war – und das widersprach in jeder Weise ihrer eigenen Wahrnehmung.

Die Zeit, die Sascha benötigte, um nach dem Frühstück zum Kühlhaus zu joggen und den erstaunlicherweise unbeschädigten Wagen zurückzuholen, hatte sie immerhin sinnvoll zu nutzen gewusst und Toms Sachen zusammengesucht, Kulturtasche, Unterwäsche, Strümpfe, T-Shirts, den tragbaren CD-Player samt CDs und zuletzt noch einen Trainingsanzug von

Sascha, der Gesa für einen Krankenhausaufenthalt unerlässlich erschien. Sie hatte alles in Toms Rucksack gepackt, Ida und sich angezogen und auf Saschas Rückkehr gewartet, damit sie ohne Verzögerung aufbrechen konnten.

Am Krankenhaus war Gesa vorausgegangen, während Sascha noch einen Parkplatz suchte, um später mit Ida nachzukommen. Als sie durch die Drehtür ins Foyer trat, baumelte der Rucksack gegen ihre Schulter und verursachte einen stechenden Schmerz. Bis jetzt hatte sie keine ruhige Minute gefunden, um nachzusehen, was genau mit ihrer Schulter passiert war.

Die Frau an der Rezeption war kurz angebunden. »Unfallchirurgie, Haus C, vierter Stock. Zimmer 412. Wahrscheinlich. Aber oben wissen die genauer Bescheid.«

»Und die anderen?«, fragte Gesa.

»Welche anderen?«

Gesa überlegte, aber die Nachnamen von Per und Hendrik wollten ihr im Moment nicht einfallen.

»Nicht so wichtig«, sagte sie. »Ich frage einfach auf der Station nach.«

Im Fahrstuhl sah sie sich dann zum ersten Mal an diesem Tag bewusst im Spiegel an. Sie war blass und ungeschminkt, hatte dunkle Augenringe. Weil morgens keine Ruhe zum Duschen gewesen war, hatte sie ihr Haar mit einem Gummiband hinterm Kopf zusammengebunden. Sie trat näher an den Spiegel heran, schob ihr Hemd an der Schulter vorsichtig beiseite und erschrak selbst über den dunkelblauen Bluterguss. Außerdem verlief ein roter Striemen von ihrem Hals bis auf den Oberarm. Behutsam ließ sie ihre Schulter kreisen, was wider Erwarten kaum wehtat. Erst als sie das Hemd zurückschnellen ließ und der Stoff die Stelle berührte, fuhr sie zusammen und verzog das Gesicht.

Als sich die Fahrstuhltüren im vierten Stock öffneten, stand Svante auf dem Gang davor, blickte Gesa aber nicht richtig an. Verwirrt schob sie sich an ihm vorbei und sah zu, wie er mit hängendem Kopf den Fahrstuhl betrat. Anscheinend hatte er sie nicht erkannt. Dann aber lehnte er sich gegen die Seitenwand, drückte auf den Knopf fürs Erdgeschoss und deutete mit dem Finger nach links.

»Svante?«, fragte sie. »Ist alles okay?«

Da schlossen sich die Türen, und sie konnte ihm gerade noch ein »Danke« nachrufen, bevor sie sich nach links wandte. Unfallchirurgie.

Am Ende des Flures verschwand eine Krankenschwester in einem Zimmer; die rot brennende Lampe über der Tür erlosch kurze Zeit darauf. An den Wänden standen leere, mit Folie überzogene Betten, und Gesa bemerkte ein älteres Paar, das an einem davon Aufstellung genommen hatte, als wollten die beiden sicherstellen, dass ihnen dieses Bett nicht mehr genommen wurde. Die Zimmernummern, an denen sie vorbeikam, ergaben für Gesa keinen Sinn, gerade und ungerade Zahlen schienen willkürlich die Flurseiten zu wechseln. Toms Zimmer, Nummer 412, musste einem Schild zufolge am Ende des Flures liegen. Gesa hoffte, dass es nicht jenes Zimmer war, in das die Krankenschwester eben gerufen worden war. Sie mochte sich Tom nicht vorstellen, wie er nach Hilfe rufen musste.

In der Besucherecke gleich hinter dem Schwesternzimmer entdeckte sie Aga. Sie saß in einem der Sessel, zugedeckt mit ihrem Mantel, hatte die Beine angezogen und schien zu schlafen. Doch als hätte sie Gesas Blicke gespürt, fuhr Aga mit einem Mal auf, blieb zwar sitzen, stellte aber die Füße auf den Boden und strich den Mantel über ihren Oberschenkeln glatt. Gesa trat zu ihr und legte eine Hand auf ihre Schulter.

»Hast du geschlafen?«, fragte sie.

Aga drückte den Rücken durch und sagte dann, ohne Gesa anzusehen: »Du kommst also auch mal?«

Gesa erschrak über den kalten Ton und zog ihre Hand zurück. »Es ging nicht früher«, sagte sie und setzte sich neben Aga.

»Ach was?«

»Sascha hat unseren Wagen vom Kühlhaus geholt. Und jemand musste sich doch auch um Ida kümmern.«

»Wie fein, eine Tochter als Ausrede zu haben.«

Auf eine Auseinandersetzung mit Aga war Gesa nicht vorbereitet gewesen. »Was ist denn los mit dir?«, fragte sie.

Aga funkelte sie an. »Wenn Tom dich braucht, bist du plötzlich nicht da.«

»Das stimmt nicht.«

»Wo warst du dann gestern Abend auf einmal?«

»Ich bin weggelaufen«, sagte Gesa. »Ich hatte Angst. Tom selbst hat mich weggeschickt.«

»Du hättest doch wohl wenigstens Hilfe holen können?«

Gesa war schockiert, sprachlos. »Ich hatte einfach Angst«, sagte sie leise, und Aga lehnte sich in ihrem Sessel zurück. Die erste Wut schien abgeklungen zu sein.

»Die Polizei war gerade erst hier«, sagte sie und strich sich über die Stirn. »Die werden sich nachher bei dir melden. Damit du eine Aussage machen kannst. Diese Kerle gestern Abend haben nicht nur am Kühlhaus zugeschlagen. Die sind mit dem nächsten Zug weitergefahren, um in anderen Städten Ärger zu machen. Wie Touristen? Schlägertouristen? Einfach Leute zusammenhauen und dann weiterfahren. Wer macht denn so was?«

»Ich begreife es auch nicht«, sagte Gesa. »Die sahen nicht

mal besonders gefährlich aus. Aber«, sie stockte, dann nahm sie ihren Mut zusammen, »wie geht es Tom denn?«

»Er hat Brüche«, sagte Aga. »Am Arm und hier, an den Rippen? Prellungen überall. Der ist ganz blau. Sieht schlimm aus. Ein Zahn fehlt ihm auch, ein vorderer Backenzahn. Das hört kaum auf zu bluten. Tut wohl richtig weh. Die Ärzte haben auch was von einer Quetschung gesagt? Nierenquetschung?«

»Scheußlich.«

»Und am Kopf ist auch was. Eine Erschütterung oder so?«

»Gehirnerschütterung«, sagte Gesa.

»Genau. Zum Glück hat der Kopf die Schläge ausgehalten. Mit einer Flasche haben die zugeschlagen, direkt auf den Hinterkopf. Das hätte ihn auch ...« Aga sprach nicht weiter.

»Es ist alles nicht zu glauben«, sagte Gesa.

»Den Transporter von Per haben die Kerle umgeschmissen«, sagte Aga. »Aber das war auch das Letzte, was sie noch tun konnten. Dann ist Svante gekommen, wie so ein Wikinger. Ich war gleich hinter ihm. Und die sind weggerannt wie ... – wie sagt man?«

»Wie die Hasen?«

»Ja. Hasen.«

Im Vorbeigehen nickte die Krankenschwester ihnen zu.

»Jetzt schläft Tom jedenfalls endlich«, sagte Aga. »Hat die ganze Nacht kein Auge zugetan. Ich war bei ihm. Wie der geschlottert hat. Am ganzen Körper. Ich hab so was noch nicht gesehen.«

»Du warst die ganze Nacht bei ihm?«

»Ja.«

»Das ist gut.«

Aga sah Gesa an. »Ich mache mir Sorgen um ihn«, sagte sie. »Er ist nicht aufgestanden, obwohl er könnte. Ich habe die

Ärzte extra gefragt. Er könnte, aber er will nicht. Liegt einfach da. Und die anderen beiden sind nebenan.«

»Per und Hendrik?«, fragte Gesa. »Wie geht es den beiden?«

»Die hat es fast noch schlimmer erwischt als Tom«, sagte Aga. »Ich war vorhin bei ihnen. Hendriks Nase. Pers Bein. Irgendwas ist mit der Lunge passiert. Per kriegt kaum noch Luft. Neben seinem Bett hat der so ein Gerät zum Atmen.«

»Das darf doch alles nicht wahr sein«, sagte Gesa.

»Und sie wollen sich nicht sehen«, sagte Aga. »Verstehst du das? Als wäre da eine Trennwand zwischen ihnen. Kein Wort haben Per und Hendrik miteinander gesprochen. Und von Tom wollten sie nichts hören. Als würden die alle füreinander nicht mehr existieren. Bei Tom genauso. Der hat sich einfach weggedreht, als ich wiederkam, und so getan, als würde er schlafen.«

»Schock«, sagte Gesa. »Die stehen alle unter Schock.«

»Ich mache mir wirklich große Sorgen«, sagte Aga. »Um alle. Aber vor allem um Tom. Du weißt doch, wie er ist. Wie er nicht angefasst werden mag. Von niemandem. Und dann das!«

Aga hatte Tränen in den Augen, die sie mit dem Ärmel wegwischte, als Sascha neben ihnen auftauchte. Er lächelte Aga zur Begrüßung zu.

»Ich gehe dann jetzt mal leise rein zu Tom«, sagte Gesa, hob den Rucksack an und stand auf. Im Vorbeigehen strich sie Ida flüchtig über den Hinterkopf und flüsterte Sascha zu: »Bleibst du hier bei Aga und kümmerst dich um sie?«

»Kein Problem«, sagte er, setzte sich neben Aga und war zunächst damit beschäftigt, auf seinem Schoß eine Sitzposition für Ida zu finden, die dieser gefiel. Aga sah den beiden zu, lächelte nun auch. Dann blickte sie Gesa an.

»Ich werde die Wohnung in Hamburg nehmen«, sagte sie. »Tom habe ich nicht mehr gefragt. Aber ich werde es tun.«

»Das ist bestimmt richtig«, sagte Gesa und wandte sich um.

Vor Toms Zimmertür verharrte sie einen Moment; es war nicht das Zimmer, in das die Schwester gerufen worden war. Bevor sie eintrat, wollte Gesa sich einen Satz zurechtlegen, den sie zu Tom sagen konnte, wenn sie an sein Bett trat, etwas Passendes, das die Situation für sie beide erträglicher machte. Aber sie wusste nicht, was für ein Satz das sein sollte. Über den Gang hörte sie Saschas gedämpfte Stimme, der auf die übliche Art, nur etwas leiser als sonst, mit Aga sprach, so selbstverständlich, als wäre alles in Ordnung. Gesa gab sich einen Ruck und öffnete nach leisem Anklopfen die Tür.

Tom sah bereits zu ihr hin, als sie eintrat, und es wirkte so, als hätte er geahnt, dass sie es sein würde. Während Gesa die wenigen Schritte von der Tür bis zur Bettkante zurücklegte, verfolgte er sie mit seinem Blick. Die Sonne schien ins Zimmer, hell und strahlend. Das erstaunte Gesa. Sie hätte nicht sagen können, wie das Wetter draußen war, ob es regnete oder nicht, wie warm es war. Ihre Wahrnehmungsfähigkeit war anscheinend noch immer stark eingeschränkt, und es fiel ihr schwer, sich zu konzentrieren. Sie betrachtete Tom und erkannte nach und nach Einzelheiten: den Gips an seinem rechten Arm, vom Handgelenk bis über den Ellenbogen, die Prellungen, das Heftpflaster an seiner Schläfe, die geschwollene, blau unterlaufene Nase. Mehr war wegen der Decke nicht zu sehen.

Gesa blieb an der Bettkante stehen, so nahe, dass sie nur eine Hand hätte ausstrecken müssen, um Tom zu berühren. Mit seinem Blick fixierte er sie, und ihre Augen brannten.

»Ich hab dir deine Sachen mitgebracht«, sagte sie schließlich, um etwas gegen die Stille zu unternehmen.

Tom nickte und drehte sich dann langsam von ihr weg auf die Seite.

Liebe Gesa,
war gestern bei der Release-Party von Bastians Trio-Album. Kennst Du den noch: Bastian Siedlow, meinen Gitarrenschüler? Der startet gerade mächtig durch. Er hatte mich eingeladen, hinzukommen, aber als ich hinkam, war ich schon da. Hätte man zumindest denken können, wenn man nur nach den Ohren gegangen wäre. Er macht, was ich mache. Und er ist gut geworden. Vielleicht sogar besser als ich. Bleibt die Frage: Wer bin ich und warum?

Gruß, T (?)

Motiv: Star-Club, Reeperbahn. Hamburg, Ende 2000

DREI
2004

1

»*Bilet proszę.*«

Gesa nahm die Ohrhörer heraus und beugte sich zur Schaffnerin vor, die in der geöffneten Abteiltür stand. Sie hatte nicht verstanden, worum es ging.

»*Bilet.*« Die Schaffnerin zeigte auf den Umschlag mit der Fahrkarte, der aus ihrer bereits fertig gepackten Tasche ragte, und machte ein ernstes Gesicht dazu. »*Poproszę bilet.*«

»Noch mal?«, fragte Gesa. »Ich muss doch gleich umsteigen?«

Die ernste Miene der Schaffnerin blieb unverändert. Sie machte keinerlei Anstalten, Gesa zu antworten, und dabei war sie vorhin, als sie hinter Lübeck ihr Ticket kontrolliert hatte, noch ausnehmend freundlich und zuvorkommend gewesen. In polnisch gefärbtem, aber verständlichem Deutsch hatte sie ihr erklärt, an welchem Gleis in Stettin ihr Anschlusszug voraussichtlich abfahren würde; *Szczecin* hatte sie statt Stettin gesagt und Gesa geraten, am Bahnhof vorsichtshalber noch einmal nachzufragen. Als sie Gesas Verunsicherung bemerkte, war die Schaffnerin sogar so nett gewesen, ihr den Stationsnamen laut und deutlich vorzusprechen: »Tsch-je-schin Glauni.« Von dieser Freundlichkeit aber war nun, kaum dass sie die Grenze passiert hatten, nichts mehr zu spüren, und auch von ihren Deutschkenntnissen war nichts mehr übrig. Während sie die Fahrkarte erneut mit ihrer Lochzange am Rand abknipste, murmelte die Schaffnerin etwas auf Polnisch. Es klang wie eine Frage.

»*Tak*«, sagte Gesa und hoffte, dass es die richtige Antwort war.

Die Schaffnerin griff in ihre Umhängetasche, reichte Gesa ein Trinkpäckchen, außerdem einen *Prince Polo*-Schokoriegel, und gab ihr anschließend das Ticket zurück. Als Gesa nach ihrem Portemonnaie suchen wollte, um zu bezahlen, was sie anscheinend gerade gekauft hatte, schüttelte die Schaffnerin energisch den Kopf.

»Willkommen in Polen«, sagte sie, als würde das alles erklären. »Gleich *Szczecin Główny*. Ja?«

»*Dziękuję*.«

Draußen wischten bereits die ersten Häuser am Fenster vorbei, Fabrikanlagen, Ziegeltürme. Die Zollbeamten waren vor einer Viertelstunde durchgekommen, ohne Gesas Abteiltür zu öffnen. Eine Durchsage wurde gemacht, Gesa glaubte, den polnischen Stationsnamen herauszuhören, stopfte das Trinkpäckchen, den Schokoriegel und den CD-Player samt Ohrhörern in ihre Tasche und machte sich für den Ausstieg bereit. Obwohl sie seit Stunden still auf ihrem Platz gesessen hatte, fühlte sie sich erschöpft wie nach einem Dauerlauf, und mit jeder Körperzelle spürte sie, dass sie fürs Reisen einfach nicht gemacht war. Sie schaute durch die geöffnete Abteiltür den Gang hinunter. Konnte sie sich schon vor die Tür stellen? Als Erste dort zu stehen, wäre ihr peinlich gewesen. Es genügte vollkommen, dass sie mit ihrer inneren Unruhe zu kämpfen hatte; es war unnötig, auch noch andere damit zu belästigen.

Wieder einmal fragte sie sich, ob Tom wohl eine Ahnung davon hatte, was sie hier gerade für ihn auf sich nahm. Bei ihm hatte es wie eine Kleinigkeit geklungen, kaum der Rede wert: *Steig in den Zug, ich hole Dich am Bahnhof ab. In Słupsk. Das wird schön.* T. Vorausgegangen waren dieser letzten Postkarte eine ganze Reihe organisatorischer E-Mails, die sie über die vergangenen zwei Wochen ausgetauscht hatten. Gesa waren eine Menge Hinderungsgründe eingefallen, die gegen eine Reise nach Słupsk sprachen. Sascha hatte überlegt, an diesem Wochenende zu einer Handelsmesse nach Süddeutschland zu fahren, auf der seine Firma vertreten sein würde. Sollte er das einfach ausfallen lassen, nur weil Tom sie in Słupsk treffen wollte? Ida und vor allem Erik wollten noch immer ausschließlich von ihr in den Kindergarten gebracht werden, und es wäre etwas Neues gewesen, wenn Sascha oder ihre Mutter das plötzlich an diesem Freitag übernommen hätten; sie mussten das zumindest vorher einmal üben. Nicht zuletzt hatte Gesa sich einige Stunden für den Sonntag freigeschaufelt, um an ihrer Pädagogik-Diplomarbeit zu schreiben, während ihre Mutter auf die Kinder aufpasste. Tom hatte auf all diese Bedenken lediglich geschrieben: *Vielleicht kriegst Du es ja hin?* Das Fragezeichen hinter diesem Satz hatte den Ausschlag gegeben. Natürlich würde sie fahren. Zwar würde sie die meiste Zeit im Zug verbringen, aber ein gemeinsamer Tag in Słupsk würde ihnen beiden bleiben. Und das wäre fürs Erste schon genug.

In Wahrheit hatte Gesa nicht eine Sekunde gezweifelt, ob sie fahren würde. Von dem Moment an, da sie Toms Postkarte im Briefkasten entdeckt hatte, war sie zu allem bereit gewesen. Sie wusste noch genau, wie sie die Karte draußen vor der Tür gelesen hatte. Es hatte nur eine Frage darauf gestanden, geschrieben in Toms winziger Schrift: *Willst Du meine Texterin sein?* An ihrer Antwort hatte sie lange gefeilt. Mehrere Entwürfe hatte sie an ihrem Schreibtisch in Toms Hütte angefertigt, bis sie den Satz gefunden hatte, mit dem sie ihm antworten wollte: *Wenn du meinst, dass ich das kann.* Aus gleich mehreren Gründen war dieser Satz für sie bedeutsam gewesen. Er war zum einen ein zögerliches Einverständnis, mit ihrem Schreiben erstmalig an die Öffentlichkeit zu treten; zum anderen war es der erste Satz seit über einem Jahr, den sie überhaupt an Tom richtete. So lange, seit Saschas und ihrer Hochzeitsfeier, hatte zwischen ihr und Tom Funkstille geherrscht.

Der Zug überquerte ratternd eine Brücke, bremste ab. Gesa sah Bahnsteige aus dem Fenster, bunte Werbetafeln, schulterte ihre Tasche und reihte sich hinter den Passagieren ein, die inzwischen auf dem Gang warteten. Stettin war anscheinend der Endbahnhof des Zuges. Ihre Aufregung, den Ausstieg zu verpassen, erwies sich nachträglich wieder einmal als vollkommen unbegründet.

Als sie auf den Bahnsteig hinaustrat, verkleinerte sich ihr Blickfeld, wurde schmaler, so als würde sie durch einen Tunnel schauen. Sie hörte unverständliche, genuschelte Durchsagen, mit denen sie nichts anzufangen wusste, und folgte dem Strom der Reisenden zu den Aufgängen. Sie hoffte, irgendwo eine Anzeige zu finden, an der sie ablesen konnte, wo ihr Anschlusszug abfahren würde; sie fand keine. Ein Mann ging an ihr vorbei, rote Mütze, blaue Jacke, ein Bahnangestellter offensichtlich, den sie mutig am Ärmel festhielt. Er zuckte sichtbar zusammen.

»Słupsk?«, fragte sie, lächelte, und der Mann starrte sie verständnislos an. »Swuu-upsk?«, sagte sie langsam. »Linie Kolejewo?«

Sie hielt dem Mann die ausgedruckte Zugverbindung hin und tippte auf die entscheidende Stelle. Ein Schulterzucken war die Antwort. Dann sagte der Mann etwas auf Polnisch, mehrere Sätze, deutete in alle Richtungen. Gesa verstand nichts von alldem, nickte aber dennoch, und der Mann eilte davon. Gesa war den Tränen nahe.

»Darf ich mal sehen?«

Ein junger Mann war neben ihr stehen geblieben, Rucksacktourist, Nickelbrille. Er hielt einen Hund unter seinem linken Arm, der Gesa mit heraushängender Zunge musterte, ein Spitz oder etwas Ähnliches. Sie kannte sich mit Hunden nicht aus. Ihren Zettel in der rechten Hand haltend, sagte der junge Mann: »Kommen Sie mit. Ich weiß, wohin Sie müssen. Da vorn.«

»*Przepraszam*«, sagte sie, bemerkte sogleich ihren Fehler – weshalb entschuldigte sie sich denn, zudem auf Polnisch? – und kam sich, während sie dem Rucksack durch die Menge nachging, wieder einmal äußerst ungeschickt vor.

»Wohin fahren Sie denn?«, fragte sie, wahrscheinlich aber zu leise, denn sie erhielt keine Antwort. Sie folgte dem wackelnden Hundehintern die Treppe zum Gleis hinunter. Eigentlich hätte der Anblick zum Lachen sein können, wäre sie vor Aufregung nicht so außer Atem gewesen.

»Hier«, sagte der junge Mann. Er deutete auf den Zug, der am Gleis bereitstand. »Kolejewo. Das hier müsste auch Ihr Abteil sein.«

»Steigen Sie denn nicht ein?«, fragte sie.

Der Mann schüttelte den Kopf. »Gute Reise«, sagte er, während die Zunge des Hundes einmal über ihren Jackenärmel schlappte.

Gesa wäre dem Mann gerne vor Dankbarkeit um den Hals gefallen, aber sie hörte die Trillerpfeife des Schaffners und stieg schnell ein. Als die Tür hinter ihr zuschlug, sagte sie zu sich selbst: »Ich bin im Zug, tatsächlich, im Zug nach Słupsk.« Zum Glück war niemand in der Nähe, der es hätte hören können, und sie hielt durch das Türfenster Ausschau nach dem jungen Mann mit dem Hund. Sie konnte ihn leider nicht mehr entdecken. Gerne hätte sie gesehen, wie sich der wackelnde

Hundehintern in der Menge entfernte. Jetzt hätte sie auch darüber lachen können.

Das Abteil war leer, sie setzte sich ans Fenster und holte sofort den CD-Player heraus. Wieder begann sie die CD anzuhören, die Tom ihr in der letzten Woche geschickt hatte, heute bereits zum dritten Mal. Es waren seine neuesten Demos, von denen sie nicht genug bekam. Ständig ließ sie sie laufen, seit der Umschlag im Briefkasten gelegen hatte, ob zu Hause in der Küche, im Wohnzimmer, abends zum Einschlafen oder eben heute im Zug. Sie hoffte, dass die Batterien die Fahrt bis nach Słupsk durchhielten; an Ersatz hatte sie nicht gedacht. Während die Musik auf ihren Ohren lief, hielt sie ein Notizbuch auf den Knien und einen Bleistift in der Hand. Sie hätte jetzt losschreiben können. Nur was? Was sollte sie schreiben? Zu dieser Musik?

Eine blass gefärbte Landschaft zog draußen vorbei, Kiefernwälder, immer wieder Kiefern, endlose Wiesen. Gesa sah Frauen, die Kartoffeln ernteten. Den Blick auf unscharf eingestellt, betrachtete sie die vorbeirauschende Landschaft, die nach und nach zu einer grünen Fläche verwischte, hörte Toms Musik dazu, und auch wenn sie es gern vermieden hätte, war sie mit ihren Gedanken wieder rückwärts unterwegs.

• • •

Die Hochzeit, letztes Jahr, im Sommer. Es schien schon eine Ewigkeit her zu sein. Bis zuletzt hatte Gesa sich Sorgen um das Wetter gemacht, und die Vorhersagen hatten durchaus nicht zu ihrer Beruhigung beigetragen. Der Sommer war zwar heiß gewesen, erstaunlich heiß sogar, aber das konnte natürlich jederzeit enden. Ein plötzlicher Wetterumschwung, Regen. Mitte August war das nicht ausgeschlossen. Und was dann? Die Hochzeitsfeier sollte in ihrem Garten stattfinden, alles war darauf ausgerichtet. Im äußersten Notfall hätten sie die Gäste zwar in ihrem Haus unterbringen können, doch aus einem Aberglauben heraus, den Gesa selbst nicht ergründen mochte, hatten Sascha und sie es bis zuletzt unterlassen, Vorkehrungen für den Fall der Fälle zu treffen. Draußen, unter freiem Himmel, wollten und mussten sie feiern. Ein Zelt hatten sie aufgebaut, und Feuerkörbe standen bereit für die Stunden nach der Dämmerung. Nur das Wetter musste mitspielen. Und die Gäste mussten heil ankommen. Gesa fand tausend Gründe, sich Sorgen zu machen, und als wäre das nicht genug, machte Sascha sich einen Spaß daraus, ihr weitere besorgniserregende Gedanken in den Kopf zu pflanzen: die falschen Getränke, zu wenig Essen, lauter Vegetarier, die sich am Spanferkel störten und angeekelt die Party verließen, Stromausfall.

Am Vorabend, als sie noch unverheiratet im Wohnzimmer auf dem Sofa saßen, ließ Sascha es sich nicht nehmen, ihr von der Hochzeit eines Bekannten zu berichten, die alles andere als problemlos verlaufen war, und da Gesa die Geschichte bis zu diesem Tag nie gehört hatte, nahm sie an, dass er sie erfand, um ihre Anspannung weiter in die Höhe zu treiben. Das entsprach Saschas spezieller Art von Humor. Allerdings bestand er darauf, dass es die Wahrheit sei, was er erzählte, nichts als die Wahrheit. Als Erstes beschrieb er ihr die hölzerne Veranda des Hotels, auf der sich die Hochzeitsgäste nach der kirchlichen Trauung für einen Begrüßungstrunk versammelten, bevor es fürs Essen und die eigentliche Feier in den Festsaal gehen sollte, und er ließ die Braut eine kurze Ansprache halten, in der sie ihrer Freude Ausdruck verlieh, dass alle Gäste wohlbehalten eingetroffen seien. Prost! Die Stimmung war gelöst, alle waren bereit, es sich gut gehen zu lassen. Aber noch während Braut und Bräutigam von Tisch zu Tisch gingen, um die Hochzeitsgäste in Ruhe zu begrüßen, drang eine Nachricht aus dem Hotel, die sich wie ein Lauffeuer unter den Gästen verbreitete. Drinnen, so hieß es, sei jemand zusammengebrochen. Alle hielten die Luft an. Um zu helfen, eilte ein Verwandter des Brautpaars, der bei der Feuerwehr arbeitete, in den Festsaal. Es dauerte eine gefühlte Ewigkeit, bis er wieder auf die Veranda heraustrat und ihnen mitteilte, der Alleinunterhalter, der für den Abend engagiert worden war, sei beim Aufbau seiner Instrumente umgefallen und kurz darauf verstorben. Herzinfarkt. Es sei nichts mehr zu machen gewesen. Die Sanitäter, die kurze Zeit später eintrafen, konnten nur noch den Tod des Musikers feststellen.

»Sag mal, bist du verrückt, mir das jetzt zu erzählen?«, fragte Gesa. »Willst du, dass ich vollkommen durchdrehe und die Nerven verliere?«

Sascha grinste. »So schlimm wird es morgen eben *nicht* werden.« Er fand das sehr witzig und schien gar nicht zu bemerken, dass Gesa instinktiv an Tom denken musste, der natürlich eingeladen war. Gesa hatte es sich nicht ausdrücklich gewünscht, aber es war wohl eine Selbstverständlichkeit, dass er ein wenig für sie und die Gäste spielen würde.

»Ich begreife dich nicht«, sagte sie. »Denkst du dir solche Geschichten aus, um mir Angst zu machen?«

»Nein, so was denkt man sich nicht aus. Holger hat es mir erzählt. Ist wirklich passiert. Ich dachte, die Geschichte würde dir deine Sorgen nehmen. Ich meine, was auch immer morgen passiert, es wird schön werden. Das Leben geht weiter.«

»Wie meinst du das? Haben die damals weitergefeiert?«

»Aber sicher«, sagte Sascha. »Was hätten sie denn sonst tun sollen? Niemand kannte den Musiker persönlich. Er war bloß engagiert und dummerweise zur falschen Zeit am falschen Fleck. Es hätte ihn überall treffen können. Die Hochzeit hatte damit gar nichts zu tun.«

»Makaber.«

»Ich habe das immer direkt vor mir gesehen«, sagte Sascha. »Holger hat es mir mehrfach erzählt. Die Leiche des Musikers wurde unter einem Tuch durch die Hochzeitsgesellschaft nach draußen getragen, auf einer Bahre über die Veranda, weil das der einzige Ausgang war. Dann tranken alle ihren Sekt aus und gingen rein, um das Fest zu beginnen.«

»Hör auf.«

»Stell dir mal vor, die Sanitäter haben sich erst geweigert, die Leiche mitzunehmen. Das dürften sie aus rechtlichen Gründen nicht, haben sie gesagt. Ein Leichenwagen müsste kommen. Sie haben es dann aber so geregelt, dass der Bestatter um die nächste Straßenecke parkte. Es war ja so schon alles schlimm genug. Ein Leichenwagen samt Bestatter hätte nun wirklich nicht auf eine Hochzeit gepasst.«

Gesa sagte: »Ich weiß nicht, was ich getan hätte.«

»Gefeiert hättest du«, sagte Sascha und nahm ihre Hand, »ist doch klar. Man heiratet, wenn es gut läuft, nur einmal im Leben. Und damals ist es, hat Holger gesagt, sogar ein netter, wenn auch eigentümlicher Abend geworden. Es wurde schnell ein Ersatzmusiker besorgt. Der kam nach zwei Stunden mit seinem Akkordeon in den Saal und hat gespielt. Der kannte als Einziger den verstorbenen Musiker. Wie es für den gewesen sein muss, das kann ich mir kaum vorstellen.«

Gesa hatte genug gehört, und es folgte eine unruhige Nacht, in der sie sich bemühte, das Bild mit der Bahre, auf der sich unter einem weißen Tuch ein Körper abzeichnete, aus dem Kopf zu bekommen. In ihrem Traum fiel theatralisch ein Arm unter dem Tuch hervor und baumelte hin und her, während die Bahre durch die Hochzeitsgesellschaft getragen wurde. Es war Toms Arm, den sie unter Hunderten erkannt hätte, die helle, dünne Haut, die Adern, die darunter zu sehen waren. Zu allem Überfluss bekam sie in der Nacht auch noch ihre Periode, und sie verzweifelte beinahe darüber, dass sie das bei der Planung nicht einkalkuliert hatte. Aber wie hätte sie ein halbes Jahr vorher, als sie den Termin festlegten, an so etwas auch denken sollen?

Als sie am nächsten Tag Tom erblickte, wie er unter dem Torbogen in den Garten trat und auf sie zuschritt, im schwarzen Anzug, mit grellgelbem Oberhemd und Turnschuhen, kam es ihr wie eine Wiederauferstehung vor, und obwohl er es nicht mochte, presste sie ihn bei ihrer Umarmung an sich.

»Wie schön, dass du da bist«, sagte sie.

»Was ist denn mit dir los?«, fragte er und trat einen Schritt zurück. Die Umarmung hatte er noch anstandslos über sich ergehen lassen.

»Nichts. Ich hab schlecht geträumt heute Nacht.«

»Aufregung«, sagte er und deutete auf den Ring, den sie seit dem Vormittag am Finger trug, ein schmaler, schlichter Goldring. Innen waren Saschas Initialen eingraviert. »Meinen Glückwunsch. Ich freue mich für dich.«

Gesa blickte an ihm vorbei. »Ist Aga nicht mitgekommen?«

»Habt ihr sie eingeladen?«

»Wir haben euch beide eingeladen, zusammen. Das stand doch auf der Einladung.«

»Die habe ich, ehrlich gesagt, nur überflogen. Wie auch immer: Jedenfalls stimmt das Datum, oder? Ich bin doch richtig heute?«

»Sieht ganz so aus.«

»Und ihr habt euch also am Vormittag das Jawort gegeben.«

Tom betonte dies auf eine Art, die Gesa einen Schauer über den Rücken jagte.

»Wie das klingt«, sagte sie. »Jawort.«

Gesa hatte ihre Schwierigkeiten mit dem formellen Teil einer Hochzeit gehabt. Das Prozedere im Standesamt war ihr wie eine Farce vorgekommen. Die Beamtin hatte erst sie, dann Sascha gefragt, ob sie einander heiraten wollten, und wäre es Gesa irgendwie möglich gewesen, hätte sie dieses öffentliche Bekenntnis ihrer Liebe gerne umgangen. Es war allein dadurch erträglich, dass sie zur Trauung nur mit ihrer kleinen Familie angetreten war, nur Sascha, sie und die Kinder, die sie währenddessen im Auge behalten mussten, damit nichts passierte. Der kleine Erik hatte die Aufgabe, den Moment fotografisch festzuhalten, und er hatte sie mit allem ihm zur Verfügung stehenden Ernst in Angriff genommen und einfach alles fotografiert, den Teppich, die Blumen, die leeren Stühle, die Steckdosen, ihre Schuhe, die Standesbeamtin. Das Klicken der Kamera hatte die gesamte Zeremonie begleitet. Ihr Ja war dann kurz und schmerzlos ausgefallen. Ein Blick zu Sascha, der sich freute, Ringe austauschen, Unterschrift auf mehreren Formularen, Aushändigen des Stammbuches. Die romantisch veranlagte Ida hatte Tränen in den Augenwinkeln gehabt, als Gesa sie umarmte. Damit war die Sache erledigt gewesen, endlich, und sie konnten nach Hause fahren, bevor dort die ersten Gäste eintrafen.

»Ich finde, das ist ein netter Brauch«, sagte Tom. »Jawort klingt doch auch hübsch. Macht man nicht oft im Leben … Aber ich muss jetzt wohl mal den Bräutigam begrüßen und ihm ein bisschen Schläge androhen. Oder? Falls er sich nicht ordentlich um dich kümmert … Das macht man doch so?« Tom verstellte seine Stimme und drohte mit erhobenem Zeigefinger. »Wenn du nicht auf Gesa aufpasst, dann komme ich vorbei und ...«

»Sehr gut, genau so«, sagte Gesa, und als er an ihr vorüberglitt, um zum Zelt zu gehen, in dem Sascha die Geschenke entgegennahm, hielt sie Tom am Ärmel fest und fragte: »Spielst du nachher was?«

»Wenn du mich lieb bittest.«

Sie ließ ihn los. »So weit kommt das noch.«

»Dann werden wir sehen.«

»Bitte«, sagte sie schnell.

»Klar.«

Gesa war zufrieden, mehr noch: Als sie Tom nachsah, freute sie sich, denn nun war klar, dass es eine gute Feier werden würde. Ursprünglich hatten Sascha und sie nur überlegt, in diesem Jahr eines ihrer großen Sommerfeste zu veranstalten, um ihre Geburtstage zu feiern – die Termine lagen bloß sechs Wochen auseinander, sodass es sich anbot –, aber einer von ihnen, nicht Gesa, hatte die Idee aufgebracht, einen weiteren Anlass für das Fest zu liefern: ihre Heirat. »Da sagt auch niemand so schnell ab«, hatte Sascha gemeint, und das war sein Antrag gewesen. Eine knappe Stunde hatte Gesa sich gesträubt, war dann aber doch gerührt gewesen, als Sascha sich vor ihr hinkniete und sie förmlich um ihre Hand bat.

»Da hast du sie«, hatte sie gesagt und leicht verwirrt zugesehen, wie Sascha ihren Handrücken küsste. »Hast sie doch eh schon gehabt.«

»Trotzdem«, hatte er gesagt. »Danke.«

Tatsächlich waren in den Wochen nach dem Versenden der Einladungen kaum Absagen gekommen. Sogar Tom hatte umgehend in einer seiner nächsten Karten zugesagt. Alle schienen die Gelegenheit zu begrüßen, mit ihnen feiern zu können, alle freuten sich aufrichtig, und jetzt füllte sich der Garten mit gut gekleideten Menschen, Freunden, Verwandten, und mit jeder Menge Kindern, um die Gesas Mutter als ehemalige Grundschullehrerin sich kümmerte. Das Büfett auf der Terrasse war gut bestückt, im Moment noch mit Kaffee und Kuchen, später würde das bestellte Spanferkel angeliefert werden. Aus der Anlage drang leise Musik, die Gesa für diesen Anlass ausgesucht hatte, und sie fragte sich, ob Tom wohl mitbekam, dass es eines der Mix-Tapes war, die er ihr einst geschenkt hatte?

Der Nachmittag verflog. Ständig war Gesa in Gespräche verwickelt, mit Onkeln und Tanten, die sie lange nicht gesehen hatte, mit ihren Cousinen und Freunden, und ihr Vater zog sie irgendwann für ein Vater-Tochter-Gespräch beiseite, das sie beide nicht recht ernst nehmen konnten. Sie kicherten albern, bis ihr Vater ihr einen Umschlag mit dem Hochzeitsgeschenk überreichte. Darin befand sich das Foto eines Autos, eines Kombis.

»Steht zur Abholung bereit«, sagte ihr Vater mit Stolz in der Stimme, »und euren alten nehmen die in Zahlung.«

Gesa war mehr als überrascht. Schon lange hatten Sascha und sie über die Anschaffung eines neuen Wagens geredet, ohne zu wissen, wovon sie den hätten bezahlen sollen. Bereits diese Hochzeitsfeier überschritt bei Weitem ihre finanziellen Möglichkeiten, aber mit etwas Glück würden sie morgen, wenn sie die Geschenkumschläge öffneten, einige Scheine finden, die ihnen nachträglich bei der Finanzierung halfen. Gesa winkte Sascha mit dem Umschlag und dem Foto zu, der nur wissend zurücknickte. Er war also eingeweiht gewesen.

»Schön, nicht?«

»Ja«, sagte sie. Und so war es, sehr schön. Rundum.

Selbst Tom, von dem Gesa angenommen hatte, dass sie sich

an diesem Tag verstärkt um ihn kümmern musste, weil er kaum jemanden kannte, schien sich allem Anschein nach gut zu amüsieren. Er plauderte mit verschiedenen Gästen und saß insbesondere lange mit Wilsto zusammen, der damals in Słupsk wie Gesa seinen Partner fürs Leben gefunden und bereits vor Jahren Meike geheiratet hatte. Manfred hieß er eigentlich, doch konnte Gesa sich nicht dazu durchringen, ihn so anzusprechen; nie brachte sie seinen Vornamen über die Lippen.

Als Gesa sich zu den beiden an den Biertisch gesellte, redeten Tom und er gerade angeregt miteinander und tauschten Erinnerungen aus. »In Słupsk damals«, sagte Wilsto, »da hast du doch zu deinem Sound gefunden, oder? Mit diesem russischen Echogerät aus dem Musikgeschäft. Wie hieß das noch gleich: Aprobat?« Beide kümmerten sich nicht darum, dass Gesa ihrem Gespräch lauschte, und fachsimpelten über Musikdinge, von denen sie nichts verstand – zwölftaktiges Bluesschema oder die Sonatensatzform, für deren Logik sich Tom in letzter Zeit begeisterte –, doch kannte Gesa immerhin einige der Alben, über die sie sich austauschten. Die neue Esbjörn-Svensson-Trio-Scheibe? – Sehr gut. – Bill Frisells *Blues Dream*? – Großartig. – Und wie Tom den alten Clapton finde?

»Rattiger Sound, gammlige Linien, wie eh und je.«

Wilsto und Tom lachten wissend.

»Und warst du denn nun bei diesem Effektebastler aus dem Ruhrpott, von dem ich dir geschrieben habe?«, fragte Wilsto.

»Letztens, ja. Wir haben mein Effektboard neu verkabelt, einen ganzen Vormittag lang. Und Effekte haben wir ausprobiert ... Seltsamer Kerl, oder? Korklatschen, Blaumann, strahlende Augen ... Und überall diese Messgeräte ... Wo der Unterschiede rausgehört hat. Ob die Pedale auf Holz oder Schaumstoff stehen. Irgendwie Hexerei ... Mittags gab es dann Essen bei seiner Mutter im Obergeschoss. Semmelknödel mit Pilzen. Da saß der ganz kleinlaut am Tisch und ließ sich von der Mutter ins Badezimmer schicken, damit er sich die Hände vorm Essen wäscht. ›Wie oft hab ich dir das schon gesagt!‹ – ›Ja, Mama ...‹ Der hat mir übrigens auch diesen Looper eingebaut, ohne den ich mittlerweile gar nicht mehr weiß, was ich machen soll.«

»Nettes Spielzeug«, sagte Wilsto, »ich weiß.«

Ohne viel zu begreifen, genoss Gesa es, bei ihrem Gespräch dabei zu sein. Es war einfach schön, Tom so ausgiebig reden zu hören, und irgendwann unterbrach er sich, blickte zu ihr hin und sagte: »Jetzt?«

Sie wusste sofort, was er meinte. »Unbedingt. Strom liegt da vorn.«

»Wirst du was spielen?«, fragte Wilsto.

»Klar.«

Während Tom ums Haus ging, um seinen Verstärker und die Gitarre zu holen, blieb Gesa mit Wilsto am Tisch sitzen. Sie schwiegen beide. Noch nie hatten sie unbefangen miteinander sprechen können, und Gesa schaute sich unauffällig um, ob nicht vielleicht Meike in der Nähe war, die zu ihnen stoßen könnte. Aber sehr wahrscheinlich saß sie umringt von einer Horde kleiner Mädchen irgendwo hinterm Zelt und stillte ihr mittlerweile viertes Kind. Gesa hatte schon oft miterlebt, wie selbstverständlich Meike als Magnet auf junge weibliche Wesen wirkte, die in ihr womöglich ihr zukünftiges Selbst erblickten.

»Weißt du eigentlich, wie es ihm geht?«, fragte Wilsto auf einmal. Er nickte zum Torbogen hin, durch den Tom gerade zurückkam, Gitarrenkoffer links, Verstärker rechts. Hinter ihm folgte der kleine Erik, der schwer an einem Rucksack schleppte, den er hinter sich über den Boden schleifte.

»Es geht so«, sagte sie. »Ich glaube, dass er noch in Therapie ist. Aber er macht wieder Musik, und das ist wohl die Hauptsache. Er hat verschiedene Dinge ausprobiert, die alle nichts geworden sind. Zusammen mit einem dänischen Trompeter ist er jetzt unterwegs, Anders Hasse, dann auch solo. Und er hat immer noch diese Kinosache in Hamburg, diese Stummfilmbegleitung. Er unterrichtet wohl auch, aber nicht viel. Irgendwie hält er sich mit alldem über Wasser.«

»Muss schlimm gewesen sein für ihn, damals«, sagte Wilsto. »Schon allein der Überfall an sich, aber dass anschließend auch noch seine Band auseinanderbricht. Die Wiltons-CD ist ja nie erschienen, oder?«

»Nein«, sagte Gesa. »Und die drei haben sich danach auch nie wieder gesehen. Das finde ich fast noch schlimmer.«

»Bis jetzt nicht?«

»Soviel ich weiß, nicht.«

Beide beobachteten sie Tom, der vor der Gartenmauer seine Sachen aufbaute. Aus dem Rucksack zog er einige Kartons, in denen er Effektpedale aufbewahrte, Kabel, Netzstecker und zum Schluss einen Walkman, der Gesa bekannt vorkam. War es tatsächlich derselbe, den er damals auf der Słupskfahrt dabeigehabt hatte? Tom nahm seine Gitarre aus dem Koffer – die blaue Telecaster, immer noch –, lehnte sie gegen den Verstärker und verkabelte alles mit geübten Handgriffen. Es dauerte keine zwei Minuten. Ein leises Brummen war zu hören, ein Knacken. Dic ersten Gäste bekamen mit, dass sich im Garten etwas anbahnte, versorgten sich mit Getränken und stellten oder setzten sich in Position.

»Es hätte etwas aus ihm werden können«, sagte Wilsto. »Ich habe das immer gedacht.«

Gesa sah ihn schockiert an. »Kann doch noch alles«, sagte sie.

»Da hast du natürlich recht«, sagte Wilsto. »Aber irgendwie kommt es mir so vor, als wäre das damals, versteh mich nicht falsch, als wäre das die Gelegenheit gewesen. Die *eine*, die man hat.«

Ein Ton war zu hören, sehr laut, und ein erschrockenes Raunen lief durch die Reihen. Tom probierte die Lautstärke seiner Gitarre aus, die er sich umgehängt hatte, und der Ton, den er mit einer wischenden Bewegung übers Griffbrett erzeugte, hallte zwischen den Häusern und der Gartenmauer hin und her, verdichtete sich zu einem Echo, das sich, leiser werdend, über die Straße hin zum Hafen verzog. Tom blickte auf, spielte eine Saite an und horchte dem Klang nach.

»Großartig«, sagte er, »ein natürliches Echo. Damit wollte ich schon immer mal spielen.«

Er machte eine Geste zu Sascha hin, der daraufhin die Musikanlage ausstellte. Tom schien es nicht unangenehm zu sein, dass sich die gesammelte Aufmerksamkeit der Gäste auf ihn richtete. Ganz selbstverständlich beugte er sich zum Walkman hinunter und sagte wie nebenbei: »Die meisten hier wissen vielleicht, wie viele Tage ich da oben in dem Zimmer gewohnt habe. Wochen, ganze Monate … Es ist schon fast ein wenig mein Zuhause, wenn das nicht zu groß klingt … Steht ja aber auch dran. Toms Hütte … Mich hat das immer ganz stolz gemacht, wenn ich das Schild gesehen habe.«

Er startete den Walkman und drückte gleichzeitig auf seinen Pedalen herum, die vor ihm im Gras lagen. Aus dem Verstärker war zunächst ein Rauschen zu hören, dann auch Straßenlärm, ein Brummen, und entfernt erklang das Signalhorn eines Dampfers.

»Da oben«, er zeigte auf das Fenster, »haben Gesa und ich zusammen Musik gehört. Tage-, nächtelang. Und so was hier haben wir gehört, wenn das Fenster offen stand.«

Die Geräusche aus dem Walkman liefen in einer Schleife, wiederholten sich, wurden rhythmisch, und das Echo zwischen den Häusern vervielfältigte das Ganze noch zusätzlich. Der Straßenverkehr, das Signalhorn, alles rollte hin und her, und nach anfänglichem Zögern breitete sich ein Lächeln auf den Gesichtern der Zuhörer aus. Alle schienen zu begreifen, was Tom da gerade machte, dass er ein Stück zusammensetzte, etwas über diesen Ort und das, was er ihm bedeutete.

»Das hier ist für Gesa«, sagte er und sah sie kurz an.

Dann klopfte er mit der flachen Hand auf den Gitarrenhals, ein kurzes, tuckendes Geräusch ergab das, das sich rhythmisch in die Schleife einfügte und wiederholte. Mit der linken Hand griff er einen Akkord, klopfte erneut gegen den Hals der Gitarre, das tuckende Geräusch war nun durchmischt mit Tönen oder doch einer Ahnung davon. Es dauerte nicht lange, bis Tom so eine Begleitung, einen Rhythmus zusammengestellt hatte, der zwischen den Häusern hin und her lief. Tom hörte sich das einen Moment selber an, lauschte dem Echo nach und nickte. Die Zuhörer lachten, und Gesa konnte sich nicht entsinnen, jemals zuvor solche Musik gehört zu haben. Es war ihr nicht bewusst gewesen, dass Musik ohne Text so eindeutig komisch sein konnte.

Dann, endlich, spielte Tom den ersten richtigen Akkord. Gesa schloss die Augen, und für einige Minuten war sie kaum noch bei sich.

Liebe Gesa,
ich und ein Trompeter, Anders Hasse, netter Kerl, trotz des Namens – wir probieren es noch mal zusammen. Und zwar hier: 2.7. – Karlsruhe, Jubez; 3.7. – Schorndorf, Kulturforum; 5.7. – Bielefeld, Bunker; 6.7. – SALZAU, JazzBaltica; 8.7. – Berlin, A-Trane. Salzau ist nicht allzu weit von Dir, etwa 130 km. Karte liegt bereit. Ich weiß, dass Du versuchen wirst hinzukommen – und es aus guten Gründen wahrscheinlich nicht schaffen wirst. Wollte nur fragen. Wird auch fürs Radio aufgenommen. Ich schick Dir eine Aufnahme.

Gruß, T

Motiv: Konzertscheune Salzau. Hamburg, Anfang 2002

2

Als sie sich auf dem Bahnsteig gegenüberstanden, sahen sie sich an, als könnten sie es beide nicht glauben, hier aufeinanderzutreffen – Du hier? In Słupsk? –, und genau betrachtet war es auch erstaunlich, dass sie sich ausgerechnet hier, ausgerechnet jetzt erneut begegneten. Vor wenigen Wochen hätten sie es beide nicht für möglich gehalten. Deshalb zögerten sie wohl auch, bevor sie sich, zwanzig Meter auseinanderstehend, aufeinander zubewegten, und ihre Umarmung fiel verlegen aus und diente vor allem dazu, dass Tom Gesa die Tasche abnehmen konnte, die sie über der Schulter trug.

»Lass mich das mal nehmen«, sagte Tom, und das war es schon.

Die Beiläufigkeit der Begrüßung nach so langer Zeit irritierte Gesa. Es wirkte, als wollte Tom dieses Wiedersehen möglichst rasch hinter sich bringen; umgehend trat er zurück und wies ihr mit einer Kopfbewegung die Richtung, in die sie gehen mussten. Eine gewisse Gekränktheit konnte Gesa nicht verhehlen, sie hatte auf mehr gehofft, aber es kam ihr doch gleichzeitig richtig vor, wie es jetzt war. Ihre Begrüßung brauchte nicht übermäßig zelebriert zu werden. Wie lange sie sich auch nicht gesehen haben mochten – und aus welchem Grund: Jetzt war das unerheblich. Sie waren wieder beieinander, das war das Wichtigste, und überdies blieb ihnen wenig Zeit, nur der Abend und der morgige Tag. Am Sonntag musste Gesa schon früh in den Zug nach Hause steigen.

Dennoch nahm Gesa sich einen Augenblick, um den Eindruck auf sich wirken zu lassen, den Tom auf sie machte. Sie betrachtete ihn von Kopf bis Fuß, und es schien ihr, als wäre Tom im vergangenen Jahr erwachsener geworden. Das hatte sie bereits gedacht, als sie ihn aus dem Zugfenster erblickt hatte. Von dem Jungen, dem sein Alter nicht anzusehen war – noch Teenager oder schon in den Zwanzigern, man wusste es nicht –, war Tom zu einem erwachsenen Mann geworden, dreißigjährig immerhin. Gleichzeitig aber wirkte er in seiner Sportjacke und der weiten Stoffhose, in denen er vor ihr stand, schmaler und fast schon zerbrechlich. Sein Körper füllte die Kleidung kaum aus. Mehr konnte Gesa auf die Schnelle nicht erkennen, schon lief Tom die Treppe zum Bahnhofstunnel hinunter und durch die Eingangshalle nach draußen. Er schien es eilig zu haben, und sie folgte ihm.

»Ich kann mich an den Bahnhof überhaupt nicht erinnern«, sagte sie, als sie sich draußen umschaute. Die Fassade wirkte wie aus Legobauteilen zusammengesetzt.

»Wir waren auch nie hier«, sagte Tom, »obwohl die Schule gleich um die Ecke liegt. Wir kommen daran vorbei.«

»Ich bezweifle, dass ich die wiedererkenne.«

»Wirst du schon.«

Im Weitergehen fragte Gesa: »Wo wohnst du eigentlich? Bei Agas Eltern?«

»Nein, nein.« Tom zögerte auffällig, und Gesa war sofort alarmiert. Waren die beiden wieder getrennt? Es wäre nicht das erste Mal. »Ich bin bei Freunden in der WG untergekommen. Ist ja auch nur für ein paar Tage.«

»Musikerfreunde?«

»Klar. Ist nicht weit.« Er deutete von der Kreuzung, die sie überquerten, nach links. »Da ist übrigens die Schule.«

Ein rotes Haus, ein Treppenaufgang davor. An der Straße hatte ihr Bus geparkt, an dessen Brauntöne Gesa sich noch erinnerte. Ansonsten konnte sie nicht behaupten, viele Erinnerungen an damals zu haben. Einige verwaschene Bilder kamen ihr in den Sinn: die Dünenlandschaft bei Czołpino natürlich, graue Häuser, Kohlenkutscher, Agas Wohnung. Es war kümmerlich und seltsam, dass die Welt in der Rückschau auf derart kleine Ausschnitte zusammenschrumpfte. Fünfzehn Jahre waren seitdem vergangen, genau so viele wie Tom damals alt gewesen war.

»Kommt mir bekannt vor«, sagte sie. »Warst du mal wieder drinnen?«

»Nein«, sagte Tom. »Das können wir vielleicht morgen machen.«

»Da ist Samstag.«

»Stimmt«, sagte er. »Dann wohl eher nicht.«

Es dämmerte bereits. Ein schwachroter Himmel hing tief über der Stadt, und Gesa versuchte, während sie Tom durch die Straßen folgte, aus jedem noch so geringen Anzeichen Rückschlüsse auf seine derzeitige Verfassung zu ziehen. War seine Stimme nicht etwas brüchiger als früher? Leiser auch? Hielt er sich nicht etwas zu aufrecht?

Sie blieben vor einem rotbraun gestrichenen Hauseingang stehen. Tom suchte in seiner Hosentasche nach dem Schlüssel, fluchte. Er fand ihn anscheinend nicht, sein Blick verfinsterte sich, und er griff in seine Gesäßtasche. Auch nichts.

»Adam und Mariusz sind nicht da«, sagte er und wirkte nervös, eigenartig hektisch. »Die spielen heute irgendwo … Gdańsk oder so. Kommen erst morgen zurück.« Inzwischen kramte er in beiden Hosentaschen, und auf einmal sah er Gesa an und zeigte seine linke Hand vor, in der er einen Schlüssel hielt. »Sieh dir das an. Hab ich die ganze Zeit in der Hand gehalten und nicht bemerkt.«

»Das passiert«, sagte sie.

»Nein«, er öffnete die Tür und ließ Gesa vorangehen, »dir nicht. Erster Stock.«

Die Wohnungstür oben war mit zwei Schlössern gesichert, und als Tom diese aufzog, befand sich dahinter eine weitere Tür mit wiederum zwei Schlössern.

»Das macht ja einen sehr sicheren Eindruck«, sagte Gesa. Es war witzig gemeint.

»Das dürfte dir doch gefallen«, sagte Tom, und Gesa begann, hellhörig zu werden. Waren sie immer so miteinander umgegangen?

»Du wirst sicher auf mich aufpassen«, sagte sie.

»Klar.«

Eine helle Wohnung, Parkettboden, die Wände des Flures frisch gestrichen. Es gab eine Garderobe für die Jacken, darunter ein Schuhregal. Gerahmte Fotos von Jazzgrößen hingen exakt austariert an der Wand: Parker, Monk, Hancock.

»So wohnen also polnische Jazzer«, sagte Gesa. »Hübsch.«

»Da hinten ist das Zimmer von Martha«, sagte Tom. »Dort kannst du schlafen.«

»Martha?«

»Adams Tochter.«

Gesa ging den Flur entlang und betrat ein klassisches Mädchenzimmer, wie sie es auch von zu Hause her kannte. Bunter Schreibtisch, Ponyplakate.

»Wo ist Martha denn im Moment?«

»Bei ihrer Mutter.« Tom reichte ihr die Tasche. »Treffen wir uns gleich in der Küche? Ich werde versuchen, uns was zu kochen.« Er deutete auf die zweite Tür im Flur.

»Kann ich vorher noch mal telefonieren?«

»Telefon ist unter der Garderobe.«

Er wandte sich um, marschierte zur Küchentür, und Gesa konnte nicht länger warten, sie musste es tun und fragte: »Warum?« Ohne sich zu ihr umzudrehen, blieb Tom stehen. »Warum sind wir eigentlich hier?«

»Nur Geduld«, sagte Tom und verschwand in der Küche.

Mit wachsendem Erstaunen verfolgte Gesa, wie Tom am Herd hantierte. Eine bauchige Pfanne mit Öl stand auf einer der Gasflammen, daneben ein Topf mit brodelnder Gemüsebrühe. Geübt hackte Tom auf einem Brett Knoblauch und Schalotten, schwenkte beides in dem Öl und schüttete Reis hinzu, den er mit einem Holzlöffel hin und her schob, bis es leise knackte. Dann kam die erste Kelle Brühe hinzu, die Tom zischend darübergoss, gefolgt von einer zweiten. Tom schien zu wissen, was er tat, es roch gar nicht schlecht.

»Ich habe einfach genug von diesen Projekten, bei denen ich nur als Gast mitmische«, sagte er. »Das geht nicht mehr.«

Seit ein paar Minuten schon lauschte Gesa einer für Toms Verhältnisse ausufernden Rede, die sie nicht mit Zwischenfragen unterbrechen wollte. Er hatte ihr einen der Küchenstühle angeboten und arbeitete mit dem Rücken zu ihr. Sie trank von dem Wasser, das in einer Karaffe bereitstand.

»Ich muss was Eigenes machen«, sagte er. »Meine Musik, endlich wieder ... Ich habe das schon viel zu lange vor mir hergeschoben. Deswegen habe ich auch meine alten Demos rausgeholt ... Sind gar nicht so viele, wie ich gedacht hatte. Ich bin einfach nicht dazu gekommen ... Oder wollte nicht ... Jedenfalls habe ich angefangen, neue Sachen zu schreiben, winzige Ideen zu sammeln.«

Während er mit der linken Hand weiter in der Pfanne rührte, öffnete er mit der rechten den Kühlschrank, der Gesa an ihre Kindheit erinnerte: länglicher Metallgriff, den man zu sich heranziehen musste, um die Tür mit einem Klacken zu öffnen, außen der metallene Firmenname, der ihr ein heimeliges Gefühl vermittelte. Das beruhigte sie etwas. Sie hatte es noch immer nicht verwunden, dass sie zu Hause nur den Anrufbeantworter erreicht hatte. Vermutlich brachte Sascha gerade die Kinder ins Bett, obwohl es dafür eigentlich zu spät war. Es gab sicher eine einfache Erklärung.

Tom nahm eingeschweißte Rote-Bete-Hälften aus dem Gemüsefach, vorgegart und geschält, und jetzt wurde es unangenehm für Gesa. Sie wusste, dass sie das, was Tom da zubereitete, nicht würde essen können, auf gar keinen Fall. Schlimmste Erinnerungen an eingemachte Rote-Bete-Würfel überfielen sie, glasig, süßsauer, ekelhaft. Mit einem raschen Schnitt öffnete Tom die Folie, nahm die halben Knollen mit bloßen Fingern heraus und begann, sie auf dem Schneidebrett zu zerhacken. Gesa trat zu ihm an den Herd und bot an, währenddessen das Rühren in der Pfanne zu übernehmen, und er trat einen Schritt beiseite und hielt ihr den Holzlöffel hin.

»Brühe«, sagte er und hackte weiter.

»Wird erledigt.«

Als wüsste Tom nicht, worüber er gerade gesprochen hatte, arbeiteten sie schweigend nebeneinander. Dumpf schabte das Messer auf dem Schneidebrett, die Brühe kochte ein und zischte.

»Deine Demos?«, sagte Gesa schließlich, um wieder anzuknüpfen.

»Ach ja.« Tom schüttelte den Kopf. »Das ist alles nichts … Diese Ideen, die ich so zwischendurch gehabt habe, auf Tour, im Studio. Das führt zu nichts … Musikalisch nicht uninteressant, aber es fehlt doch etwas. Ich habe das jedenfalls so empfunden. Ich meine, du kennst sie doch jetzt auch.«

Deutlich bemerkte Gesa, wie unwohl Tom sich neben ihr fühlte. Er schob die klein gehackten Rote-Bete-Stücke mit dem Messer in die Pfanne, nahm das Brett und die restlichen Knollenhälften und begab sich an den Tisch, um dort weiterzuarbeiten. Unter Gesas Rühren färbte sich der Reis hellrosa, bekam Schlieren. Das gefiel ihr ganz und gar nicht, und plötzlich begriff sie, was eben passiert war: Tom war aus ihrer Nähe geflüchtet, und Gesa überkam eine Traurigkeit, die sie vollkommen unvorbereitet traf.

»Ich weiß nicht ganz, was du meinst«, sagte sie.

»Da fehlt doch was in meinen Demos«, sagte er. »Oder etwa nicht?«

Gesa goss Brühe nach und holte Luft. Was sollte sie darauf antworten? Wenn sie ehrlich war, hatte sie den gegenteiligen Eindruck gehabt; sie hatte eher ein Zuviel gespürt. War einmal eine Idee erkennbar, wurde die nächste gleich darübergesetzt und dann noch eine. Alles war so dicht und übervoll, dass es keinen Platz für Weiteres ließ. Dabei hatten sich Toms Stücke früher gerade durch Knappheit und Einfachheit ausgezeichnet, und vermutlich deshalb hatte Gesa auch keine Worte gefunden, die sie in ihr Notizbuch schreiben wollte. Es war schon alles in dieser Musik gesagt. Und mehr als das. Zu viel.

»Wie auch immer«, sagte Tom, noch bevor sie eine Antwort formulieren konnte. Er nahm die letzten Rote-Bete-Stücke zwischen seine hohlen Hände und kam damit zum Herd. Über der Pfanne zerdrückte er die Stücke und ließ den roten Saft durch seine Finger tropfen. Gesa rührte um, rührte schneller, um den Reis mit dem Saft zu vermischen, und ihr wurde flau im Magen, als sie sah, wie Tom die zerdrückten Reste über dem Reis verteilte. Er nahm ihr den Kochlöffel ab und vermengte alles mit schnellen Bewegungen. Eine sanft schwappende Masse wurde aus dem Reis und der Roten Bete, blassrosa, stückig. Gesa ertrug es nicht, Toms rote Finger zu sehen, die den Kochlöffel hielten. Zitterte er? Jetzt, wieder direkt neben ihm, hatte sie das Gefühl, dass Tom kurz vor der Explosion stand. Wie unter Druck wirkte er, und etwas Aggressives lag in seinen Bewegungen, seinem Verhalten insgesamt. Am Ausguss ließ er kaltes Wasser über seine Hände laufen und trocknete diese nicht einmal ab, bevor er den Löffel wieder aufnahm. Die Farbe an seinen Fingern war geblieben, nur etwas blasser. Mit einem Esslöffel brockte er Frischkäse aus einer Schachtel in den Reis, weiße Inseln, die er unterhob. Er schmeckte ab, Salz, Pfeffer. Auf zwei bereitstehende Teller häufte er viel zu große, rosafarbene Berge von dem Reis und reichte Gesa einen Teller.

Sie setzten sich einander gegenüber an den Tisch, und zum ersten Mal in all der Zeit musste Gesa sich eingestehen, dass sie sich in Toms Gegenwart unwohl fühlte. Er war ihr unheimlich. Wortlos schaufelte er sich den Reis in den Mund, kaute. Sie hatte das Gefühl, ihn nicht zu kennen.

»Guten Appetit«, sagte er, als würde sie auf eine Einladung zum Beginnen warten. Dabei rätselte sie nur, wie sie es zuwege bringen sollte, das Essen höflich zu verschmähen. Vorsichtig steckte sie den Löffel in den Reis, nahm einige Körner auf und führte die rosafarbenen Stücke zum Mund. Es schmeckte unerwartet gut, fruchtig, cremig, erdig. Mit etwas Selbstbeherrschung würde sie zumindest einen Teil dieses Berges essen können, und das beruhigte sie.

»Orte«, sagte Tom auf einmal.

»Wie bitte?«

»Darüber will ich was machen. Über Orte, die mir etwas bedeuten.«

»Aha.«

»Meine Sachen sind immer dann am besten gewesen, wenn ich mich beschränkt habe und wenn ich etwas zu erzählen hatte. Etwas Konkretes … Ich brauche das anscheinend … Ich will es noch einmal versuchen … Orte … Meine Orte.«

»Sind wir deshalb hier?«, fragte sie. »Ich meine, hier in Słupsk?«

»Hier hat es doch angefangen«, sagte er. »Du warst dabei … Draußen in Czołpino. In den Dünen … Da habe ich diese Wellen gehört, das Rauschen … Und das ging dann in meine Musik … Du weißt das noch? Davon will ich erzählen, musikalisch erzählen. Überhaupt von diesem Ort … Von Słupsk … Von uns.«

»Wer ist *uns*?«

»Du, ich.«

»Und Aga?«

»Auch, ja. Vielleicht … Von uns … Damals.«

Gesa nickte, ohne genau zu begreifen, wie er sich das vorstellte.

»Mit einem Trio will ich das machen«, sagte Tom. »Schlagzeug, Bass, Gitarre. Adam und Mariusz wären dabei … Im Trio lässt sich fast alles machen … Und unter die Musik, wie eine Art Teppich, möchte ich Texte legen … Deine Texte … Eher Wörter, die etwas hervorrufen, eine Erinnerung … Wörterteppiche, die vom Band eingespielt werden.«

Gesa bemerkte, dass Tom eine Reaktion von ihr erwartete. Aber sie hatte keine Ahnung, wie die aussehen sollte, und sie fragte sich, weshalb sie hergekommen war. Welchen unsinnigen Hoffnungen war sie gefolgt, anstatt zu Hause bei ihrer Familie zu bleiben, zu der sie gehörte?

Aus seiner Gesäßtasche holte Tom einen Zettel hervor, den er sorgsam entfaltete und zwischen ihnen auf den Tisch legte. Sie sah Daten darauf, Ortsnamen.

»Ich habe alles vorläufig geplant«, sagte er. »Wird dir gefallen … Unsere Reisen finden immer nur an Wochenenden statt. London, Blåvand, Tampere, Toms Hütte … Hier, London, das liegt in den Sommerferien. Alles kein Problem.«

»Reisen?«, fragte Gesa.

»Du und ich, ja. Wir fahren zusammen an die Orte, bleiben da für ein, zwei Nächte … Ich schreibe Musik, du Worte.«

»Das ist nicht dein Ernst«, sagte Gesa.

»Warum nicht? Heute sind wir hier. Morgen schauen wir uns um, schreiben beide etwas. Wir können mit dem Bus nach Czołpino fahren, raus in die Dünen, wie damals … Und schau hier … Nächsten Samstag habe ich ein Interview in Hamburg. Danach fahre ich direkt zu dir nach Hause. Toms Hütte … Da machen wir weiter.«

»Ehrlich, Tom«, sagte sie, und es fiel ihr schwer, es auszusprechen, »aber du hast dir die falsche Partnerin ausgesucht. So was kannst du nicht mit mir machen.«

»Natürlich mit dir.«

Sie sah ihn an. »Warum denn ich?«

»Du kannst schreiben«, sagte er, als wäre das die Antwort.

»Du hast noch nichts von mir gelesen«, sagte sie. »Niemand hat etwas gelesen. Ich bin mir nicht so sicher, ob das stimmt.«

»Aber ich bin es.«

»Wenigstens einer von uns.«

»Und vor allen Dingen kennst du mich«, sagte er. »Wahrscheinlich besser als jeder andere.«

»Sicher?«

»Klar.«

Sie schob ihren Teller weg. Sie würde jetzt keinen Bissen mehr herunterbekommen.

»Was ist denn mit Aga?« Gesa bemerkte die Überraschung in Toms Blick. »Was wird sie dazu sagen?«

»Mit Aga hat das überhaupt nichts zu tun«, sagte er. »Hier geht es um Musik.«

»Sascha jedenfalls wird mich fragen, weshalb ich mit dir durch die Gegend reise. Das wird er, und er hat ein Recht darauf. Warum sollte Aga nicht fragen dürfen. Du bist doch mit ihr zusammen?«

»Kann sein, dass sie fragt«, sagte Tom. »Aber das ist nicht wichtig.«

»Als ich heute im Zug saß«, sagte Gesa und zögerte; sie blickte auf Toms rosa gefärbte Hände, die den Löffel hielten, »da habe ich mir deine Musik angehört und an die Hochzeit zurückgedacht. Du erinnerst dich?«

Toms Miene gefror. Dann stand er auf und verließ die Küche, murmelte etwas. Gesa hörte, wie sich die Badezimmertür öffnete und wieder schloss.

»Ich jedenfalls erinnere mich«, sagte sie. Und jetzt wusste sie auch Bescheid. Jetzt war alles klar.

...

Es war damals spät geworden, bis sie Tom endlich für sich allein gehabt hatte. Als Braut und Mittelpunkt der Feier lag das natürlich in der Hauptsache an ihr. Von überall her schossen nette und freundliche Gesichter auf sie zu, sobald sie die Gelegenheit für eine Unterhaltung mit ihr witterten. Ständig musste sie mit jemandem anstoßen; ihr Sektglas bekam sie kaum je zur

Hälfte geleert, bevor ihr jemand nachschenkte. Wenn sie sich tatsächlich einmal freigekämpft hatte und nach Tom Ausschau hielt, war der gerade im Gespräch. Gesa sah ihn länger mit ihrer Mutter reden, auch mit Sascha; vor allem aber unterhielt er sich lange mit einer ihrer Cousinen, Carolin, gerade sechzehn geworden, die es sichtbar genoss, zum ersten Mal in ihrem Leben vor und mit ihren Eltern rauchen und trinken zu dürfen. Gesa hörte, wie Carolin Tom kichernd fragte: »Und ihr habt da oben immer in diesem Zimmer gesessen und Musik gehört? Wie soll ich mir das denn bitte schön vorstellen?« Das Zwinkern mit nur einem Auge bekam sie in ihrem Zustand schon nicht mehr recht hin.

Die meisten Gäste hatten sich mittlerweile verabschiedet oder waren der Dunkelheit und der aufziehenden Nachtkälte wegen ins Zelt umgezogen. Niemand hatte sich bislang die Mühe gemacht, die Feuerkörbe zu entzünden, und aus dem Zelt hörte Gesa Saschas durchdringende Stimme, der vor seinen Freunden wie immer große Reden schwang.

»Expandieren!«, rief er. »Wir müssen expandieren! Größer ist besser!«

Jemand antwortete: »Hört, hört!«, brüllendes Gelächter folgte.

»Nein, wirklich!«, rief Sascha. »Ehrlich!«

Die Antwort des anderen: »Mit was denn?«

Wieder Gelächter. Gesa hörte es von der Holztreppe aus, die sie gerade hinaufstieg, zu Toms Hütte. »Hab ich dich endlich«, sagte sie, als sie Tom vor der Tür stellte.

»Sieht ganz danach aus.«

Tom kam gerade aus seinem Zimmer zurück, aus dem er sich eine Jacke geholt haben musste. Die Nacht war kühl geworden; vielleicht würde es später noch einen Schauer geben. Darum brauchte Gesa sich jetzt nicht mehr zu sorgen. Das Fest war fast vorbei. Alles war gut gegangen.

»Wo hast du denn Carolin gelassen?«, fragte sie.

»Die musste nach Hause«, sagte Tom. »Deine Tante und dein Onkel haben sie ins Auto gepackt … Nettes Mädchen.«

»Junges Mädchen«, sagte Gesa.

»Auch das.«

»Die hat sich bestimmt in dich verguckt.«

Tom blickte Gesa an, schüttelte verständnislos den Kopf und deutete auf die schmale Veranda vor der Treppe. Dort setzten sie sich hin und blickten auf die Stadt und den Hafen hinaus. Da Gesa ihr Kleid schon bei Einbruch der Dämmerung gegen Jacke und Hose getauscht hatte, konnte sie sich ohne Schwierigkeiten neben Tom auf die Veranda setzen. Ihre Beine ließen sie unter dem Geländer baumeln. Nachtschwarz wogte das Wasser im Hafen hin und her, beinahe unwirklich, blauweiß, wurde der Mondschein von der Oberfläche zurückgeworfen, und an einigen Segelbooten leuchteten unnötigerweise die Positionslampen. Auf der anderen Hafenseite flimmerten die Fenster fernsehblau, und vom Dach einer Disco aus schrieben Suchscheinwerfer rätselhafte Botschaften an die Wolkendecke.

»Das Wasser sieht seltsam aus«, sagte Tom. »Oder?«

»Findest du?« Mehr wusste Gesa dazu nicht zu sagen, in ihrem Kopf drehte sich alles. »Lenk du mal nicht ab«, sagte sie. »Ist doch klar, dass Carolin sich in dich verguckt hat. Alle verlieben sich in die Musiker. Immer. Weiß doch jeder, wie das läuft.«

»Wie denn?«

»Das weißt du nicht?«, fragte sie. »Mädchen vergucken sich in jeden, der sich auf eine Bühne stellt und dort Musik macht.

Gitarristen kommen gleich hinterm Sänger. Der ist natürlich der Attraktivste, egal, wie er aussieht. Deshalb ist er auch arg umkämpft. Wenn man schlau ist, nimmt man den Gitarristen und verguckt sich in den, oder in den Schlagzeuger. Kompliziert wird die Sache, wenn Keyboarder oder Saxofonisten dabei sind. Die kommen *nach* den Gitarristen, aber *vor* den Schlagzeugern. Wenn du mich fragst.«

»Und wie immer ganz zum Schluss kommen die Bassisten«, sagte Tom, »die Armen … In dir haben die ja aber seit jeher einen treuen Fan.«

»Richtig«, sagte Gesa. »Bassisten. Ganz wichtig. Werden meistens unterschätzt. Bei mir klar vor Saxofon oder Keyboard. Es ist kompliziert.«

Tom sah sie amüsiert an. Er hatte bei Weitem nicht so viel getrunken wie Gesa und konnte einschätzen, welchen Unsinn sie hier in Sektlaune von sich gab. »Habt ihr euren Kleinen eigentlich deshalb Erik genannt?«, fragte er.

»Was?«

»Damals, in Słupsk. Der Bassist und Sänger der Band … Der hieß doch Erik.«

»Du hast recht«, sagte Gesa. »Aber weiß ich nicht, ehrlich nicht. Kann sein. Ich mag den Namen einfach. Unterbewusst habe ich vielleicht an Erik gedacht, also den von damals. Wer ahnt denn, was das Unterbewusstsein so alles anstellt.«

»Klar.«

Aus dem Zelt unter ihnen drang Saschas Stimme. »Bin gleich zurück«, rief er, und kurz darauf erschien er am Zelteingang und wankte zur Gartenmauer, um dort ausgiebig in die Rosensträucher zu pinkeln. Es dauerte, bis er damit fertig war, und sowohl Gesa als auch Tom kicherten, als sie sahen, wie ungeschickt er sich anschließend mit seinem Hosenschlitz abmühte.

Auf staksigen Beinen torkelte er zurück Richtung Zelt, drehte sich plötzlich um und zeigte auf sie beide.

»Hab euch schon gesehen«, sagte er. »Da oben. Meine Braut und der Musiker. Hab euch gesehen.«

»Das hast du gut gemacht, Sascha«, sagte Gesa, als würde sie zu einem kleinen Kind sprechen. »Sehr gut.«

Sascha winkte ab und verschwand im Zelt.

»Eigentlich muss ich dir wohl dankbar sein«, sagte Gesa und lehnte sich seitlich an Toms Schulter. Er zuckte nicht zurück. »Wärest du nicht gewesen, hätte ich Sascha nicht geheiratet.«

»Was soll denn das bedeuten?«, fragte er. »Verstehe ich nicht.«

»Keine Ahnung«, sagte sie und legte nun auch ihren Kopf ab. Sie war betrunken und die Braut, sie durfte das. »Nur so ein Gedanke.«

Ihre Augen hatte sie geschlossen, und sie konnte Toms Haare riechen, sein Shampoo, süßlich, zitronig, seine Haut. Sie wünschte sich nichts mehr in diesem Moment, als dass sie klarer bei Sinnen gewesen wäre. Es ärgerte sie maßlos, ausgerechnet jetzt, in diesem Augenblick, betrunken zu sein. Wann war sie Tom jemals zuvor so nahe gewesen? Und so lange? Es war schrecklich, dass sie in wenigen Stunden wahrscheinlich keine klare Erinnerung mehr daran haben würde, weil der verflixte Sekt ihre Wahrnehmung getrübt hatte. Andererseits wäre sie, mehr bei Sinnen, nicht auf die Idee verfallen, sich Tom auf diese Art anzunähern. Ihr war klar, dass er das nicht mochte. Wäre sie nicht die Hauptperson des Abends, hätte er es unter Umständen auch nicht so ausdauernd erduldet.

War das so? Wollte er der Braut lediglich den Abend nicht vermiesen und ließ sie deshalb gewähren?

Sie schob ihren Kopf weiter zu ihm hin und berührte mit ihrer Stirn seine Wange. Noch immer bemerkte sie kein Anzeichen von Zurückweisung. Aber konnte sie sich selbst trauen? Eine Stimme in ihrem Kopf kreischte. Ganz deutlich konnte sie das vernehmen, aber sie weigerte sich, darauf zu hören. Fassungslos vor Erstaunen folgte sie der Bahn, die ihre Hand beschrieb, als diese sich Tom näherte und ihn mit den Fingerspitzen am Kinn berührte. Sie drehte sein Gesicht vorsichtig zu sich hin. Kein Widerstand.

»Ein Zeichen«, sagte sie. »Ein einziges Zeichen von dir hätte genügt.«

Tom schüttelte den Kopf. Sie sah es nicht, spürte es nur in ihren Fingerspitzen und fasste instinktiv fester zu, als wollte sie verhindern, dass dieses Kopfschütteln stärker wurde.

»Du weißt, was ich meine«, sagte sie und war selbst verblüfft über die Ruhe, mit der sie das aussprach. »Du und ich.«

»Gesa«, sagte Tom. »Du musst mich jetzt loslassen.«

»Ein einziges Zeichen. Ein einziges.«

»Gesa …«

Sie wusste genau, was sie tat, als sie ihn daraufhin küsste. Keine Sekunde lang ruhten ihre Lippen auf seinen, und das Kreischen in ihrem Kopf wich dabei einem durchdringenden Ton, der wie das Heulen einer Sirene klang. Sie war nicht überrascht, dass Tom zurückwich und aufsprang. Als sie zu ihm hochschaute, sah sie die Wut in seinem Gesicht, die er kaum zu kontrollieren vermochte. Alles an ihm bebte. Seine rechte Hand war zur Faust geballt und zitterte schräg über ihr.

Sie war bereit und senkte den Blick.

Dann war Tom auf einmal verschwunden, ganz plötzlich. Sie hörte die Tür seines Zimmers hinter sich, die aufgerissen und knallend zugeschlagen wurde. Er war geflüchtet, vor ihr. In aller Ruhe dachte Gesa diesen Gedanken, und wenn sie überhaupt etwas an der Situation erstaunte, dann war es die Gelassenheit, mit der sie alles nur registrierte. Das Heulen in ihrem Kopf hatte mit einem Schlag aufgehört.

Sie blickte auf, hinaus auf das Wasser des Hafens.

»Es war an der Zeit«, sagte sie. »Ganz einfach.«

Niemand hörte es.

• • •

Ihre Tasche hatte sie innerhalb einer knappen Minute gepackt. Ohne viel Aufhebens stopfte sie alles hinein, Kulturtasche, Schlaf-Shirt, die Kleidung des Vortages, den CD-Player. Nun war sie bereit für die Abreise; es war das einzig Richtige. Sie hatte es sich in aller Ruhe überlegt. Bis nach Stettin würde sie irgendwie schon kommen und von dort aus nach Lübeck, Hamburg oder Berlin weiterreisen, einfach Richtung Westen und dann nach Norden. So schwierig konnte das nicht sein. Ihr ursprüngliches Rückfahrticket, für morgen ausgestellt, würde sie vermutlich nicht nutzen können, aber das war jetzt nicht wichtig. Sie musste einfach weg von hier und zurück, nach Hause. Einen ganzen Tag hatte sie dafür Zeit. Es war noch nicht einmal sieben Uhr in der Frühe.

Sie schulterte ihre Tasche und nahm den gefalteten rosafarbenen Zettel vom Mädchenschreibtisch auf, den sie dort beschrieben hatte. Nur wenige Zeilen waren es, die nichts erklärten, aber doch – so hoffte sie – ein versöhnliches Signal aussendeten nach dem gestrigen Abend, der so abrupt geendet hatte. Tom war aus dem Bad direkt in seinem Zimmer verschwunden und nicht wiederaufgetaucht. Sie hatte auf die Uhr gesehen. Fünf Minuten lang hatte sie gewartet, dann war auch sie aufgestanden und ins Badezimmer gegangen, anschließend ins Bett, und es kam ihr jetzt noch erstaunlich vor, dass ihr Schlaf tief und gut gewesen war, keine Hochzeitsträume. An Tom hatte sie nach dem Aufstehen Folgendes geschrieben: *Nimm es mir nicht übel, wenn ich jetzt wieder abreise. Du kennst mich: Ich muss nach Hause. Aber nächste Woche würde ich Dich gerne sehen, wenn Du in Hamburg warst für Dein Interview. Deine Hütte steht Dir wie immer offen. Gib mir Bescheid, wann Du ankommst. Ich hole Dich ab, Deine Gesa.*

Toms Zimmertür war geschlossen. Das war gut so. Es wäre Gesa äußerst unangenehm gewesen, ihm jetzt noch einmal zu begegnen und ihm von Angesicht zu Angesicht erklären zu müssen, dass sie abreisen würde. Sie schlich, wie vorhin zum Badezimmer, jetzt in die Küche. Die nur halb geleerten Teller und Gläser vom Vorabend standen noch auf dem Tisch. Gesa konnte nicht anders, sie trug alles zur Spüle und bemühte sich, keinen Lärm zu machen, und als sie Schritte auf dem Flur hörte, fuhr sie zusammen.

»*Dzień dobry.*«

Ein schwarz gekleideter, bulliger Mann stand in der Küchentür, Igelhaarschnitt, spiegelnde Brillengläser, und schaufelte sich aus der Pfanne, die er sich zuvor geholt haben musste, kalten Reis in den Mund.

»Hallo«, sagte sie.

»Adam.« Er deutete mit dem Pfannenstiel auf sich. »Das ist – *my name*. Du Gesa?«

»Ja. *Tak*.«

»Du *speak polski*?«

Gesa schüttelte den Kopf.

»Ha.« Er kaute ausgiebig und konzentriert. »Guter – *rice*. Ihr habt essen *that*?«

»*Yesterday, yes*.«

»Ha. Tom *is sleep. Tak? Always sleep.*« Er lächelte sie an, und Gesa lächelte zurück. War das lustig gewesen?

»Du bist –« Ihm fehlte offensichtlich ein Wort. Er grübelte, blickte ins Leere. »Du bist –« Mit dem Löffel schrieb er etwas in die Luft.

»Schreiben?«, fragte Gesa. »*Yes, sometimes.*«

»*For him. For music?*«

»*Maybe.*«

»Ha. Ich Bass«, sagte er.

»Bass ist gut. *I like it very much.*«

»Ha?«

Gesa wusste auch nicht, was sie jetzt tun sollte. Konnte sie einfach an Adam vorbei zur Tür gehen und die Wohnung verlassen? Sie schob ihre Tasche zurecht, deren Gurt ihr unangenehm in die Schulter schnitt.

»Du *are* –« Er tippte sich gegen den Kopf und brummte missmutig dazu. »*Journey?*«

»*Yes, I have to. Family. Home.*«

»*Home?* Heute nicht Czołpino? *I thought Tom and* du?«

»*No, my family is waiting*«, sagte sie und deutete auf den zusammengefalteten Zettel, den sie in die Mitte des Tisches gelegt hatte. »*That's for Tom.*«

Adam zuckte mit den Schultern. Er ging voraus, öffnete die Wohnungstür und dann auch gleich die zweite. Gesa nahm ihre Jacke von der Garderobe und blickte zu Toms Zimmer. Bewegte sich die Klinke nach unten? Schnell schob sie sich an Adam vorbei ins Treppenhaus.

»*Sorry*«, sagte Adam. »*Tom will come to Hamburg. Next* – Woche. Radio. *Tak? You will meet him?*«

»*Tak*«, sagte sie. »*I hope so. At my home.* Zu Hause. In Flensburg.«

»*Good, good.*«

»Also, *do widzenia*«, sagte sie schnell und stieg die Treppe hinunter, und dabei dachte sie: Wieder einmal auf der Flucht. Als sie von oben eine weitere Stimme aus der Wohnung hörte, blieb sie nicht stehen. Sie sah die Haustür und trat hinaus. Niemand würde sie jetzt noch umstimmen können, auch Tom nicht. Es war das Beste, wenn sie sich auf sicherem Boden wiedersahen, in wenigen Tagen, zu Hause.

Liebe Gesa,
niemand außer mir ist gekommen. Markus rollt gerade auf seinem Motorrad durch Europa. »Was soll ich in Buchholz?«, hat er gesagt. Und das ist ja keine ganz dumme Frage. Allerdings liegt hier jetzt unser Vater begraben. Ein winziges Loch war es. Der Bestatter hat die Urne an einem Band heruntergelassen, und sie blieb stecken. Das Loch war zu schmal ausgehoben. Er hat mit dem Fuß nachgeholfen. Sand drauf. Fertig. Ob meine Mutter überlegt hat zu kommen? Vielleicht war sie da? Versteckt hinter den Rhododendren? Ich hab nicht nachgesehen. Hätte sie eh nicht sehen wollen. Nächstes Mal fröhlicher, wahrscheinlich.

Gruß, T

Motiv: Baum. Buchholz, Mitte 2002

3 Sie konnte es nicht mehr rechtzeitig schaffen, Tom würde auf sie warten müssen, und das war Gesa gar nicht recht. Wenn sie etwas nicht ausstehen konnte, dann war es die Gewissheit, eine Abmachung nicht einhalten zu können, noch dazu eine mit Tom, dem sie versprochen hatte, ihn vom Bahnhof abzuholen, wenn er in die Stadt kam. Nun aber ließ es sich nicht mehr ändern. Sein Zug musste jede Minute in den Bahnhof einfahren, und sie war noch nicht einmal aus dem Haus. Sie war viel zu spät dran, mit allem an diesem Sonntag.

Den ganzen Morgen war es schon so gewesen. Obwohl ihr bewusst war, wie wenig Zeit ihr blieb, bis sie aufbrechen musste, kam sie nur mühsam in Gang und beobachtete sich selbst dabei, wie sie halb wissentlich jede Gelegenheit nutzte, um sich aufhalten zu lassen. Zuerst war sie nicht aus dem Bett gekommen und hatte mit ihrer Familie halb wach in den Morgen gedöst, hatte dann unnötigerweise mit dem eigenen Badezimmergang gewartet, bis Sascha sein ausgiebiges Vollbad beendet hatte, und war unfähig gewesen, rechtzeitig vom Frühstück aufzustehen. Jetzt aber war es höchste Zeit. Sie verabschiedete sich, schon in Jacke und Stiefeln, von den Kindern, bat Sascha zum wiederholten Mal um Entschuldigung, dass sie ihn mit allem allein lassen müsse, mit den Kindern, dem unabgeräumten Frühstückstisch, mit allem – »Schaffst du das auch wirklich?« –, und zögerte einen Moment, als sie das Summen ihres Handys in der Jackentasche spürte, auf das sie schon beinahe gewartet hatte.

»Tom?«, fragte Sascha.

»Bestimmt«, sagte sie. »Er wartet, ich muss jetzt los.«

Erik biss von seinem Hörnchen ab, mit dem er noch immer zu tun hatte, und sagte kauend: »Wir fahren gleich mit Papa nach Sønderhav rüber. Eis essen und Lakritz und Hotdog.«

»Viel Spaß«, sagte sie, schon im Flur. Und damit war sie draußen, endlich, stieg die vier Stufen zur Straße hinauf und nahm ihr Handy aus der Tasche, um nachzuschauen, was Tom geschrieben hatte.

Sie verstand zunächst nicht, was er meinte. *Bin seit einer Stunde am Bahnhof*, stand da. *Warte hier auf Dich. T.* Hatte er denn einen früheren Zug genommen? Sie schrieb zurück: *Hab heute leider kein Auto, aber bin gleich da. G.* Als sie die Nachricht abgeschickt hatte, rauschten zwei Kinder, auf Skateboards hockend, an ihr vorbei die abschüssige Straße hinunter; die Räder klapperten über das Pflaster. Gesa schreckte auf und blickte den beiden nach. Früher hatten sie das auch hier getan, auf Rollschuhen die St.-Jürgen-Straße runterbrettern, die wie gemacht war für schnelle Abfahrten. Zwar konnte sie sich nicht daran erinnern, aber es war nicht ausgeschlossen, dass auch Tom und sein Bruder Markus einmal dabei gewesen waren. Wie lange das her sein musste, fünfundzwanzig, gar dreißig Jahre? Schwindlig werden konnte einem angesichts dieser Zeitspanne. So lange kannte sie Tom nun schon, im Grunde ihr ganzes Leben. Gesa schüttelte den Kopf. Sie war in seltsam rückwärtsgewandter Stimmung heute. Noch einmal summte ihr Handy. *Hast Du das Interview gestern aufgenommen?* Sie antwortete: *Sicher, wir können es nachher zusammen anhören. In Toms Hütte?* Er schrieb zurück: *Klar.*

Sie lief den Gang zur Garage hinunter, in der ihr Fahrrad bereitstand. Zumindest hier gab es keinen Anlass für weitere Verzögerungen; die Reifen hatte sie vorausschauend am Vorabend kontrolliert und nachgepumpt. Sie konnte sofort aufbrechen, und kaum dass sie die Kreuzung an den Kieler Anlagen überquert hatte und unter der Eisenbahnbrücke zum ZOB hindurchfuhr, wurde ihr schlagartig bewusst, was den ganzen Morgen über der Anlass für ihre Verzögerungstaktik gewesen sein musste. Die Erklärung lag derart auf der Hand, dass sie sich wunderte, nicht früher darauf gekommen zu sein. Es war doch offensichtlich: Sie mochte den Stadtteil am Bahnhof nicht und mied ihn, wenn irgend möglich, schon immer. Der Bahndamm, an dem sie entlangfuhr, weckte Erinnerungen an jene Nacht, als sie dort oben auf den Gleisen nach Hause geflüchtet war. Die verlorenen Stunden. Das Martinshorn in der Ferne. Es war eine schlimme Zeit gewesen damals. Sie als junge Mutter, vollkommen aus dem Gleichgewicht gebracht, nicht mehr sie selbst. Dann der Überfall. Alles war auf einmal wieder da, deutlich und drohend, und Gesa musste sich eingestehen, dass sie sich davor fürchtete, in die Nähe des Kühlhausgeländes zu kommen, das direkt neben dem Bahnhof lag. Eilig radelte sie durch die Stadt und spürte, wie angespannt sie war, wie ängstlich. Bis zu dieser Fahrradfahrt hatte sie es geschafft, das vor sich selbst geheim zu halten, und alles wurde nur noch verschlimmert durch die Unsicherheit, wie das Wiedersehen mit Tom nach ihrer übereilten Abreise aus Słupsk wohl ausfallen werde.

Tom hockte auf der Bordsteinkante vor dem Bahnhof, nach hinten gegen seinen Gitarrenkoffer gelehnt, auf dem er seine Ellenbogen abstützte. Gesa bemerkte den schon beinahe verblichenen *Solidarność*-Aufkleber und musste lächeln. Schon von Weitem sah Tom sie kommen, stand auf und trat ihr mit ruhigen Schritten entgegen; seine Jacke hatte er sich um die Hüften gebunden. Gesa bremste ab, schob das Fahrrad auf den Fußweg und dann neben ihm gehend den Weg wieder zurück, den sie gerade erst hergefahren war.

»Weshalb bist du denn schon so früh da?«, fragte sie, anstatt ihn zu begrüßen.

»Keine Ahnung«, sagte er. »In Hamburg hatte ich nichts mehr zu tun.«

»Du hättest doch zum Frühstück zu uns kommen können.«

»Ich hab da ganz gerne noch etwas gesessen«, sagte er. »Ich mag Bahnhöfe.«

»Geht mir anders.«

»Klar.«

Sie gingen zügig, als hätten sie es beide eilig, aus dieser Gegend fortzukommen, und Gesa hatte Schwierigkeiten, ihr Fahrrad in dieser Geschwindigkeit zu schieben, ohne sich die Pedale in die Fersen zu rammen.

»Ich war wirklich lange nicht mehr hier«, sagte Tom.

»Stimmt.«

Er betrachtete sie im Gehen von der Seite, eindringlich, und endlich begriff Gesa, was er wollte.

»Wieder mal zu Hause?«, fragte sie.

»So ungefähr.« Er lächelte. »Du kannst übrigens auch gerne mit dem Fahrrad fahren, wenn du willst ... Pass ich auf den Gepäckträger?«

»Und dein Gitarrenkoffer?«

»Das klappt schon.«

Gesa schaffte es nur mühsam, das Rad auszubalancieren, als Tom hinter ihr aufsaß. Sie strauchelten auf den ersten Metern und kamen kaum voran. Halb stehend trat Gesa in die

Pedale und steuerte erschrocken gegenan, als Tom den Gitarrenkoffer heranholte und ihn sich quer über den Schoß legte. Er streckte die Beine vom Fahrrad weg, um mit den Füßen nicht in die Speichen zu geraten, und es war Gesa ein Rätsel, wie er es schaffte, sich auf dem Gepäckträger zu halten, ohne sich irgendwie bei ihr festzuklammern.

»Hab mich übrigens mit Aga getroffen«, sagte er, als sie über das Kopfsteinpflaster ratterten. »Gestern. In Hamburg.«

Gesa konnte sich nicht darauf konzentrieren. Ein Auto drohte, aus einer Nebenstraße kommend, ihren Weg zu kreuzen, und für ein Ausweichmanöver waren sie zu zweit auf dem Fahrrad eindeutig zu schwerfällig. Glücklicherweise bremste der Fahrer den Wagen rechtzeitig ab und ließ sie vorbei.

»Ich hab mich entschuldigt bei ihr«, sagte Tom, der von allem nichts mitbekommen zu haben schien. »Was die arme Aga über die Jahre so alles hat aushalten müssen mit mir ... Du wolltest das sicher wissen.«

»Schön für sie«, sagte Gesa und meinte es auch so.

Am Deutschen Haus angekommen folgten sie ohne Zwischenstopp den Fußgängern über die Straße Richtung Südermarkt, den sie nach wenigen Pedaltritten erreichten, und dort wagten sie es, über den sonntagsleeren Holm weiterzufahren. Eine Gruppe unaufmerksamer Spaziergänger zwang sie abzubremsen. Ihr Schwung war dahin; sie mussten absteigen.

»Das war lustig«, sagte Tom und schüttelte seine Beine aus.

»Stimmt«, sagte Gesa. Mit ihrer waghalsigen Fahrt hatten sie es immerhin fast bis zur Holmnixe geschafft.

»Hey du«, sagte jemand von der Seite. »Du mit dem Gitarrenkoffer?«

Ein junger Mann saß vor einem der Schaufenster auf dem Boden, abgetragene Jeans, farbloses Oberhemd, lange, verfilzte Haare, und winkte sie heran. Gesa erkannte ihn als einen der Straßenmusiker, die hier auf dem Holm wochentags im Abstand von wenigen Hundert Metern saßen. Er mochte Mitte zwanzig sein, aber das konnte täuschen. Einen Hut mit etwas Kleingeld hatte er vor sich auf dem Boden liegen, eine ausgeblichene Akustikgitarre auf den Knien. Er saß oft hier, und Erik wollte ihm jedes Mal eine Münze in den Hut werfen, wenn sie an ihm vorbeikamen.

»Was ist denn?«, fragte Tom.

»Ich kenn dich doch«, sagte der Musiker. »Du warst auf meiner Schule, oder? Goetheschule? Hast Musik gemacht?« Er war schwer zu verstehen, was mit seinem Gebiss zu tun hatte, das ihm wie ein Fremdkörper quer im Mund zu liegen schien.

»Lange her«, sagte Tom.

»Wie heißt du noch? Thomas?«

»Tom, Tom Bille.«

»Richtig, der Bille. Tom. Hab dich ein paarmal gehört damals. Ich war ein paar Klassen unter dir.«

»Aha.«

»Du warst gut. Oder? Richtig gut. Warte mal …«

Der Musiker richtete sich auf, nahm seine Gitarre zur Hand und spielte einige Töne, und dabei blickte er Tom direkt an und grinste. Es war nicht ganz klar, was er da spielte, aber entfernt erinnerte die Melodie an eine von Toms frühen Kompositionen. Die Sprünge durch die Oktaven waren da. So hatte Tom es früher oft gemacht.

»Das war doch so, oder?«

»Gar nicht schlecht«, sagte Tom. »Gutes Gedächtnis.«

Gesa stieß Tom in die Seite. »Du bist berühmt. Hier in Flensburg wird der Prophet noch geschätzt, wenn er sich herablässt, in die Heimat zu kommen.«

»Klar.«

»Deine Band hab ich mal gehört«, sagte der Musiker. »Wiltons hießt ihr. Oder? Gibt's euch noch?«

»Nein«, sagte Tom, »lange nicht mehr.«

»Wir könnten mal zusammen spielen. Komm einfach vorbei. Hier sind immer viele wie ich. Wir sind auch nicht schlecht.«

»Nettes Angebot.« Tom kramte in seiner Hosentasche und holte eine Münze hervor, die er klimpernd in den Hut fallen ließ. »Vielleicht komme ich drauf zurück.«

»Mach das.« Der Musiker schüttelte ungläubig den Kopf. »Mensch, Tom Bille. Wer hätte gedacht, dass es den noch gibt?«

Während Gesa und Tom weitergingen und an der Holmnixe Richtung ZOB abbogen, hörten sie, wie der Musiker sich hinter ihnen erneut an der Melodie versuchte, die kaum noch zu erkennen war. Lediglich die Oktavsprünge waren geblieben.

»Sag mal, hast du den da hingesetzt?«, fragte Tom.

»Was?«

»Ob du ihn da hingesetzt hast? Hast du ihm gesagt, wer ich bin? Ihm meine Musik gezeigt?«

Gesa lachte. »Gute Idee eigentlich.«

»Hast du?«

»Warum sollte ich das denn tun?«

»Keine Ahnung. Damit ich mich gut fühle vielleicht?«

»Mein lieber Tom«, sagte sie. »Das da eben war ein Zufall. So was kommt vor.«

»Zufall«, sagte er. »Dann ist ja gut.«

4 Sie auf dem Schreibtischstuhl, er auf dem Schlafsofa, und durchs angelehnte Fenster drangen die Geräusche der Stadt herein: rauschender Straßenverkehr, Vogelgezwitscher und Möwengeschrei, und wie auf Bestellung das hohle Tuten eines Signalhorns, das eine sonntägliche Fördedampferfahrt ankündigte. Alles stimmte so weit. Es war die Wiederaufnahme ihres alten Rituals, und es brauchte nicht erst hervorgehoben zu werden, wie sehr Gesa sich darüber freute. Sie hatte die gemeinsamen Stunden hier in Toms Hütte vermisst, was in gleichem Maße für Tom zu gelten schien. Er lag ausgestreckt auf dem Sofa, die Arme hinterm Nacken verschränkt, und wirkte zufrieden. Sein Blick war auf die schmale Wand über dem Schreibtisch gerichtet, an der die Postkarten hingen, die er Gesa über die Jahre hinweg geschrieben hatte, bunt durcheinandergemischt, drei oder vier Dutzend, überlappend, über- und untereinander angeordnet. Nicht die Motive waren zu sehen, sondern die Seiten mit Toms Schrift, meist krakelig, weil unterwegs auf der Rückbank eines Wagens, im Zug oder im Flugzeug geschrieben, in Kugelschreiberblau, in Bleistiftgrau. In den rechten oberen Ecken befanden sich die überstempelten Briefmarken, in unterschiedlichsten Größen und Farben, aus unterschiedlichsten Ländern stammend. Aus entsprechender Entfernung betrachtet, ergaben die Karten ein regelmäßig wirkendes Muster, fast wie bei einem Teppich, in dem die Fäden zu Schleifen gewebt sind. Das war, natürlich, kein Zufall.

»Sieht hübsch aus«, sagte Tom. »Wann hast du das gemacht?«

»Irgendwann im letzten Jahr«, sagte Gesa. »Es sind nicht mal alle Karten, die du geschrieben hast. Hier im Schreibtisch habe ich noch einen ganzen Stapel, der irgendwann dazukommen wird.«

»Gut zu wissen, dass sie angekommen sind. Am Ziel, meine ich.«

»Da oben«, Gesa deutete hinauf, »hängt sogar die erste Karte, die ich von dir bekommen habe.«

»Aus Słupsk? Damals?«

»Ja.«

»Schön«, sagte Tom, schloss die Augen und wartete.

Gesa beugte sich zur Musikanlage hinunter und fragte, den Finger über den Startknopf des Kassettendecks haltend: »Bereit?«

»Klar.«

Die Sendung begann sofort. Gesa war am Vorabend extra wach geblieben, um im richtigen Moment die Aufnahme zu starten, und dann schlafen gegangen. Es war keine Frage, dass sie das Interview erst mit Tom zusammen anhören wollte. Zwar nicht *Listening to records*, aber fast. *Listening to Tom*. Eine Vormusik lief zunächst, die aus verschiedenen Stücken zusammenmontiert war, Applaus war dazugemischt, dann kam eine rauchige Stimme, die so klang, als säße der Sprecher zu nahe am Mikrofon; sie sprang einem regelrecht ins Ohr.

»Einen schönen guten Abend zur heutigen Ausgabe unserer *Jazz Nights*«, sagte der Sprecher, und nach kurzer, hinausgezögerter Pause: »Am Mikrofon begrüßt Sie Hellmar Bartels.«

Die Vormusik lief weiter, und Tom, noch immer mit geschlossenen Augen, sagte: »Davon habe ich gestern nichts gehört. Das kam vom Band … Da hat der Bartels sich im Studio noch mit mir unterhalten … Belangloses Zeugs.«

»Warst du nervös?«

»Klar. Reden ist ja nun nicht unbedingt meine Stärke.«

Die Musik wurde leiser, der Applaus ausgeblendet, und einen Augenblick zu spät setzte Bartels wieder ein. Ohne Hintergrundmusik wirkte seine Stimme brüchig, zurückgenommen, als traute er sich nicht, sie ganz einzusetzen.

»Mein heutiger Studiogast«, sagte er, »ist mir über die Jahre hinweg immer wieder aufgefallen. Auf sicher einem Dutzend Aufnahmen habe ich ihn gehört, als begleitenden Gitarristen, auch live habe ich ihn gesehen. Ich erinnere mich beispielsweise an einige beeindruckende Abende im Stummfilmkino hier in Hamburg, die er solo begleitet hat, in der Nähe der Reeperbahn. *Nosferatu*. Alte Chaplin-Klassiker. Dazu kommen wir noch. Ich freue mich jetzt erst mal, dass er heute zu mir ins Studio gekommen ist, und begrüße den Hamburger Gitarristen Tom Bille.«

»Guten Abend«, sagte der Tom im Radio, und der andere im Zimmer: »Wie lustig.«

»Sie hört man ja eigentlich überall«, sagte Bartels.

»Na ja, überall?«

»Mit den Dutzend Aufnahmen habe ich doch sicher eher untertrieben. Es sind weit mehr, bei denen Sie in den vergangenen Jahren gespielt haben. Trotzdem muss man Sie den Hörern wohl vorstellen, und ich würde das gerne auf eine andere als die übliche Art machen. Wir wollen also nicht so viel über die Musiker reden, mit denen Sie gespielt haben, sondern über Sie selbst, über Ihre eigene Geschichte und vor allem über Ihre eigene Musik.«

»Oha«, sagte Tom, »da gibt es nicht viel.«

»Stimmt«, sagte Bartels. »Unter Ihrem eigenen Namen haben Sie wenig aufgenommen. Aber wir können doch mal reinhören in eine Aufnahme, die von Ihnen stammt?«

»Klar.«

»Es ist eine Aufzeichnung vom JazzBaltica-Festival in Salzau. Da sind Sie 2002 zusammen mit dem dänischen Trompeter Anders Hasse aufgetreten, der unseren Hörern ein Begriff sein dürfte. Das Stück, das wir hören werden, stammt von Ihnen und heißt *Lighthouse*.«

Die ersten Töne gingen leider hinter Bartels' Ansage unter, dann aber wurde die Musik lauter, und Gesa hörte den bekannten Klang von Toms Gitarrenspiel. Die gezupften Akkorde rauschten wellenartig ineinander, überlagerten sich für Momente, bis ein Ton länger gedehnt wurde und wie ein Ausatmen nachklang. Dann setzte das Rauschen wieder ein, und die Trompete begleitete es mit einer getragenen Melodie, die so leise gespielt wurde, dass jeder Ansatz, jeder Atemzug zu hören war. Es war ein schönes Stück, Bilder liefen Gesa dabei durch den Sinn, wie immer, Dünenlandschaft, ein Leuchtturm, Czołpino. Wellen, die über die Kieselsteine am Ufersaum strömen und sich klackernd wieder zurückziehen.

»Das habe ich seit Ewigkeiten nicht gehört«, sagte Gesa.

Es war das Stück, das sie über Wochen hinweg zum Einschlafen angehört hatte, damals, nachdem Tom ihr die Aufzeichnung des Konzertes geschickt hatte.

»War gar kein schlechter Auftritt«, sagte Tom.

»Ja, ich wäre gern dabei gewesen.«

»Du konntest aus irgendeinem Grund nicht«, sagte Tom.

Gesa zögerte. »Und heute frage ich mich, warum nicht.«

Tom lag unbewegt auf dem Sofa, öffnete dann plötzlich die Augen und zwinkerte ihr zu. »Ist schon in Ordnung.«

Den Schluss des Stückes mochte Gesa besonders, diesen einen Ton, der sich so sehr verlängerte, dass sie jedes Mal fasziniert darauf achtete, wann sie ihn wirklich nicht mehr hörte, wann er verklungen war. Die gebannte Stille des Publikums, von dem kein Laut zu vernehmen war, kein Husten, kein Stühlerücken, steigerte ihre Gespanntheit nur umso mehr. Der endlich einsetzende Applaus wurde im Radio sofort ausgeblendet. Auf ihrer Aufnahme hatte er lange angehalten, und sie war froh und stolz gewesen, als sie das zum ersten Mal gehört hatte, und dann jedes Mal wieder. Sie hatte danach immer ganz beruhigt einschlafen können.

»Das also war *Lighthouse* von meinem heutigen Studiogast Tom Bille«, sagte Bartels. »Dieser Song, denke ich, kann als Beispiel für Ihren speziellen Sound stehen. Denn der ist durchaus eigen. Er ist lautmalerisch, imitierend. Manchmal erzählen Sie mittels unterschiedlicher Klangfarben. Auffällig ist dabei natürlich der Einsatz der Effekte, Echo, Tremolo, Modulation. Aber genauso Ihre Spieltechnik. Sie variieren viel und setzen auch die Nebengeräusche ein, die Ihr Instrument macht, Rauschen, Schraben, Klacken.«

»Ich habe eben meine Beschränkungen«, sagte Tom, »spieltechnisch, meine ich ... Diese Beschränkungen muss ich irgendwie ausgleichen. Ich kann bei Weitem nicht alles spielen, was andere können ... Von Anfang an habe ich deshalb alles genutzt, was mir helfen könnte, den Sound hinzubekommen, den ich im Kopf habe. Darum geht es ja ... Das, was im Kopf ist, aus dem Instrument herauszukriegen ... Was immer dabei hilft, nutze ich.«

»Sie haben jedenfalls einen schon fast klassischen Bille-Sound kreiert. Den erkennt man sofort.«

»Es ist einfach das, was ich im Kopf habe, wenn ich mir Melodien ausdenke«, sagte Tom. »So ähnlich höre ich die Musik … Obwohl: Meistens ist das, was ich im Kopf habe, besser als das, was ich spielen kann.«

»Ist das nicht frustrierend?«

»Nicht unbedingt. Manchmal … Das Ziel ist einfach, diesem Sound im Kopf nahezukommen.«

»Geboren sind Sie 1974 in Flensburg«, sagte Bartels. »Dort sind Sie auch zur Schule gegangen. Und was kam danach?«

»Danach«, sagte Tom und machte eine seiner üblichen Denkpausen. »Danach war ich unterwegs und habe Musik gemacht. Ich hab eine Wohnung hier in Hamburg, aber das ist eigentlich nur der Ort, wo ich meine Sachen lasse. Man kann ja nicht immer alles mit sich rumschleppen.«

»Der fahrende Musiker?«

»So ungefähr.«

»Eine Ausbildung haben Sie nicht gemacht?«

»Sie meinen Studium oder so? Nein, ich bin da reingerutscht … Hab hier mitgespielt, da mitgespielt. Viel Studioarbeit am Anfang … Das war die beste Schule für mich. Vor allem aber natürlich das Livespielen.«

»Sie haben viel mit Theatern und Kinos zusammengearbeitet.«

»Hat sich so ergeben.«

»Da hat sich sicher Ihre lautmalerische Spielart angeboten. Filmmusik müsste Ihnen doch liegen. Haben Sie das nie gemacht?«

»Klar, aber wenig. Als Musiker muss man alles mitnehmen, was sich anbietet. Man kann ja nicht nur unterrichten, um Geld zu verdienen. Das bringt auch nicht viel.«

»Finanziell, meinen Sie?«

»Ja.«

»Aber wenn es gut läuft«, sagte Bartels, »das Unterrichten, kann man doch Leute auf den Weg bringen und sie prägen. Reizt Sie das?«

»Klar.«

»Bastian Siedlow?«, fragte Bartels. »Der Gitarrist, das ist doch einer Ihrer Schüler?«

»Ja, früher, als er noch zur Schule ging. Jetzt ist er ziemlich erfolgreich, wie ich mitbekommen habe.«

»Ihren Einfluss hört man jedenfalls ganz deutlich. Die variantenreiche Spieltechnik, der Einsatz der Effekte. Wenn ich das sagen darf: Manchmal könnte man fast meinen, dass Sie spielen.«

»Möglich«, sagte Tom. »Dann hätten wir hier das Lester-Young-Dilemma.«

»Was bedeutet das?«, fragte Bartels.

»Lester Young war doch in den Anfangsjahren seiner Karriere unbestritten einer der Besten«, antwortete Tom. »Er machte was Neues mit dem Saxofon, und jeder wollte klingen wie er. Oder wie Coleman Hawkins.«

»Und das Dilemma?«

»Irgendwann war es eben so weit. Die Leute hatten begriffen, was Lester Young da am Saxofon machte. Auf einmal gab es Dutzende, die klangen wie er. Manche klangen sogar mehr nach ihm als er selbst. Sie waren die besseren Lester Youngs ... Und er selbst wurde nicht unbedingt besser. Ich habe mal irgendwo gelesen, dass nach einem Konzert einer dieser neuen Lester Youngs zu ihm kam und sagte: ›Du bist nicht du. Ich bin du.‹ Nicht angenehm zu hören ... Nicht, dass Bastian das jemals zu mir gesagt hätte oder ich mich mit Young vergleichen möchte.«

Bartels lachte.

»Hast du es denn wirklich so empfunden?«, fragte Gesa. Es überraschte sie, dass Tom im Radio so offen über diesen Punkt sprach.

»Nein«, sagte Tom, aber Gesa wusste es besser.

Im Radio waren sie bereits bei der Überleitung zum nächsten Stück angelangt. Bartels sagte gerade: »Soviel ich weiß, ist dies eine Radiopremiere. Das Stück ist noch nirgends gelaufen. Es ist eine Aufnahme Ihrer Band, der Wiltons, die es leider nie so ganz zur Bekanntheit geschafft hat. Ein Trio mit interessanter Besetzung war das, Gitarre, Geige, Schlagzeug. Wir hören mal rein. Der Song heißt *Waves On the Shore (Coming Close)*.«

Das Intro des Stückes, das so bezeichnend für die Wiltons war, wurde für die Radioübertragung leider verkürzt; es wurde erst eingeblendet, als über Toms Akkorden Geige und Schlagzeug einsetzten. Gesa rührte es dennoch, das wieder einmal zu hören, die gezupfte Melodie von Hendrik, den Rhythmus von Pers Schlagzeug, dazu die lang gezogenen Töne von Tom und das gelegentlich hinüberwandernde Echo. Seit Jahren hatte Gesa das Album nicht mehr herausgeholt. Die CD-Kartons standen noch immer bis auf einen ungeöffnet auf ihrem Dachboden; niemand hatte sich die Mühe gemacht, sie später bei ihr abzuholen, nachdem die Band sich aufgelöst hatte. Sang- und klanglos waren die Wiltons damals verschwunden, noch bevor sie ganz da gewesen waren. Während das Stück lief, blickte Gesa zu Tom hinüber, gespannt auf seine Reaktion. Aber sie bemerkte keine Regung an ihm. Er wirkte ganz gelassen. Schlief er etwa?

Als das Stück ausgeblendet wurde, war es nicht Bartels, der den ersten Satz sagte, sondern Tom, der fragte: »Woher haben Sie denn diese Aufnahme?«

»Von einem Ihrer hartnäckigsten Fans.«

»So?«

Bartels sagte: »Wir haben hier eine Reihe im Rahmen der *Jazz Nights*, in der wir uns mit Aufnahmen beschäftigen, die nie die angemessene Aufmerksamkeit bekommen haben. Wir nennen diese Reihe *Ungehobene Schätze*. Und ein Fan von Ihnen hat uns dafür in erstaunlicher Regelmäßigkeit und mit viel Beharrlichkeit diese Wiltons-Aufnahme ans Herz gelegt. Ihr Debütalbum *Stories*. Dieser Fan hatte zweifellos recht – das Album gehört in diese Reihe der *Ungehobenen Schätze*, sogar in mehrfacher Hinsicht.«

»Weil es nie erschienen ist, meinen Sie?« Toms Stimme hatte jetzt einen angespannten Unterton.

»Richtig, aber nicht nur deshalb natürlich. Das würde ja lediglich für das *Ungehoben* reichen, aber ein *Schatz* müsste es deshalb nicht zwangsläufig sein. Das ist dieses Album aber. Die Arrangements sind gerade angesichts der minimalen Besetzung spannend, und die Aufnahmetechnik sticht ebenfalls heraus.«

»Das hatten wir unserem großartigen schwedischen Mischer zu verdanken«, sagte Tom. »Svante hieß er. Der Nachname ist mir leider entfallen … Toller Mann. Hab nie wieder mit jemandem im Studio zusammengearbeitet, der es wie er verstanden hat, alle Möglichkeiten auszuschöpfen und dabei musikalisch zu bleiben … In der Nähe von Malmö haben wir aufgenommen. Und es war faszinierend, Svante beim Mischen zuzusehen.«

»Das glaube ich gern«, sagte Bartels. »Wenn Sie mich fragen, habe ich länger kein Jazz-Album gehört, das so einfallsreich produziert worden ist.«

»Ich kann es nur wiederholen: Svante war großartig … Jonasson. Svante Jonasson. Das war sein voller Name.«

»Die Stücke auf dem Album sind, wie der Titel *Stories* schon vermuten lässt, jeweils kleine, geschlossene Geschichten in sich«, sagte Bartels. »Was hat es denn mit dem Namen Wiltons auf sich? Wie kam es dazu? Und was bedeutet der überhaupt?«

»Das ist eigentlich eine englische Teppichart«, sagte Tom. »Robuste Teppiche, die aus einer fortgesetzten Schleife gewebt werden. Das schien auf unsere Musik zu passen.«

»Verstehe. Die übliche Benennung als Tom-Bille-Trio kam für Sie nicht infrage?«

»Wir wollten einen Namen, der sich einprägt«, sagte Tom. »Und es ging nicht um mich. Wir drei zusammen waren die Band.«

»Aber Sie waren der Bandleader? Es sind Ihre Stücke?«

»Das schon, ja.«

»Bevor wir uns weiter unterhalten«, sagte der Sprecher, »würde ich gerne noch ein Stück von dem Album anspielen. Da hört man die Produktionsseite ganz deutlich. Da wird aus einem leichten, eingängigen Stück durch Studiokniffe etwas ganz anderes. Das Stück heißt *Swimming*.«

Gesa bemerkte, wie sich eine Anspannung in ihr aufbaute. Während die bekannten Klänge aus den Boxen kamen, die seltsam modulierte Geige, das gedoppelte Schlagzeug, die dumpfe Gitarre, konnte sie an Tom noch immer keine Regung feststellen.

»Wie würdest du das jetzt nennen?«, fragte er auf einmal.

»Was meinst du?«

»Der Straßenmusiker vorhin, gestern dieser Bartels – beide erinnern sich erstaunlicherweise ganz genau an die Wiltons. Ich kann dir nicht sagen, wann ich davor zum letzten Mal auf die Band angesprochen worden bin … Ewigkeiten ist das her. Alle haben die vergessen. Aber jetzt auf einmal …«

»Zufall«, sagte Gesa und atmete auf, als sich ein Lächeln auf Toms Gesicht abzeichnete.

»Klar.«

Die Musik wurde ausgeblendet, und Bartels begann von Neuem: »Das ist nicht nur handwerklich ganz wunderbar gemacht. Schöne, eingängige Melodien. Kunstvoll aufgenommen. Kaum nachzuvollziehen, dass das Album nie veröffentlicht worden ist. Wie kam es dazu?«

Es blieb eine ganze Weile still im Radio, beinahe unerträglich lange.

»Die Band hatte sich aufgelöst«, sagte Tom leise.

»Noch vor der Veröffentlichung?«

»Zur gleichen Zeit«, sagte Tom. »Eigentlich war eine kleine Tour geplant. Wir wollten ein Release-Konzert in Flensburg geben ... Aber dazu ist es nicht gekommen.«

»Wollen Sie erzählen, weshalb nicht?«

Erneut blieb es lange still.

Bartels sagte: »Nach allem, was ich recherchieren konnte, sind Sie und Ihre Bandkollegen damals Opfer eines Überfalls geworden. Ein Schlägertrupp hat Sie überfallen, grundlos. Ist das richtig?«

Stille.

»Ein schrecklicher Vorfall, kann ich mir denken«, sagte Bartels. »Diese Truppe hat an dem Abend an verschiedenen Orten zugeschlagen und ist unter anderen wohl zufällig auf Sie getroffen.«

»Man könnte es auch Pech nennen«, sagte Tom, und es war eine Erlösung, endlich wieder seine Stimme zu hören.

»Sie sind alle drei schwer verletzt worden?«

»Unterschiedlich schwer. Brüche vor allem ... Ich habe einen Zahn verloren. Fast wie Chet Baker, nicht wahr ... Dem haben sie damals in San Francisco allerdings den gesamten Kiefer zerschlagen. Davon hat er sich eigentlich nie mehr so richtig erholt ... Und viele Jahre später ist er dann in Amsterdam aus dem Hotelfenster des *Prins Hendrik* gefallen.«

»Eigenartig, oder?«, fragte Bartels. »Ich höre das nicht zum ersten Mal, dass Musiker Opfer von Schlägertypen werden. Warum ist das wohl so? Irgendwo hat bestimmt jemand eine Studie darüber angefertigt, und bestimmt liege ich mit meiner Wahrnehmung falsch. Für Ihre Band, die Wiltons, bedeutete dieser Überfall damals jedenfalls das Ende, noch bevor es richtig losgegangen war. Sie haben nie mehr zusammen gespielt?«

»Wir haben uns alle nie wieder gesehen«, sagte Tom.

»Nie wieder?«

»Nein.«

Auch Gesa hatte Hendrik nie mehr, Per lediglich ein einziges Mal wieder gesehen. Es war schon einige Jahre her, da war sie, um Bankgeschäfte zu erledigen, in eine Sparkassenfiliale gegangen, nicht in ihre Hausfiliale, sondern in eine Zweigstelle am Stadtrand. Sie hatte jemanden in der Nähe besucht, und als sie die Bank betrat, hatte Per hinter dem Schalter gestanden, in Anzug mit Schlips und Kragen, die stachelkurzen Haare wie mit dem Lineal gescheitelt. Während er einen Kunden vor ihr bediente, hatte er wie schockiert gewirkt, als er sie in der Warteschlange erblickte. Sie hatten sich einmal zugenickt, dann war Gesa gegangen, ohne ihre Bankangelegenheiten zu erledigen. Seitdem machte sie einen großen Bogen um diese Filiale.

»Wirklich schade«, sagte Bartels. »Vielleicht könnten wir unsere Hörer ja bitten, sich für eine erneute, richtige Veröffentlichung einzusetzen? Wäre das nicht eine Idee? Das könnte man doch tun. Briefe an Ihr altes Label schreiben. Oder Radiosender dazu bringen, die Aufnahme zu spielen. Sie scheinen ja bis heute einige treue Fans zu haben.«

»Einen zumindest«, sagte Tom.

»Aber der setzt sich für Sie ein. Mit etwas Glück lässt sich was bewegen.«

»Ich weiß nicht«, sagte Tom. »Ist alles schon so lange her.«

»Sind Sie denn an etwas Neuem dran?«

Gesa ließ Tom nicht aus den Augen, der mit weiterhin geschlossenen Lidern auf dem Sofa lag. Sie hielt den Atem an.

»Kann sein«, sagte er. »Ich hatte die Idee für ein neues Projekt. *Orte*. Klassisches Gitarrentrio. Zwei polnische Kollegen habe ich dabei. Und eine gute Freundin wollte Texte beisteuern, die nicht gesungen, sondern vom Band eingespielt werden sollten, gelesen ... Sie verstehen: Die Stücke und die Texte handeln von Orten, die wichtig sind oder waren ... Ich weiß allerdings nicht, ob etwas daraus wird. Wir werden sehen ... Ich muss bei meiner Freundin noch etwas Überzeugungsarbeit leisten.«

»Inwiefern?«

»Sie reist nicht gern.«

»Musst du gar nicht«, sagte Gesa. »Wir machen das. Ganz bestimmt. Wir reisen. Zusammen.«

Tom reagierte nicht.

»Dann drücke ich Ihnen für dieses und alle weiteren Projekte die Daumen«, sagte Bartels, »und vor allem danke ich Ihnen, dass Sie heute Abend zu mir ins Studio gekommen sind.«

»Gern geschehen.«

»In einer Woche, zur gleichen Zeit, gibt es dann eine neue Ausgabe der *Jazz Nights*. Und für diesmal verabschiedet sich mit Dank fürs Zuhören Ihr Hellmar Bartels.«

Der Abspann wurde eingeblendet, und Gesa beugte sich

zur Anlage hinunter und stoppte die Kassette. Es klackte leise. Dann war es still. Sie sah, dass sich Toms Brustkorb wie in Zeitlupe hob und senkte, gleichmäßig und ruhig. Er schien tatsächlich zu schlafen. Einen Moment später drehte er sich von ihr weg, drückte den Kopf gegen die Rückenlehne und zog die Beine an. Gesa stand auf, nahm eine der Wolldecken, die am Fußende bereitlagen, und breitete sie über ihn. Leise ging sie zur Zimmertür, öffnete diese, und bevor sie den Raum verließ, hörte sie Toms Stimme.

»Du warst es, oder? Du hast dir das ausgedacht und dem Bartels immer wieder geschrieben, damit er mich einlädt?«

»Nein«, sagte sie, »habe ich nicht.«

Dann schloss sie von außen die Tür, ging ins Haus hinüber und hoffte, dass ihre Familie schon von ihrem Ausflug zurück war und auf sie wartete.

Liebe Gesa,
ich habe eine Entdeckung gemacht, die Dich sehr wahrscheinlich nicht überraschen wird: Ich ertrage keine Schlüsse. Ich bin darin einfach nicht gut, weder im Großen noch im Kleinen. Anfangen ist immer leicht, Schlussmachen schwer. Vermutlich deshalb meine Begeisterung fürs Echo? Das Unvermeidliche noch etwas hinauszögern, indem man es verlängert und langsam ausklingen lässt … Ergibt das einen Sinn? Das Schöne ist, dass ich mir darum keine Gedanken zu machen brauche.
Bei Dir ist es gut aufgehoben. Du wirst es einzuordnen wissen, meine heimliche Archivarin.

Gruß, T

Motiv: Słupsk bei Nacht. Słupsk, Juli 2004

CODA

So hätte er sein können, der Schluss. Nein, er hätte so sein sollen und wäre es auch gewesen, wenn nicht alles an einer bestimmten Stelle einen anderen Verlauf genommen hätte. Wann war das passiert? Nach der Nachricht von Tom, die Gesa am Tag nach ihrer Rückkehr aus Słupsk erreichte und der sie entnehmen konnte, dass er ihr hinterherreisen werde, ohne Umweg über Hamburg? Oder schon vorher? Bei ihrem Besuch in Słupsk, wo sie Tom in bemitleidenswertem Zustand antraf, zittrig, fahrig, nicht mehr er selbst? Oder war der entscheidende Punkt bereits der Brief gewesen, den Gesa überraschend von Aga erhielt und dessen Inhalt sie so sehr alarmierte, dass sie nach langer Funkstille erneut Kontakt mit ihm aufnahm und ihn in Słupsk besuchte? Mitunter färben spätere Ereignisse frühere derart ein, dass unklar bleibt, was wann wie geschah. Es könnte so oder so verlaufen sein. Alles verschwimmt, und es gehört ein gewisser Mut dazu, klare Aussagen zu treffen.

Der Schluss ging so: Nicht Tom war zu früh, sondern Gesa wartete am Bahnhof auf die Ankunft seines Zuges. Mehrere Nachrichten hatte sie an diesem Tag von ihm bekommen, die sie wieder und wieder las. *Bin um halb acht am Bahnhof*, hatte er zuerst geschrieben. *Holst Du mich ab? T.* Gesa war verwirrt gewesen. Erst am Vorabend war sie selbst aus Słupsk zurückgekehrt und hätte mit allem gerechnet, nicht aber damit, dass Tom ihr hinterherfahren würde. Sie hatte zögerlich geantwortet: *Kein Problem. Ich bin da. Alles in Ordnung? G.* Seine Antwort:

Ich weiß es nicht. Daraufhin war sie viel zu früh von zu Hause aufgebrochen, hatte am Bahngleis gesessen und war zwischendurch auf und ab gewandert, darum bemüht, ihre Sorgen in den Griff zu bekommen. Dann eine weitere Nachricht, zehn Minuten vor der Ankunftszeit des Zuges: *Bist Du schon am Bahnhof?* T. Wenig später bemerkte Gesa zwei Sanitäter, die mit einer Trage und von einem Bahnangestellten begleitet die Treppe heraufkamen und sich am Bahnsteig aufstellten. Gesa weigerte sich zu begreifen, was das womöglich bedeutete.

Spätestens seit Agas Brief, der alles in Gang setzte, hatte Gesa befürchtet, dass etwas nicht stimmte. Aga hatte sie in dem Brief um ihre Hilfe gebeten. Tom sei, so schrieb sie, in der vergangenen Zeit noch unnahbarer als sonst gewesen und seit mehreren Wochen wie vom Erdboden verschwunden. Ob Gesa vielleicht wisse, wo er sich aufhalte? Ob er sich bei ihr gemeldet habe? Seine Hamburger Wohnung sei verwaist. Auf keine ihrer Mails und SMS-Nachrichten habe Aga Antwort erhalten, und auch wenn das nicht ganz untypisch sei, gebe es Anlass, sich ernsthaft Sorgen zu machen. Eine Ärztin des Eppendorfer Klinikums habe Tom in einem Brief um Rückruf gebeten; auch auf seinem Anrufbeantworter habe Aga eine Mitteilung von ihr entdeckt. Ja, sie habe sich erlaubt, seine Wohnung zu betreten, seinen Computer zu durchsuchen, den Anrufbeantworter abzuhören. Sie habe sogar bei der Ärztin angerufen und sei, was ihre Sorgen nur noch verstärkt habe, sofort durchgestellt worden. Bedauerlicherweise habe die Ärztin ihr keinerlei Auskunft erteilt. Sie habe ihr lediglich den Auftrag gegeben, Tom dazu zu bewegen, sich dringend im Klinikum zu melden. Sehr ernst habe das geklungen. Und da, so schrieb Aga, komme nun Gesa ins Spiel. Ob sie nicht einen Versuch starten könne, mit Tom in Verbindung zu treten? Sie beide, Aga und Gesa, müssten sich doch um ihn kümmern. Er habe sonst niemanden.

Gesa war unsicher gewesen, was sie von Agas Sorgen halten sollte. Einerseits war es, wie Aga selbst zugegeben hatte, nichts Außergewöhnliches, wenn Tom sich längere Zeit nicht meldete und seine Wohnung nicht betrat. Tom und Aga, das war immer eine unsichere Angelegenheit gewesen, obwohl sie weiterhin ein Paar waren und im gleichen Haus lebten. Wenn andererseits jemand einschätzen konnte, wie es Tom ging, dann Aga. Gesa selbst hatte seit ihrer Hochzeitsfeier nichts mehr von ihm gehört. Keine Postkarten, keine Anrufe, nichts. Es war wie das Ende ihrer langen Freundschaft gewesen, das sie sich selbst zuzuschreiben hatte. Die Funkstille, das Ende, war die Konsequenz aus ihrem Verhalten. Tom schien es so zu wollen.

Nachdem sie Agas Brief gelesen hatte, suchte sie länger nach einem Vorwand, um sich bei Tom zu melden. Sollte sie ihre eigene Familie vorschützen, die ihn so gerne einmal wiedersehen wolle? Der kleine Erik frage immer nach ihm. Wann denn Onkel Tom mal wieder da sei, nach dem die Hütte im Garten benannt war? Das war natürlich Unsinn. Kurz entschlossen holte sie ihr Handy hervor und schrieb: *Denke gerade an Dich. Wo bist Du?* G. Es dauerte nur wenige Minuten, bis die Antwort kam: *In Słupsk. Kommst Du her?* T. Ihre eigene Antwort hielt sie zurück und rief stattdessen Aga an, die direkt neben dem Telefon gesessen haben musste. Sie war außer sich, als sie erfuhr, dass Gesa ein Lebenszeichen von Tom erhalten hatte.

»Wann hast du von ihm gehört?«, fragte sie.

»Gerade eben«, sagte Gesa. »Ich habe ihm eine SMS geschickt.«

»Und er hat geantwortet?«

»Ja.«

»Wo ist er?«, fragte Aga.

»In Słupsk.«

»Ehrlich?« Aga schien es kaum fassen zu können. »Dann haben meine Eltern doch recht gehabt? Sie haben behauptet, Tom vorletzte Woche gesehen zu haben? Ich habe ihnen nicht geglaubt.«

»Er fragt, ob ich zu ihm komme«, sagte Gesa.

»Das musst du. Unbedingt. Mich will er anscheinend nicht sehen. Ich bezahle deine Reise auch. Steig in den nächsten Zug. Er soll sich mit der Ärztin in Verbindung setzen. Ich schicke dir die Adresse und Telefonnummer. Du fährst doch zu ihm?«

»Ich weiß nicht«, sagte Gesa. »Ich muss das erst noch mit meiner Familie klären.«

»Es ist wichtig«, sagte Aga. »Ich habe ein ganz schlechtes Gefühl.« Und als müsste sie die Dringlichkeit ihrer Bitte noch verstärken: »Er hat nur uns beide, Gesa. Dich und mich.«

»Wie du meinst.«

»Du kriegst gleich eine Mail von mir mit den Daten der Ärztin.«

Schon hatte Aga aufgelegt, und Gesa schrieb ihre Antwort an Tom: *Słupsk? Warum nicht? Ich war lange nicht da.* Wieder vergingen nur wenige Augenblicke, bis ihr Handy piepte: *Willst Du meine Texterin sein?* Ihre Worte gab sie nur zögernd ein: *Wenn Du meinst, dass ich das kann.*

Auf der Zugfahrt, die sie gleich am nächsten Morgen antrat, redete sie sich ein, dass die ganze Aufregung wahrscheinlich unbegründet war. Sie hörte die alten Aufnahmen von Tom, die Wiltons-CD, war mit ihren Gedanken rückwärts unterwegs, bis sie am Bahnhof eintraf und ihren Augen nicht traute. Das konnte doch nicht Tom sein. Abgemagert wirkte er, angestrengt. Die Kleidung, die er kaum ausfüllte, hing schlaff an ihm herunter; seine Augen waren rot unterlaufen, als hätte er vor Minuten noch geweint. Gesa blieb die Luft weg, und als sie sich mit einer fahrigen Umarmung begrüßten, bekam sie keinen Laut heraus.

Tom dagegen redete wie im Fieber, redete ununterbrochen, ganz so, als wollte er vermeiden, dass Stille zwischen ihnen aufkam. Sie verstand kaum die Hälfte von dem, was er erzählte. Er schwärmte angesichts des schönen Zufalls, dass Gesa sich ausgerechnet jetzt wieder bei ihm gemeldet habe. Wie richtig und passend es doch sei, mit ihr in dieser Stadt zu sein, in der alles begonnen habe. Wie lange das her sei. Ob sie sich erinnern könne? Die Schule da vorn? Vor allem: die Dünen vor Czołpino? Er habe Pläne, die er ihr gleich erläutern werde. Bei zwei polnischen Jazzern sei er im Moment untergekommen, Mariusz und Adam. Gesa könne im Kinderzimmer übernachten. Er werde in der Küche auf sie warten, und als sie die Tür des Kinderzimmers hinter sich schloss, kamen ihr die Tränen.

Während er für sie kochte, Rote-Bete-Reis – es war schockierend zu sehen, wie hektisch er am Herd hantierte –, setzte er ihr den Plan für sein nächstes Musikprojekt auseinander: *Orte*. Davon wolle er erzählen. Von Orten, die ihm wichtig gewesen seien. Sie würde Texte dazu schreiben, die dann vom Band eingelesen würden.

»Du schreibst doch noch?«

Als das Essen fertig war, setzte er sich ihr gegenüber an den Tisch. Er selbst nahm sich nichts und legte die Hand auf seinen Bauch. In letzter Zeit vertrage er vieles nicht gut. Er habe wohl auch ein bisschen abgenommen. Ob ihr das aufgefallen sei? Das liege sicher an der Aufregung und der Freude auf das neue Projekt. Er schlafe kaum noch.

Gesa zwang sich, einige Löffel von dem rosafarbenen Reis

zu essen, bevor sie den Mut fand, Agas Brief anzusprechen. »Wir machen uns beide Sorgen«, sagte sie, und Tom versteinerte, noch bevor sie richtig begonnen hatte.

»Was ist das für eine Ärztin, die dir da schreibt?«, fragte Gesa und schob ihm die Adresse zu, die sie auf einem Zettel notiert hatte. »Was will die von dir? Was ist los mit dir?«

Keine Antwort.

»Ich sehe doch, dass es dir nicht gut geht«, fuhr Gesa fort. »Und es tut mir leid, aber ich ertrage das nicht. Auch wenn es letztlich deine Sache ist. Aber *so* geht es nicht.«

»Es ist gar nichts«, sagte Tom, sehr leise. »Mein Psychologe hat mich vor ein paar Wochen zu dieser Ärztin geschickt ... damit ich noch mal durchgecheckt werde. Wieder mal ... Er glaubt, dass meine Probleme nicht nur psychischer Natur sind ... Ich war auch da. Ein Mal ... Jetzt will sie wohl mit mir die Ergebnisse besprechen.«

»Vielleicht hat sie etwas rausgefunden?«

»Keine Ahnung.« Tom rutschte unruhig auf seinem Stuhl hin und her.

»Du musst sie anrufen, Tom. Ich bitte dich darum.«

Er schüttelte den Kopf. »Ich fahre nächste Woche sowieso nach Hamburg. Ich habe da ein Radiointerview. *Jazz Nights*. Irgendwie so was. Wie dieser Redakteur ausgerechnet auf mich gekommen ist für die Sendung – keine Ahnung.«

»Wirst du dich dann bei der Ärztin melden?«, fragte Gesa. »Versprichst du mir das?«

»Schön, dass du hier bist«, sagte Tom, und Gesa fiel erst nachträglich auf, dass dies keine Antwort auf ihre Frage gewesen war. Tom erhob sich von seinem Platz, ging um den Tisch herum, umarmte sie und verschwand anschließend in seinem Zimmer. An diesem Abend kam er nicht wieder heraus.

Am nächsten Morgen trat Gesa gerade aus dem Kinderzimmer, als sie hörte, wie Tom auf dem Flur mit Aga telefonierte und diese beruhigte: »Ich komme in den nächsten Tagen nach Hamburg. Bleib ganz ruhig. Ich rufe nachher bei der Ärztin an und mache einen Termin mit ihr ab.« Er lächelte Gesa zu.

Das gemeinsame Frühstück – Tom trank nur ein wenig Tee – verlief unerwartet friedlich. Gesas Entscheidung, gleich wieder abzureisen, nahm er gelassen auf. Sie hatte in der Nacht erkannt, dass sie erst wieder in Ruhe mit Tom würde sprechen können, wenn er den Arztbesuch hinter sich hatte. Sie brauchte Gewissheit. Diesen eigentlichen Grund ihrer Abreise verschwieg sie Tom jedoch – und vor allem die Tatsache, dass sie seinen Anblick nicht aushalten konnte.

»Ich verstehe das«, sagte Tom, als er sie an der Wohnungstür verabschiedete. »Du gehörst nach Hause.«

»Wir sehen uns ganz bald«, sagte Gesa und drückte ihn an sich. Es war unheimlich, diesen abgemagerten, schattenartigen Mann zu berühren, der einmal Tom gewesen war.

»Zu Hause, ja«, sagte er. »In ein paar Tagen.«

Das alles war keine sechsunddreißig Stunden her. Noch am Tag ihrer Abreise musste Tom entschieden haben, dass er statt nach Hamburg zu ihr fahren wollte. Warum? Gesa fragte es sich wieder und wieder, während sie am Bahnsteig auf und ab ging.

Der Zug rollte ein. Gesa inspizierte die Fenster, die an ihr vorbeirauschten. Sie hoffte, dass Tom hinter einer der Türen stehen und sie begrüßen würde. Wie ein Blitz traf sie die Einsicht: Tom hatte zu ihr gewollt. Zum Schluss hatte er in ihrer Nähe sein wollen – und mit ihren Gedanken eilte sie dem Geschehen damit voraus.

Nur wenige Passagiere verließen den Zug. Vorne dirigierte

der Schaffner die beiden Sanitäter zu einer Abteiltür. Der eine stieg ein, der andere blieb draußen an der Trage.

Gesa war wie festgenagelt. Bestürzt starrte sie auf den Gitarrenkoffer, den der Schaffner aus dem Zug hinausreichte. Die Schrift des abgewetzten *Solidarność*-Aufklebers war kaum noch zu erkennen.

Es war das Letzte, was Gesa bewusst wahrnahm.

Und damit war es vorbei, aber noch nicht zu Ende, nicht für Gesa. Toms letzte Postkarte erhielt sie wenige Tage nach seinem Tod. Sie erschrak, als sie seine Schrift im Briefkasten erkannte. Er musste die Karte gleich nach ihrer Abreise geschrieben und auf dem Gang zum Bahnhof noch in Słupsk eingeworfen haben. Sie setzte sich an den Schreibtisch in Toms Hütte, um die Karte zu lesen. Tom mochte keine Schlüsse. Gesa ging es genauso.

Gleich darauf fing sie an. Postkarte nach Postkarte pinnte sie an die Wand neben dem Schreibtisch und erstellte so eine Collage, die ihre gesamte gemeinsame Zeit umspannte. Muster ergaben sich, Zusammenhänge. Dort oben hing Toms erste Karte, die er ihr aus Słupsk geschrieben hatte. Damals hatte sie direkt neben ihm gesessen, als er schrieb, die Gitarre als Unterlage. Zufällig war das in Słupsk gewesen. Die letzte Karte kam nun ebenfalls da her. Zufall? Sie würde noch oft darüber nachdenken müssen.

Für den Moment hatte sie das sichere Gefühl, es selbst in der Hand zu haben. Sie konnte Zusammenhänge herstellen, konnte Zufall Zufall nennen und musste sich nicht darum scheren, was das bedeutete. Sie konnte sich ihre eigene Geschichte erzählen, wie sie es für richtig erachtete. Und das tat sie.

Viel später, nach mehreren Wochen, erhielt sie einen Brief

von Aga, die ihr helfen wollte zu verstehen, was genau mit Tom passiert war. Aber Gesa verwirrte das alles nur. Sie sah nicht, wie sie das, was Aga ihr schrieb, in ihre Geschichte einbinden sollte. Ein Name für ein Syndrom stand da, das die Ärztin an Tom diagnostiziert haben wollte. Mit den Gefäßen hatte es zu tun, eine angeborene Schwäche. Grund für seinen plötzlichen Tod sei ein Aneurysma gewesen. Gesa gab sich alle Mühe, den Namen des Syndroms sofort wieder zu vergessen.

Sie hatte es in der Hand und konnte selbst entscheiden, was sie wissen wollte und was nicht. Die Beerdigung in Buchholz, zu der sie natürlich reiste, brauchte sie nicht zu beschreiben. Tom lag dort nun neben seinem Vater. Seine Mutter war erschienen, sogar Markus. Aber das gehörte nicht dazu. Für den Moment wollte Gesa einen anderen Schluss, und Tom hätte das unter Umständen gefallen. So wie man bei seiner Musik mitunter nicht wusste, wann der letzte Ton gespielt war, weil das Echo ihn verlängerte, fiel es auch Gesa lange schwer zu entscheiden, wie und wann ihre Geschichte endete. Später, früher. Aber schließlich war sie doch an ein Ende gekommen. Und irgendwann, bald, würde sie auch wieder ich sagen können, wenn sie ihre eigene Geschichte erzählte. Noch war sie nicht so weit.